新潮文庫

自　　　　白

上　巻

ジョン・グリシャム
白　石　　朗訳

新潮社版

9560

自白

上巻

第一部　罪

主要登場人物

キース・シュローダー………カンザス州トピーカの教会の主任牧師
デイナ…………………………キースの妻
トラヴィス・ボイエット……キースを訪れた謎の男
ロビー・フラック……………テキサス州スローンの弁護士
アーロン・レイ………………ロビーのボディガード
マーサ・ハンドラー…………ジャーナリスト
クリスティーナ・ヒンジー…臨床心理学者
フレッド・プライアー………調査会社の調査員

ニコル・ヤーバー……………17歳で殺されたチアリーダーの少女
リーヴァ………………………ニコルの母
ショーン・フォーダイス……トーク番組のホスト
ドンテ・ドラム………………ニコル殺しで死刑判決を受けた青年
ロバータ………………………ドンテの母
ジョーイ・ギャンブル………ニコルとドンテの元同級生

ドルー・カーバー……………ドンテを逮捕した刑事
ポール・コーフィー…………地区首席検事
ヴィヴィアン・グレイル……前判事
エライアス・ヘンリー………判事

1

杖《つえ》をついた男が姿をあらわしたのは、セント・マークス教会の管理人が歩道に十センチほど積もった雪をとりのけた直後だった。太陽はすでに空高くあがっていたが、風はうなり、気温は氷点下のままだった。男は薄いジーンズとサマーシャツ、履きこんだ作業ブーツ、それにこの寒さから身を守れそうもない薄手のウィンドブレーカーという服装だった。しかし男には凍えているようすも、先を急いでいるようすもなかった。男は足を引きずり、体をわずかに左に傾かせて歩いており、その左半身を杖で支えていた。男は歩道をそろそろと歩いて教会に近づくと、《事務室》と臙脂《えんじ》色《いろ》で書かれたドアの前で足をとめた。男はドアをノックせず、ドアにも鍵《かぎ》はかかっていなかった。男が屋内に足を踏みいれると同時に、またも吹いてきた突風が男の背を押した。

男が足を踏みいれたのは受付だった。古い教会から人が連想するとおり、ごみごみとした埃《ほこり》っぽい場所。中央には、シャーロット・ユンガーなる人物がここにいることを示すネームプレートのあるデスクがあり、本人もプレートからほど遠からぬ場所にすわっているようだ。デスクの女性は笑顔で男にいった。「おはようございます」

「ああ、おはよう」男は答え、間を置いたのちにつづけた。「外はひどい寒さだ」

「ええ、本当に」女性はいいながら、男の全身にすばやく目を走らせた。ひと目でわかる問題は男がコートを着ておらず、手袋も帽子もつけていないことだった。

「ええと、あんたがミズ・ユンガーだね？」男はネームプレートを見ながらいった。

「いえ、ミズ・ユンガーはきょうはお休みです。インフルエンザで。わたしはここの牧師の妻で、デイナ・シュローダー。代役です。きょうはどのようなご用件で？」

受付には椅子《いす》が一脚あった。男はすわりたい気持ちをのぞかせた目で椅子を見つめた。「いいかな？」

「ご遠慮なく」デイナが答えると、男はあらゆる動作を前もって考える必要があるかのような慎重な身ごなしで椅子に腰をおろした。

「牧師はいるかな？」男はたずねながら、左側の閉まっている大きなドアに目をむけた。

「ええ、でも、いまは人と会ってます。よろしければご用件をおうかがいします」デイナは小柄で、なかなかの胸のもちぬしであることがタイトなセーターごしにわかった。腰から下はデスクに隠れ、男には見えなかった。昔から小柄な女が好きだった。愛らしい顔だち、大きな青い目、高く張った頬骨……全体としてはかなりの美人。牧師の妻として完璧《かんぺき》な小柄な女。

そういえば、もうずいぶん長いこと女の肌に触れていない。

「シュローダー牧師にぜひとも会いたい」男はいいながら、祈るように両手を組みあわせた。「きのう教会にお邪魔して説教をきかせてもらった。その……いまのおれには……導きが必要なんだ」

「きょうは夫の予定が立てこんでいまして」デイナは笑顔で答えた。非の打ちどころのない、じつに美しい歯ならびだった。

「じつをいえば、こっちの用件もかなり急ぎでね」男はいった。

キース・シュローダーとの結婚生活も長いので、いまではこの教会の事務室を訪ねてきた人々が、ひとりとして——約束の有無に関係なく——追いかえされたりしないこともデイナは知っていた。そもそも、身を切るように寒い月曜の朝であり、じっさいにはキースの予定は立てこんでなどいなかった。かけるべき電話が数本、婚約解消中の若いカップルの相談——いままさに進行中の話しあいだ——そのあとは、いつもの病院訪問。デイナはデスクの上をさがして、目的の簡単な質問票を見つけだすと、男にいった。

「わかりました。まず基本的なことをうかがい、どうすればお力になれるかをふたりで考えましょう」デイナはペンをかまえた。

「ありがたい」男はわずかに頭をさげていった。

「お名前は？」

「トラヴィス・ボイエット」男は習い性になっているとおり、相手のために苗字《みょうじ》の綴《つづ》りを教えた。「生年月日は一九六三年十月十日。出生地はミズーリ州ジョプリン。年齢は四十四歳。独身、離婚歴あり、子どもなし。住所不定。無職。就職の見こみもない」

デイナは男の言葉をききながら、ペンで埋めるべき空欄を必死にさがしていた。男の返答は、この小さな質問票ではとても追いつかないほど多くの質問をつくりだしていた。

「わかりました、まず住所のことをうかがいます」デイナはまだペンを動かしながらたずねた。「最近はどちらにお住まいですか？」

「最近はカンザス州矯正局の管理下にある。いまは、この教会から数ブロック離れた一七番ストリートにある社会復帰訓練所に滞在するよう命じられてる身さ。つまり釈放前の手続、連中好みのいい方だと、〝再突入〟前の段階にある。ここトピーカのその手の施設で数カ月過ごせば自由になれる――あとは死ぬまで、仮釈放のままでいられるよう願うこと以外、なんの楽しみもないままね」

ペンの動きはとまっていたが、デイナはそれでもじっとペン先を見つめていた。もっとくわしく話をききたいという気分は、たちどころに萎《な》えていた。さらなる質問を口にするのが怖かった。しかし、この質疑応答をはじめたのが自分である以上、デイナは先に進む義務も感じていた。そもそも、牧師の手がすくのを待っているあいだ、この男とふたりでほかになにをしていればいいのか？

「コーヒーを飲みませんか？」デイナはたずねた――これなら安全な質問のはずだと思いながら。

間があった――それも男が心を決めかねているかのように、長すぎるほどの間が。

「ああ、もらおう。砂糖をほんの少し入れたブラックで」

デイナはそそくさと受付を出て、コーヒーを用意しにいった。男はそのうしろ姿をじっと見つめ、デイナのすべてを目におさめていた。ありふれたスラックスに包まれた、じつにすてきな丸みを見せている部分も、ほっそりと伸びた足も、逞《たくま》しい肩の線も、さらにはポニーテールまでも。身長は百六十センチ前後。体重は多めに見積もっても、せいぜい五十キロか。

時間をかけてコーヒーを淹《い》れたデイナがもどると、トラヴィス・ボイエットと名乗った男はあいかわらずおなじ姿勢のまま、修道士のように椅子に腰かけていた。右手の指先を左手の指先にそっと打ちつけている。黒い木の杖を腿《もも》の上に寝かせて載せ、反対側の壁をわびしげに見つめていた。頭には一本も髪がなかった。小ぶりの頭はでこぼこひとつない球面で、つややかに輝いている。ボイエットにコーヒーのカップを手わたした拍子に、デイナの頭にどうでもいい疑問がふっと浮かんできた。まだ若いのに禿《は》げてしまったのか？　それとも、好きでスキンヘッドにしているのか？　ボイエットの首の左側を這《は》いのぼる不気味なタトゥーに目がとまった。

ボイエットはコーヒーの礼をデイナに述べた。デイナはデスクをはさんで元の椅子に腰かけた。

「あなたはルター派の信者ですか？」ふたたびペンを手にして、デイナは質問した。

「さあ、どうだかね。じつをいえば、これといった信心はない。これまで教会が必要に思えたためしがなくて」

「しかし、きのうはこちらにいらしたとか。なぜです？」

ボイエットは小さな食べ物のかけらを手にした鼠《ねずみ》のように、両手で包みこんだカップを口もとにかかげていた。コーヒーについての簡単な質問に答えるまでたっぷり十秒かかったのだから、教会の礼拝に出席することにまつわる質問となったら、答えを口にするのは一時間後かもしれない。ボイエットはコーヒーに口をつけ、唇を舐《な》めた。

「で、牧師さんに会えるまで、あとどのくらいかかりそうかな？」しばらくして、ボイエットはいった。

いくら早くても早すぎることはないわ——デイナは思った。この客を一秒でも早く夫に引きわたしたい一心だった。デイナは壁の時計に目を走らせて答えた。「もうじき来ると思います」

「じゃ、牧師を待っているあいだ、黙ってすわっているわけにはいかないかな？」ボイエットは丁寧な口調でたずねた。

デイナは質問をはねのけられたことを受けとめ、黙っているのもわるくはないと考えた。しかし、すぐに好奇心がよみがえってきた。

「ええ。でも、最後にひとつだけ質問させてください」そういいながら、デイナはその最後の質問が書いてあるような顔で質問票に目を走らせてから、たずねた。「刑務所には何年いたんです？」

「ざっと生まれてからの半分だな」ボイエットはためらいも見せずにいった——この

質問に、一日五回は答えているかのように。
デイナは質問票にメモを書きつけた。デスクのキーボードに目が吸いよせられ、デイナはすぐ、締切に追われているような勢いでよどみなくキーボードを打ちはじめた。書いていたのは、夫キースあてのこんなメールだった。《あなたに会いたいという重罪犯の既決囚来訪。会うまで帰る気なし。まっとうな人間のよう。いまはコーヒーを飲んでるところ。そっちの話をおわらせてもらえる？》

五分後、牧師の部屋に通じるドアがあいて、まず若い女が出てきた。女は目もとをぬぐっていた。つづいて出てきた若い女の元婚約者は、しかつめらしい顔をしながら、一方ではほくそ笑んでいた。ふたりともデイナには話しかけなかったし、トラヴィス・ボイエットには目もくれずに、教会から去っていった。

音をたててドアが閉まるとデイナはボイエットに、「少々お待ちを」といい、簡単な事前説明のために夫のオフィスへはいっていった。

キース・シュローダー牧師は当年三十五歳、十年前に結婚したデイナと幸せな生活を送って、いまでは三人の男の子の父親だ。三人の息子は、一年八カ月ずつの間をおいて誕生した。ここ、セント・マークス教会の主任牧師になったのは二年前で、それまではカンザスシティのべつの教会で牧師をつとめていた。父親は、すでに引退してはいるがルター派の牧師であり、キースはその父を継ぐこと以外考えずに育った。子ども時代はミズーリ州セントルイス近郊の街で過ごし、そこからあまり遠くない学校に通った。学校の遠足でニューヨークへ、ハネムーンでフロリダへ行ったが、それ以外には中西部から出たことはない。信徒たちの評判はおおむね上々だが、いくつか問題が起こったことはあった。最大の難問は、昨年の冬のブリザードのさなか、キースが教会の地下室をホームレスのためのシェルターとして解放したときに発生した。雪が溶ける季節になっても、なお地下室を立ち去ろうとしないホームレスがいたのである。市当局はこの非公認の教会設備使用に感謝状を出し、新聞にはキース本人にとっていささか面はゆい記事が掲載された。

きのうの説教のテーマは〝赦《ゆる》し〟だった——どれほど唾棄《だき》すべき罪であれ、神はあらゆる罪を赦す圧倒的な無限の力をもっている、という説教だった。トラヴィス・ボイエットの罪は凶悪そのもの、にわかには信じがたく、身の毛もよだつものだった。あれだけの人間性への罪を犯したことで、ボイエットはまずまちがいなく永劫《えいごう》の苦悶《くもん》と死という刑罰をいいわたされるはずだった。見さげはてることばかりの人生のこの段階で、ボイエットは自分が赦されることはないと信じこんでいた。しかし一方では、好奇心が芽ばえていた。

「社会復帰訓練所にいる人を迎えたこともあるよ」いまキースはそう話していた。「そういった施設へ行って礼拝をとりおこなった経験もあるしね」

いまふたりは、キースのオフィスの隅にすわっていた——デスクから離れた場所で、顔をあわせたばかりの友人同士として、布地がたるんだキャンバスチェアに腰かけて。そばには、模造薪が燃える模造煖炉《だんろ》。

「あの手の施設もわるいところじゃない」ボイエットはいった。「刑務所とは雲泥《うんでい》の差だ」

ボイエットは華奢《きゃしゃ》な体つきで、日が射《さ》さないところに閉じこめられた人間特有の青白い肌をしていた。骨が目立つ左右の膝《ひざ》がふれあい、杖はその上に横たえられていた。

「で、どこの刑務所に？」キースは湯気の立つ紅茶のカップを手にしていた。

「あちらこちらだね。この六年ばかりはランシングの州刑務所だ」

「刑務所にはどんな罪で？」キースはたずねた。どんな犯罪なのかが知りたい一心だった。それがわかれば、この男のことがもっとよくわかる。暴力沙汰《ざた》？　ドラッグ？　それも考えられる。いやいや、トラヴィス・ボイエットは横領犯か脱税犯なのかもしれない。こうやって見るかぎりは、およそ人を傷つけることなどできない男に思えた。

「どっさりわるいことをしてきたよ、牧師さん。自分でも全部は思い出せないくらいだ」ボイエットはアイコンタクトを避けたがっていた。床のラグマットに視線を集中させている。ちびちびと紅茶を飲みながらボイエットを仔細《しさい》に観察するうちに、キースはボイエットが痙攣《チック》を起こしていることに気がついた。数秒おきに頭全体がわずかに左へかしぐのである。すばやくうなずくようなこの動きにつづいて、頭はもっと激しく反対側に動き、最初の位置にもどっている。

ひとしきり完璧な静寂をはさんだのちに、キースはいった。「で、どんな話をしたいのかな、トラヴィス？」

「おれは脳腫瘍《のうしゅよう》なんだよ、牧師さん。悪性で命とり、基本的には治療不可能だ。そこそこ金さえあれば、戦うことも不可能じゃない——放射線治療、化学療法とか、その手のお決まりの治療だな——それで、まあ十カ月、ことによれば一年は寿命が延びるだろうよ。でも、おれにできたのは悪性で知られる膠芽腫《こうがしゅ》で、いまはステージ4、つまりは死んだも同然だ。余命が半年だろうと一年だろうと関係ない。どうせ、あと何カ月かでこの世とおさらばさ」

これが合図だったかのように、腫瘍がハローと声をかけてきた。ボイエットは顔をしかめて身を乗りだし、両のこめかみを揉《も》みたてはじめた。重く苦しげな息づかい。

全身が痛みに悶《もだ》え苦しんでいるかに見えた。

「なんとも気の毒に……」いいながらキースは、自分の言葉がどれほど無力かを痛いほど意識していた。

「ひどい頭痛でね」ボイエットはあいかわらず目をしっかり閉じたまま答えた。ボイエットが痛みと戦っている数分のあいだ、どちらも無言だった。キースはなすべもなく見つめながら、うっかり口を滑らせて「タイレノールでももってこようか？」というたぐいの愚かなことをいわないよう、舌を押さえていた。やがて痛みがやわらいでくると、ボイエットは肩の力を抜いて、「すまん」といった。

「診断がおりたのはいつ？」キースはたずねた。

「わからん。一カ月前かな。頭痛がはじまったのはランシングに入れられてから……夏のあいだのことだ。刑務所の健康管理がどんなものか、あんたにも想像できるだろう？　だれも助けちゃくれない。刑務所から釈放されて、こっちに送りこまれて初めてセント・フランシス病院に連れていってもらった。いろんな検査をして、スキャンもしたところ、頭のなかに小さなかわいい卵が見つかったわけだ。左右の耳のあいだ、深くて手術もできない場所にね」

　ボイエットは深々と息を吸いこんで吐きだし、ようやく最初の笑みをのぞかせた。

左の上の歯が一本欠けていて、隙間《すきま》がかなり目立った。刑務所での歯科治療にも改善の余地があるのだろう――キースは思った。

「牧師さんなら、おれみたいな人間と会ったこともあるんだろう?」ボイエットはいった。「死に直面した人間と」

「おりおりにね。聖職者の仕事にはつきものだよ」

「そういった人間は、神だの天国だの地獄だの、とにかくその手のことを真剣に考えるようになりがちなんだろうね」

「そのとおり。人間の性《さが》だ。命が有限だという事実とむかいあうと、人はおのずと死後の世界に思いを馳《は》せる。きみはどうかな、トラヴィス? 神を信じているか?」

「信じる日もあれば信じない日もある。でも信じてるときだって、眉《まゆ》に唾《つば》をつけがちだ。あんたならすんなり神も信じられるさ――楽な暮らしをしてるんだから。ところがおれとなると、まったく話がちがう」

「身の上話をしたいのかな?」

「本音ではまっぴらだ」

「だったら、どうしてここへ来た?」

チック。ふたたび頭が動かなくなると、ボイエットは部屋を見まわし、最後に視線を牧師の目に据えた。ふたりはまばたきもせず、長いことただ見つめあっていた。やがて、ボイエットが口をひらいた。「牧師さん、おれはほんとにひどいことをしてきたんだ。罪もない人たちを傷つけてきた。そのありったけをかかえたままで墓に行っていいものか、そのあたりが自分でも決められなくてね」

やっと実のある話ができそうな雲ゆきになったな、とキースは思った。告白してこなかった罪という重荷。隠してきた罪悪を恥じる思い。「そのひどいことを、ここで話してみるのもいいかもしれないね。告白は最上の第一歩だ」

「秘密は守ってもらえるんだろうね？」

「ほとんどの場合、答えはイエスだ。しかし、若干の例外もある」

「どんなことが例外になる？」

「そちらの告白をきいたうえで、きみが自分自身、あるいは他人に危害となりかねないとぼくが判断すれば、その時点でぼくの守秘義務はなくなる。きみやほかの人を守るために、ぼくは一歩踏みだすことができる。いいかえれば、第三者に助けを求めにいけるわけだ」

「こみいった話なんだな」

「そうでもない」

「いいかい、牧師さん。おれもあれこれ、ひどいことをやってきた。でも、これから話すひとつのことだけは、もう長年ずっと頭にひっかかってるんだ。だれかに話さずにはいられない……でも、ほかにどこへ行くあてもおれにはない。おれが大昔にやった恐ろしい犯罪について打ち明けたら、その話を他言しないでくれるか？」

デイナはすぐにカンザス州矯正局の公式サイトを訪問し、それから数秒のうちに、トラヴィス・デイル・ボイエットの腐臭まみれの人生に身を躍りこませていた。

二〇〇一年、性的暴行未遂で懲役十年の実刑判決。現状——拘禁施設への収容。「現状というなら、夫のオフィスで談笑中よ」デイナはつぶやきながら、キーを打ちつづけた。

一九九一年、オクラホマ州において加重性的暴行で懲役十二年の実刑判決。一九九八年に仮釈放。

一九八七年、ミズーリ州において性的暴行未遂で懲役八年の実刑判決。一九九〇年に仮釈放。

一九七九年、アーカンソー州において加重性的暴行で懲役二十年の実刑判決。一九八五年に仮釈放。

ボイエットはカンザス、ミズーリ、アーカンソー、オクラホマの各州で登録性犯罪者になっていた。

「怪物だわ……」デイナはひとりごとをいった。ファイルに掲載されていたのは、黒い髪が薄くなりかけた、いまよりもずっと若く、屈強な体格をしたボイエットの写真だった。デイナはボイエットの記録をざっと要約し、キースのデスクトップパソコンにメールで送った。夫の身の安全を心配していたわけではなかったが、とにかくこの不気味な男に教会から出ていってほしかった。

　張りつめた雰囲気の会話を三十分ほどつづけても、得るところがほとんどないと、キースは話しあいにうんざりしてきた。ボイエットは神にまったく関心を示さなかった。キースの専門分野が神である以上、できることはないも同然に思えた。キースは脳外科医ではない。ボイエットの力になれることはなにひとつできそうもなかった。デスクのコンピューターにメッセージが届いた。着信を知らせるのは、昔風の呼び鈴のかすかな音だった。このチャイムが二回鳴れば、だれかが部屋に行くかもしれないという意味だ。しかしチャイムが三回鳴るのは、フロントデスクからのメッセージを意味している。キースは無視しているふりをした。

「その杖《つえ》はどうしたのかな？」キースは愛想のいい口調でたずねた。

「刑務所は荒っぽいところでね」ボイエットは答えた。「巻きこまれちゃいけない喧《けん》嘩《か》に巻きこまれた。で、頭に怪我《けが》をしたんだよ。ま、それが腫瘍の引金になったのかもな」本人はこれがユーモアに思えたらしく、自分の冗談に声をあげて笑った。

キースはお義理でくすりと笑ってから立ちあがると、デスクに歩みよった。「では、名刺をわたしておこう。遠慮なく電話をくれ。教会はいつでもきみを歓迎するよ」

名刺をとりあげながら、キースはモニターに目を走らせた。四回——数えなおす——四回の有罪判決。すべてが性犯罪がらみだ。キースは椅子《いす》のところに引き返し、ボイエットに名刺をわたして腰をおろした。

「強姦《ごうかん》の犯人にとって、刑務所はひときわ荒っぽい場所なんじゃないのか、トラヴィス？」キースはいった。

新しい街に引っ越したら、その街の警察署か裁判所に出向き、性犯罪者であることを申告したうえで登録をすませる必要がある。そんな暮らしを二十年もつづけていれば、性犯罪者であることが、まわりにすっかり知られていると思うようになる。だれもが自分を監視している、と。だからだろう、ボイエットにはこの言葉に驚いたようすはなかった。

「そりゃもうひどい場所だよ」ボイエットはうなずいた。「なんべん袋叩《ふくろだた》きの目にあったか、覚えてないくらいだ」

「いいか、トラヴィス。いまはこの件をあまり話しあいたい気分じゃない。ほかにもいくつか予定があるしね。もしまた教会に来たければ、それはかまわない。事前に電話をくれ。もちろん、今度の日曜日の礼拝にまた来たければ、遠慮せずに来るといい」はたして本心からの言葉なのかどうか、自分でも決めかねたが、キースの言葉は誠実に響いた。

ボイエットはウィンドブレーカーのポケットから折りたたんだ紙をとりだし、その紙をキースに手わたしながらいった。「ドンテ・ドラムの裁判の話をきいたことがあるかい？」

「いや」

「ドラムは、テキサス州東部の小さな街に生まれた黒人の若者だ。一九九九年に殺人で有罪判決をうけた。ハイスクールのチアリーダーを殺したって話でね。白人の娘っ子だ。ただし、死体は見つからなかった」

キースはわたされた紙を広げてみた。トピーカの新聞に掲載されていた小さな記事のコピーだった。日付はきのうの日曜日。キースはさっと記事に目を通し、ドンテ・

ドラムの顔写真を見つめた。珍しくもない話だった——無実を主張している死刑囚が、またしてもテキサスで死刑に処せられるという話だ。

「死刑は今週の木曜に執行される予定とあるね」キースはそういって顔をあげた。

「あんたに折りいって話があるんだ、牧師さん。こいつは犯人でもなんでもない。女の子殺しにはいっさい関係ないやつなんだ」

「なんでそんなことを知ってる？」

「証拠がないんだよ。たったひとつの証拠さえない。警察はこいつが犯人だと決めつけて、無理やり自供させ、いよいよこいつを殺そうとしている。そんなのはまちがってるだろ、牧師さん。ぜったいあってはならないことだ」

「しかし、どうしてそこまで知ってるんだ？」

ボイエットは身を乗りだした——これまで胸に秘めていたことを、いよいよ他人に耳打ちしようというように。キースの脈がぐんぐん速まってきた。しかし、ひとことの言葉も出てこない。ふたりがじっと見つめあうあいだ、またしても長い沈黙の時間が流れた。

「この記事には、死体が見つからなかったと書いてあるね」キースはいった。とにかく、ボイエットに話をさせよう。

「そうだな。警察は突拍子もない筋書きをでっちあげた——この若者が女の子をさらい、強姦したあげくに絞め殺して、死体を橋からレッド川に投げ捨てたってね。一から十まで嘘《うそ》っぱちさ」

「つまり、きみは死体がどこにあるかを知ってるんだな?」

いまボイエットはすわったまま背すじをすっくと伸ばし、腕組みをしていた。うなずきそうな動きを見せる——チックだ。ふたたびチック。プレッシャーにさらされると、チックが頻繁に起こりやすくなるようだった。

「きみがその女の子を殺したのか?」キースはそうたずね、自分がそんな質問をしたことにショックをうけた。つい五分前までは、これから病院をまわって見舞わなくてはならない信徒を頭のなかでリストアップしていた。トラヴィス・ボイエットに教会からお引きとり願う方法をあれこれ考えてもいた。ところがいまふたりは、殺人事件と隠された死体のまわりをぐるぐると回っている。

「なにをすればいいかがわからなくてね」ボイエットはそう口にしたとたん、またしても痛みの大波に襲われた。いまにも吐きそうに前に身をかがめ、両手の手のひらをこめかみに押しあてる。「おれは死にかけてるんだ。あと何カ月かすれば死んでる。なんで、この若いのも死ななくちゃならない? やつはなんにもしてないのに」ボイエットの目はうるみ、顔はくしゃくしゃに歪《ゆが》んでいた。

キースは体を震わせているボイエットを見つめた。クリネックスを手わたすと、ボイエットは顔を拭《ぬぐ》った。

「腫瘍《しゅよう》がどんどん膨らんでるんだよ」ボイエットはいった。「そのせいで、脳にかかる圧力が毎日大きくなってる」

「薬はもってるのか？」

「あるにはある。効きやしないがね。さあ、そろそろ行かないと」

「話はまだすんでない」

「いや、おわりだ」

「遺体はどこだ？」

「知らないほうが身のためだ」

「いや、知りたい。死刑をとめられるかもしれないし」

ボイエットはからからと笑い、「本当に？　テキサスじゃ、その見こみはまずないね」といってゆっくり立ちあがり、ラグマットに杖をついた。「手間をとらせたね、牧師さん」

キースは立ちあがらなかった。すわったまま、オフィスから足早に出ていくボイエットの背中を見つめていた。

デイナは笑みひとつのぞかせない顔で、ドアを見つめていた。ボイエットから、「お邪魔したね」と声をかけられて、「どういたしまして」とやっとの思いで弱々しい声をしぼりだす。ついでボイエットは外に出ていった——コートも手袋もないまま街頭へと。ただし、デイナはそんなことを気にもかけなかった。

夫のキースは身じろぎひとつせず、茫然《ぼうぜん》とした顔つきで椅子にへたりこみ、新聞記事を手にしたまま、うつろな目で壁を見つめていた。

「大丈夫？」デイナはたずねた。キースから新聞記事のコピーを手わたされると、中身に目を通した。

「まだよく関係がわからないんだけど」読みおえると、デイナはいった。

「トラヴィス・ボイエットは、見つからなかった遺体のありかを知ってる。なぜ知っているかといえば、あいつが女の子を殺した犯人だからだ」

「殺したことを認めたの？」

「認めたも同然だったよ。手術不可能な脳腫瘍があって、余命はわずか数カ月だと話してた。ドンテ・ドラムはこの殺人事件とまったく無関係だとも話してた。おまけに、自分は遺体のありかを知っていると強くほのめかしてもいたんだ」

デイナはくずおれるようにソファに腰をおろし、そのままクッションに身を沈めた。

「あの男の話を信じるの？」

「あいつは常習犯だぞ。騙《だま》しのプロだ。真実を話すどころか、嘘が習い性になってるんだ。あんな男の言葉なんか、ひとことだって信じられないね」

「でも、あの男の話を信じてるんでしょう？」

「まあ、そんなところだ」

「どうして信じられるの？　なぜ？」

「ボイエットは苦しんでいるんだよ。それも脳腫瘍のせいだけじゃない。殺人事件のことや遺体について、なにか知っているのは確かだ。とにかくいろんなことを知っていて、そのうえで、無実の人間がいましも死刑になることに心を乱されているんだ」

これまで他人のデリケートな問題に耳を傾け、頼りにされているとおり助言を授けたり相談に乗ったりすることにかなりの時間を割いてきたこともあって、キースには人を見ぬく慧眼《けいがん》がそなわっていた。しかも、その判断を誤ることはめったになかった。一方デイナはもっとすばやく人を判断しがちで、あらさがしをしたり裁いたりしがちなところがあり、判断ミスも多かった。

「で、あなたはなにを考えてるの、牧師さん？」デイナはたずねた。

「これから一時間はなにもせず、とにかくあちこち調べてみよう。いくつか確認しておきたいことがある。ボイエットは本当に仮釈放中なのか？　だとしたら、担当の保護観察官はだれか？　セント・フランシス病院で治療中なのか？　脳腫瘍は本当か？　もしそうなら、すでに末期まで進行しているのかどうか？」

「本人の同意がなかったら、医療記録を参照することはできないわ」

「もちろん。でも、とにかくどこまで裏がとれるかを確かめよう。ドクター・ハーツリックに電話だ。あの先生は、きのう教会に来ていただろう？」

「ええ」

「そうだと思った。まず先生に電話をかけて、ちょっと探りをいれてみてくれ。午前中は、セント・フランシス病院の診療担当だったはずだ。それから仮釈放審査委員会にも電話をかけて、どのくらいのことを引きだせるか確かめてみてくれ」

「わたしがそうやって電話をかけまくっているあいだ、あなたはなにをするの？」

「ネットで殺人事件や公判、被告人や、そのほかテキサスでのことについて調べられるかぎりのことを調べてみる」

ふたりはともに立ちあがった。どちらも急いでいた。デイナがいった。「もし話がすべて真実だったらどうするの？　あの変態男の話がどれもこれも事実だと納得できたとしたら？」

「だったら、なにか行動を起こす必要がある」

「たとえばどんな？」

「見当もつかないね」

2

ロビー・フラックの父親がスローンのダウンタウンにある古い鉄道駅舎を買いとったのは、ロビーがまだハイスクール在学中の一九七二年のことだった。駅舎は市当局によって解体される寸前だった。フラック・シニアは掘削会社をいくつか訴えることで多少の金を手にいれ、その一部を買収費用にあてた。パートナーたちともども駅舎を改装してここに腰を落ち着けてからの二十年、商売は繁盛《はんじょう》しつづけた。テキサス州の物差しでいえば決して富豪ではなかったが、彼らは成功をおさめた弁護士であり、小さな事務所は街で一目も二目も置かれていた。

そしてロビーが登場した。事務所で働きだしたのはティーンエイジャーのころだが、ほかの弁護士たちにはロビーが人と異なっていることがすぐに明らかになった。利益をあげることには目もくれず、社会正義の実現に身を捧《ささ》げていたからだ。ロビーは公民権関係の訴訟や、年齢差別や性差別訴訟、住宅の売買や賃借における差別訴訟、警察官の暴力に対する訴訟などを引きうけろと父親をせっついた——南部のスモールタウンでは、どれもこれも引きうけた弁護士が石を投げられてもおかしくない訴訟だ。才気縦横で鼻っ柱の強いロビーは北部の大学を三年で卒業後、オースティンにあるテキサス大学のロースクールをなんなく卒業した。就職のための面接はひとつも受けなかった——スローンのダウンタウンにある昔の鉄道駅舎以外で働こうとは、はなから考えもしなかったからだ。訴えたい相手は山ほどいたし、虐待《ぎゃくたい》されたり踏みにじられたりしてロビーの助けを必要としている依頼人もたくさんいた。

ロビーは初日から父親と衝突した。やがてほかの弁護士たちは引退するか、別の事務所へ移っていった。一九九〇年、三十五歳のロビーは住宅政策において差別をしたとしてテキサス州タイラー市当局を訴えた。タイラーでひらかれた陪審審理は四カ月におよび、その途中で生命を奪うという本気としか思えない脅迫が寄せられ、やむなくボディガードを雇ったこともあった。評議をおえた陪審が評決で被告の市当局に九千万ドルの賠償金の支払いを命じるなり、ロビー・フラックは伝説の弁護士に、裕福な男になった。そればかりか、想像もしなかったような大騒ぎを引き起こせる財力をそなえた、だれにも抑えられない急進派の弁護士になったのである。息子の進む道を邪魔しないよう、父親はゴルフコースに引退した。ロビーの最初の妻はわずかなわけ前を手にすると、そそくさとミネソタ州のセントポールへ帰っていった。

こうして〈フラック法律事務所〉は、自分を多少なりとも社会の犠牲者だと考える人々が目指すべき場所になった。虐待された者、訴えられた者、酷使された者、怪我《けが》を負わされた者は、遅かれ早かれロビー・フラックのもとを訪ねてきた。案件を仕分けするために、ロビーは若いアソシエイトや法律家補助職員を何人もまとめて雇い入れた。毎日、網にかかった獲物に目を走らせ、値打ち物だけを選びとり、残りは投げ捨てた。事務所は成長しては、一気に縮小した。ふたたび成長しては、またしてもメルトダウンを起こして小さくなった。弁護士たちがやってきては去っていった。ロビーは彼らを訴え、彼らはロビーを訴えた。金が雲散霧消したと思ったら、ロビーがまたべつの裁判で大きな勝利をおさめた。その波瀾《はらん》万丈のキャリアが最低点まで落ちたのは、会計係が事務所の金を着服していることを見つけたロビーが、その会計係をブリーフケースでぶん殴ったときだった。交渉の結果、ロビーは軽罪での三十日間の実刑判決を受けることで、からくも厳罰をまぬがれた。この事件は新聞の一面を飾り、スローンじゅうの人々が目を皿にして読んだ。ロビーは——だれにとっても意外ではないが——売名の鬼であり、マスコミでの悪評が刑務所への収監以上に気にさわった。州法曹協会は懲戒処分を公表し、ロビーに九十日間の弁護士資格の停止をいいわたした。法曹倫理委員会との悶着《もんちゃく》は三度めだった。ロビーは、これが最後にはならないと誓った。ふたりめの妻は、気前のいい金額の小切手を手にして去っていった。

ロビーの毎日の生活は、本人の性格同様に混沌《こんとん》をきわめ、人からあきれられるようなものであり、自身の生活と他人の生活との絶え間のないせめぎあいでもあったが、退屈とだけは無縁だった。本人のいないところでは、よく〝ロビー・変人《フレイク》〟と呼ばれていた。飲酒癖が悪化したときには、〝ロビー・携帯酒瓶《フラスク》〟という綽名《あだな》も生まれた。しかしどれほど騒ごうとも、ふつか酔いや頭のおかしな女に悩まされたり、パートナー同士で争ったりしていても、収入が安定せずに仕事の先行きが暗くても、力のある者たちから軽蔑《けいべつ》されようとも、ロビーは毎朝かならず弱者のために戦おうという決意を胸に駅舎にあらわれた。しかもロビーは、弱者が自分を見つけるのをただ待っているだけではなかった。不正行為のにおいを嗅《か》ぎつけると、すぐ車に飛び乗って悪臭の発生源をさがしにいくことも珍しくはなかった。この尽きることのない熱意が、ロビーをその経歴においてもっとも悪名高い裁判へ導いたのだ。

一九九八年、スローンの街は史上類を見ないほど話題になった犯罪に衝撃をうけた。十七歳のニコル・ヤーバーというスローン・ハイスクールの三年生が姿を消したきり、生死さえ不明のまま二度と見つからなかったのだ。街が茫然と立ちすくむなか、二週間にわたって延べ数千人のボランティアたちが路地や野原や側溝や廃屋をしらみつぶしに捜索した。しかし、なんの成果も得られなかった。

ニコルは人気のある少女で、成績は中程度、よくあるクラブに所属し、日曜日にはファースト・バプテスト教会に行って、青少年聖歌隊の一員として歌うこともあった。しかしいちばんの偉業は、スローン・ハイスクールのチアリーダーとしての活躍だろう。三年生のときには校内一の——少なくとも女子生徒のあいだでの——憧《あこが》れの的、チアリーダー部のキャプテンになった。ボーイフレンド——野望はあるものの才能が追いついていないフットボール選手たち——とは、つきあったり別れたりをくりかえしていた。失踪《しっそう》した夜には、その直前に母親と携帯電話で話して、夜の十二時前に帰宅すると約束していた。十二月初旬の金曜日。スローン・ウォリアーズのフットボール・シーズンはすでにおわり、生活には日常がもどっていた。のちに母親は娘ニコルと一日に六回は携帯で話をしていたと供述し、電話記録からもそれが裏づけられた。さらにメールは一日平均四通。つまり母娘《おやこ》はひんぱんに連絡をとりあう間柄であり、そんなニコルが母親にひとことも話をせずに家出をしたというのは考えられなかった。

ニコルには感情面で問題を起こした前歴も、摂食障害の前歴もなく、とっぴな行動を見せたこともなかった。精神面の治療をうけたこともなければ、ドラッグ使用歴もなかった。ただふっと姿を消しただけ。目撃者はゼロ。理由となるような事情もなし。なにもなかった。教会や学校では、ニコルの無事を徹夜で祈る集会がつづけられた。情報提供を求めるホットラインがつくられると、電話が洪水のようにかかってきたが、信頼できる情報は皆無だった。捜索活動の現況をモニターし、ゴシップをふりわけることを目的としたウェブサイトが開設された。専門家が——自称だけの専門家も本物の専門家も——街を訪れて助言を口にした。招かれもしないのに超能力者とやらが街にやってきたが、だれも金を出そうとしないと、立ち去っていった。捜索がなおもつづき、街の人々の話題が事件一色になると、さらにゴシップが沸きたってきた。ニコルの自宅前には一日二十四時間パトカーがとまっていた——家族を安心させるためというのが表向きの理由だった。スローン唯一《ゆいいつ》のテレビ局はまたぞろ新人リポーターを雇って、真相究明にあたらせた。やがて捜索範囲は野山にまで広がり、ボランティアたちは地面を掘りかえしはじめた。ドアや窓にかんぬきをかける家が増えた。子をもつ父親たちは、ナイトスタンドに銃を置いて寝るようになった。小さな子どもたちは、それぞれの親やベビーシッターにしっかりと見まもられるようになった。聖職者たちは、悪を攻撃するために説教の原稿にさらに磨きをかけた。警察は事件発生後一週間、毎日プレスリリースを出していた。しかし、やがて発表できることがなにもないとわかるにつれて間隔があきはじめた。警察はひたすら待ちつづけた……捜査の手がかりが得られることを願い、予想もしていなかったような電話がかかってくることを願い、懸賞金目あてで密告屋がやってくることを願った。捜査に突破口がひらけることをひたすらに祈った。

その願いがついにかなえられたのは、ニコルが行方不明になってから十六日後のことだった。その日の午前四時三十三分、ドルー・カーバー刑事の自宅の電話が鳴りはじめた。二回の呼出音ののち、刑事は受話器をとった。疲れてはいたが、カーバーは熟睡できずにいた。さらにカーバーは反射的に、電話機の録音スイッチを入れていた。会話の録音は、こののち一千回も再生されることになる。内容は――

カーバー　もしもし？

声　カーバー刑事か？

カーバー　いかにも。失礼だが、そちらは？

声　名前なんかどうでもいい。大事なのは、あの少女を殺した犯人の名前をおれが知ってるっていうことだ。

カーバー　お名前をうかがわなくてはならないので。

声　気にするな。あの少女の件を話したくないのかい？

カーバー　話してもらおう。

声　あの少女はドンテ・ドラムとつきあっていた。どでかい秘密さ。女は別れたがっていたが、男のほうが別れようとしなかった。

カーバー　ドンテ・ドラムというのは何者なんだ？

声　よしてくれ、刑事さん。ドラムなら、だれでも知ってる。とにかくそいつが殺しの犯人だ。あいつはモールの外であの子をかどわかし、州道二四四号線の橋から死体を投げ捨てた。いまごろあの子はレッド川の川底さ。

それっきり電話は切れた。捜査の結果、発信元はスローン市内にある終夜営業のコンビニエンスストアの公衆電話だったことが判明したが、この手がかりもそこまでの袋小路にはいった。

なるほど、カーバー刑事もニコルが黒人のフットボール選手とつきあっているという内密の噂《うわさ》を小耳にはさんだことはあった。しかし、裏づけてくれる者はひとりもいなかった。ボーイフレンドは語気強く否定した。自分たちはこの一年、つきあったり離れたりをくりかえしてきたし、ニコルが性的にそこまで活発でなかったことには確信がある――ボーイフレンドはそう主張した。しかし、セックスがらみの噂や耳にした者がとても捨てておけない噂のご多分に洩《も》れず、この噂もしつこく囁《ささや》かれた。あまりにも忌《い》まわしい内容で、爆弾にもなりかねない性質のため、できればカーバー刑事はこの件をニコルの両親とは話しあわずにすませたいと思っていた。

カーバーはじっと電話機を見つめてから、テープを抜きとった。そのあとスローン警察署まで車を走らせ、コーヒーを淹《い》れてから、ふたたびテープを再生した。気分が高揚し、一刻も早くこのニュースを捜査チームの面々にも披露したかった。すべての辻褄《つじつま》がぴたりとあう――十代の若者の恋愛沙汰《ざた》、白人と黒人の交際――これはテキサス州東部ではいまもってタブーのひとつだ。そしてニコルが別れ話をもちかけ、馬鹿《ばか》にされた恋人が仕返しとして凶行におよぶ。これで辻褄はあう。

ついに、目あての男を見つけだしたのだ。

二日後、ドンテ・ドラムはニコル・ヤーバーの誘拐と加重強姦《ごうかん》、および殺害の容疑で逮捕された。ドンテは自供し、ニコルの死体をレッド川に投げ捨てたことを認めた。

ロビー・フラックとカーバー刑事のあいだには、暴力沙汰になってもおかしくないほどの確執の前歴があった。ふたりは刑事事件をめぐって、何度となく衝突した。カーバーは弁護士ロビーをきらい、犯罪者の代理をつとめる卑《いや》しい弁護士連中をひとしなみに憎んでいた。ロビーはロビーで、カーバーを暴力に訴える悪党であり、ならず者警官であり、有罪判決を勝ちとるためならどんな手段にも訴えかねない、警官バッジと制式拳銃《けんじゅう》をもった危険人物とみなしていた。長く語り草になった陪審の前でのやりとりのあいだ、ロビーは証言中にぬけぬけと嘘《うそ》をついたカーバーの尻尾《しっぽ》をつかみ、わかりきったその事実をさらに強調するため、カーバーにこんな大声を浴びせかけた。

「あなたは大嘘つきのクソ野郎ではありませんか？」

ロビーは卑語をつかったことで譴責《けんせき》され、法廷侮辱罪で収監され、カーバーと陪審への謝罪を求められたうえに、五百ドルの罰金を科された。しかし、依頼人は無罪になった。となれば、それ以外は問題にもならなかった。チェスター郡法曹協会の歴史を見わたしても、ロビー・フラックほど法廷侮辱罪でたびたび収監された弁護士はひとりもいなかった。これはロビーが誇りとしている記録だった。

ドンテ・ドラム逮捕のニュースを耳にするなり、ロビーは大急ぎで数本の電話をかけてから、スローンの黒人街を訪れた——かねてから熟知している地域だった。ロビーはアーロン・レイを同行させていた。レイは元ギャング団の一員であり、ドラッグ密売の罪で刑務所にいた前歴があったが、いまではたんまり給料をもらって〈フラック法律事務所〉に雇われている身分であり、ボディガードや使い走り、運転手、調査員など、ロビーが必要とする雑用のすべてを一手に引きうけていた。レイは最低でも二挺《ちょう》の銃を身に帯びていたうえ、携行しているバッグにも二挺の銃を隠していた。すべて合法的な銃である。というのもロビーがレイの人権をすべて回復させ、いまでは投票さえできる身分になっていたからだ。スローン周辺には、ロビー・フラックの敵がいやになるほど多い。しかし、その敵の全員がアーロン・レイの存在を知っていた。

　ドンテの母親は病院勤務で、父親は街の南にある製材工場のトラック運転手として働いていた。夫婦と四人の子どもたちが住む家は、外枠が白く塗られた小ぶりの一軒家だった。窓のまわりにはクリスマスのイルミネーションがほどこされ、玄関ドアにはリースが飾ってあった。ロビーが到着してほどなく、一家が通う教会の牧師も姿を見せた。話しあいは何時間にもおよんだ。両親は困惑し、打ちのめされ、怒りに震え、理屈ではどうにもならないほど怯《おび》えていた。さらに両親は、ロビー・フラックその人がこれほど迅速に駆けつけてくれたことに感謝していた。どう対処したらいいのか、見当もつかなかったからだ。

「わたしがこの裁判の弁護士になることもできます」ロビーはいい、両親は同意した。それから九年、ロビーはいまだにこの裁判の担当弁護士をつとめていた。

十一月五日の月曜日の朝、ロビーは早いうちに鉄道駅舎を改装したオフィスに出勤した。土曜も日曜も仕事漬けだったせいで、週末も心身はまったく休まらなかった。ふさいだ気分……いや、すさんだ気分でさえあった。これからの四日間は無秩序な大混乱状態になるはずだ――予想しているもの、現段階ではまったく予想していないものを含めて、多くの出来事できりきり舞いさせられるはずだ。そしてすべてが落ち着いた木曜日の午後六時には、自分が十中八九はハンツヴィル刑務所の狭苦しい立会人室にいることまで予想できた――馬一頭を殺せるほど大量の致死薬をテキサス州がドンテに注射するあいだ、母親ロバータ・ドラムの手をしっかりと握りしめながら。

あの立会人室には、前にも行ったことがあった。

ロビーは愛車ＢＭＷのエンジンを切ったが、すぐにはシートベルトをはずさなかった。両手で力いっぱいハンドルを握って、フロントガラスの先に目をむけてはいたが、なにも見ていなかった。

この九年間、ロビーはドンテ・ドラムの代理人として戦いつづけてきた。それは、かつて経験したことのない戦争だった。ドンテに殺人罪での有罪を宣告したあの茶番としかいえない裁判の場では、正気をうしなった人間さながらに戦った。その後の上訴では、複数の上訴裁判所を徹底的に利用した。倫理規定に抵触しないぎりぎりの部分を駆け抜け、法律をきわどくかわしつつ活動した。激烈な筆致で依頼人の無実を訴える記事を書きもした。専門家に金を払って新しい仮説を構築させたが、だれにも信じてもらえなかった。州知事にしつこくつきまとったせいで、いまではもう——知事はおろか、もっとずっと下級のスタッフからも——返事の電話をもらえなくなっていた。政治家、冤罪《えんざい》被害者の救済を進めるグループ、宗教団体、法曹協会、公民権活動家やアメリカ自由人権協会、アムネスティ・インターナショナル、死刑廃止論者などなど、依頼人ドンテの命を救うために少しでも力になってくれそうな人や組織に片はしから働きかけもした。それでも時計の針はとめられなかった。針はいまもまだ動いている……刻一刻と大きく音を響かせながら。

　その過程でロビー・フラックは全財産をつかいはたし、退路となる橋のすべてをみずから焼き落とし、友人のほとんど全員と疎遠《そえん》になり、さらにはみずからを疲労困憊《こんぱい》と精神的に不安定な状態にまで追いこんでいた。長いことトランペットを吹き鳴らしつづけたせいで、いまでは耳を貸す者はいなかった。はたから見ているだけの者には、ロビーは依頼人の無実を金切り声でわめきたてる、ありきたりな騒々しい弁護士のひとりにすぎなかった――とりたてて珍しい光景ではない。

この事件がらみの仕事で、ロビーは完全に頭がおかしくなっていた。いざすべてがおわったら――テキサス州が首尾よくドンテを処刑しおわったら――そのあとも自分が仕事をつづけていけるかどうか、心底から疑わしく思えた。引っ越しも考えていた――不動産をすべて売って弁護士業から引退、スローンとテキサスにケツをむけておさらば、ヴァーモント州あたりのどこかの高原で暮らすのもいい――夏場も涼しく、州政府が人殺しをしない土地で。

会議室の明かりがともっていた。だれかが顔を出して準備を進めているようだ――これからの地獄の一週間にそなえて。ロビーはやっと車から降りて、オフィスにはいっていき、長年ロビーの右腕役をつとめている補助職員のカーロスに話しかけた。ふたりはコーヒーを飲みがてら、数分ばかり世間話をした。話題はすぐにフットボールに移った。

「カウボーイズの試合は見ましたか?」カーロスはたずねた。

「いや、見られなかった。プレストンが大活躍だったらしいな」

「二百ヤード越えでしたよ。タッチダウンを三回決めました」

「わたしはもうカウボーイズのファンでもなんでもなくてね」

「ぼくもです」

一カ月前、いま話に出たラーマド・プレストン選手はこの事務所の会議室にやってきて、サインをしたり、写真のためにポーズをとったりしていた。プレストンには、十年前にジョージア州で死刑にされた遠縁の者がいたため、ドンテ・ドラム救済のためにひと肌脱ぐことに同意したのだった——しかも、ダラス・カウボーイズのほかの選手やNFLの大物選手も誘って、大いに旗をふってもらうという計画までたずさえて。州知事や仮釈放審査委員会の面々、大企業の大物たちや政治家、それに親しい間柄だというふたりのラッパーにも会って話をする、うまくすれば何人かのハリウッドの大物俳優にも会えるかもしれない。デモ行進の先頭に立って大いに騒ぎたて、州政府が引っこまざるをえないようにしてやろう。しかし、プレストンの話は、すべて口先だけだったことが判明した。プレストンは唐突に黙りこんだ——エージェントによれば〝引きこもって〟しまったとのことだった。エージェントはさらに、こうした助命運動が偉大なるランニングバックであるプレストンの精神集中を乱しかねないとも説明した。つねに陰謀のにおいに敏感なロビーは、このときもカウボーイズの首脳部やスポンサー企業がつくるネットワークがプレストンに圧力をかけたのではないか、と考えていた。

午前八時半、事務所の全員が会議室にあつまり、ロビーが会議開始を宣言した。もっかパートナーはひとりもいなかった——最後に残っていたパートナーはロビーと反目して事務所を去り、その反目はいまなお訴訟の形でつづいている。いるのはふたりのアソシエイトとふたりの補助職員、三人の秘書、そしていつもロビーのそばにいるアーロン・レイ。ロビーについて十五年になるレイは、いちばん古株の補助職員よりも多くのことを知っていた。さらに〈アムネスティ・ナウ〉に所属する弁護士も出席していた。ロンドンに基盤を置くこの人権団体は、ドンテ・ドラムの上訴にあたって経験に裏うちされた数千時間もの無償労働を提供してくれていた。また〈テキサス死刑囚弁護グループ〉に所属する上訴専門の弁護士も、オースティンから電話でこの会議に参加していた。

ロビーはまず一週間の予定をざっと説明した。ついでやるべき仕事が決まり、作業分担が決まり、それぞれの責任が明らかにされた。ロビーは意気軒昂《けんこう》として希望に満ち、いましも奇跡が起こることに自信をいだいているような演技を心がけた。

その奇跡は、北に六百四十キロ離れたカンザス州トピーカの街で、ゆっくりと形をとりつつあった。

3

さしたる努力もせずに、二、三の事実が確認できた。デイナがセント・マークス教会から電話をかけて、親切にも教会を訪れてくれる人たちにお礼の言葉をかけるという仕事をはじめるなり、話し相手の社会復帰訓練所〈アンカーハウス〉の所長が、ボイエットはたしかに三週間前から訓練所にいる、と答えたのだ。ボイエットの〝滞在〟予定は九十日間。その期間をつつがなく過ごせば晴れて自由の身になる——ただし、いうまでもないことながら、かなり厳格な仮釈放規則を課されてもいる。訓練所には現在二十二名の男性滞在者がおり、女性はひとりもいない。施設の監督官庁は州矯正局。ほかの滞在者と同様にボイエットにも、午前八時までには施設の外に出ることや、毎日夕方六時には夕食のために帰ってくることが義務づけられていた。就業が奨励されており、所長は滞在者たちに清掃スタッフやビルの管理人のような仕事の口や、ちょっとしたアルバイトを斡旋《あっせん》して彼らを忙しくさせていた。ボイエットは政府関係のビルの地下室で一日四時間、監視カメラの映像をじっと見るという時給七ドルの仕事についていた。信頼できる、まっとうな人物で、口数は少なく、トラブルを起こしたこともないという。一般的にこの訓練所に来る人々は折り目正しいふるまいを見せる。というのも、規則を破ったり不品行をしでかしたりすれば、すぐ刑務所に送りかえされるからだ。自由を目にし、肌で感じ、その香りを嗅《か》いだことで、彼らはおのずとしくじりたくないと思うようになるのだ。

杖《つえ》については、監督官はなにも知らないも同然だった。ボイエットは施設に到着した日から杖をついていたとのことだった。しかしながら、退屈した犯罪者の集団のなかではプライバシーはないも同然、ゴシップがいつも大量に流れている。そのなかには、ボイエットが刑務所でかなり激しい暴行を受けたという噂《うわさ》もあった。もちろん、だれもがボイエットの忌《い》まわしい前歴を知っており、みな遠巻きにして近づこうとしなかった。不気味な雰囲気で、いつも孤立し、ほかの面々が大部屋のベッドで寝ても、ひとりでキッチンの裏にある狭い部屋で寝ている、という。

「しかし、ここにはあらゆるタイプの人が来ますからね」所長はいった。「それこそ殺人犯から掏摸《すり》まで。わたしどもも、あまり穿鑿《せんさく》しないようにしているんですよ」

デイナはさりげない口調で、ちょっとした嘘《うそ》を――いや、かなり大きな嘘を――口にした。教会を訪ねたボイエットが親切にも訪問者カードを記入してくれたのだが、そこに健康上の問題が書いてあった、と話したのである。祈りのリクエストとして。むろん、そんなカードは実在しない。デイナはすかさず、内心で全能の神に赦《ゆる》しを乞《こ》うた。またこの些《さ》細《さい》で無害な嘘は、目下の大きな問題の前には正当化されるものだとも思った。所長は、ボイエットが頭痛について訴えてやまないので、やむなく病院に連れていったことを認めた。彼らは病院で治療されるのが好きなのだ。セント・フランシス病院ではいろいろな検査をおこなったが、所長はなにも知らなかった。ボイエットには処方薬が出されたが、それは本人だけが知っていればいい。医療関係の個人情報であり、他人が踏みこんではならないのだ。

デイナは所長に感謝し、セント・マークス教会はどのような人でも――〈アンカーハウス〉の滞在者であっても――喜んで迎えいれることをあらためて話した。

デイナがつぎに電話をかけたのは、セント・フランシス病院の胸部手術専門医であり、セント・マークス教会の長年の信徒でもあるドクター・ハーツリックだった。といっても、トラヴィス・ボイエットの健康状態について、あれこれ質問をする気はなかった。そんな穿鑿は厳につつしむべきおこないだし、そもそもなにかききだせるはずもない。ドクター・ハーツリックとの話しあいは夫のキースにまかせるつもりだった。オフィスのドアを閉め、ともに外には決してきこえないプロの声で話しあえば、共通の土台を見つけることもできよう。電話はすぐ留守番電話サービスにつながり、デイナは夫のキースに電話をかけてくれるよう依頼するメッセージを残した。

デイナが電話をかけつづけているあいだ、キースはコンピューターの前から動かず、ドンテ・ドラム裁判に埋もれていた。ウェブサイトにはあらゆる情報が網羅されていた。事実関係の要約はここをクリック——十ページ。公判の全速記録はここをクリック——千八百三十ページ。その下をクリックすると、上訴で提出された摘要書や証拠物件や宣誓供述書が閲覧できて、こちらは約千六百ページあった。裁判史のコーナーは全体で三百四十ページあり、上訴審でくだされた裁定の数々も含まれていた。〈テキサス州における死刑〉へのリンクボタンがあり、それ以外にも〈ドンテのフォトギャラリー〉があり、〈死刑囚舎房のドンテ〉があり、〈ドンテ・ドラム弁護基金〉があり、〈協力のお願い〉があり、〈マスコミ報道・特別記事一覧〉があり、〈誤審と虚偽自白〉へのリンクがあった。最後のコーナーを書いていたのは、弁護士のロビー・フラックという人物だった。

キースは、事実関係の要約を読みはじめた。このような内容だった。

テキサス州の人口四万の街スローンは、かつて恐れ知らずのラインバッカーであるドンテ・ドラムがグラウンドを駆けまわったときには昂奮《こうふん》に沸きたった。しかしいまこの街は、落ち着かぬ思いでドンテの処刑を待っている。

ドンテ・ドラムは一九八〇年、テキサス州マーシャルで、ロバータとライリーのドラム夫妻の第三子として誕生した。その四年後に第四子が生まれてまもなく、一家はスローンに引っ越し、父ライリーはこの街で下水道工事会社の社員として働きはじめた。一家はベセル・アフリカン・メソジスト教会に通うようになり、いまも同教会の活発なメンバーである。ドンテは八歳のとき、この教会で洗礼を受けた。スローン市内の小学校に入学、十二歳のときにはその運動神経のよさで早くも注目された。体格のよさとぬきんでた敏捷《びんしょう》な身ごなしで、ドンテはフットボール・フィールドでめきめき頭角をあらわし、スローン・ハイスクールの一年生だった十四歳のときには、学内選抜チームの先発ラインバッカーに抜擢《ばってき》された。二年生と三年生のときにはオールカンファレンスに選出され、ノース・テキサス大学でフットボールをつづけることを口頭で約束された。しかしその後、足首に重傷を負ってしまい、三年次の最初の試合の第一クォーターの途中で選手生命を断たれた。手術は成功したが、すでに手おくれだった。奨学金の申し出は白紙撤回された。さらに、ドンテがハイスクールを卒業することはなかった。収監されたからだ。二〇〇二年、ドンテがすでに死刑囚舎房に収容されているころ、父ライリーは心臓疾患で他界した。

十五歳のとき、ドンテは暴行容疑で逮捕、起訴された。起訴状によれば、ドンテがふたりの黒人の友だちとともに、ハイスクールの体育館の裏で、べつの黒人の若者に暴行を働いたということだった。この事件は少年裁判所で裁かれた。やがてドンテは有罪を申し立て、保護観察処分に付された。十六歳のときには、マリファナの単純所持で逮捕された。このときにはドンテはすでにオールカンファレンス・チームのラインバッカーで、街の有名人だった。起訴はのちに取り下げられた。

一九九九年、十九歳のとき、ドンテはハイスクールのチアリーダーだったニコル・ヤーバーの拉致《らち》と強姦《ごうかん》と殺害の罪で有罪判決を受けた。事件当時、ドンテとニコルはともに四年制のスローン・ハイスクールの最上級生だった。ふたりは友人で幼なじみだったが、ニコル――あるいはよくつかわれた愛称にしたがうなら〝ニッキ〟――が街の郊外住宅地住まいだった一方、ドンテはヘイゼルパークという古くからの市街地の一地区、それも黒人中流家庭の多い地区に住んでいた。スローンは黒人住民が三分の一を占める。学校は人種に関係なくどんな生徒も平等に受け入れていたが、教会や市民団体、あるいは居住地域については人種の壁があった。

ニコル・ヤーバーは一九八一年、リーヴァとクリフのヤーバー夫妻の第一子として生まれた。夫妻はニコルが二歳のときに離婚。ニコルは母親とその再婚相手であるウォリス・パイクのふたりによって育てられた。パイク夫妻は、そのあとさらにふたりの子宝に恵まれた。両親の離婚をのぞけば、ニコルの受けた教育は典型的であり、特筆すべきことはない。ニコルは公立の小学校と中学校をおえたのち、一九九五年にスローン・ハイスクールに入学した（スローン市内にはハイスクールは一校だけであり、教会併設の幼稚園をべつにすれば私立学校は一校もない）。ニコルは中程度の成績の生徒であり、勉学の熱意がはためにもわかるほど欠如していたことで教師たちに苛立《いらだ》ちを感じさせていたらしい。いくつかの要約を参照するかぎり、Ａクラスの成績をおさめる生徒であってもおかしくなかったことが察せられる。ニコルはだれからも好かれ、人気があり、きわめて社交的、不品行の記録もなければ、法律上の問題を起こしたこともなかった。スローン市内のファースト・バプテスト教会の熱心なメンバーでもあった。趣味のヨガや水上スキーやカントリーミュージックを楽しんでいた。ふたつの大学に願書を提出していた。ひとつはテキサス州ウェイコにあるベイラー大学、もうひとつは同州サンアントニオにあるトリニティ大学である。

　離婚ののち、ニコルの実父であるクリフ・ヤーバーはスローンを去ってダラスに居を移し、ショッピングモールの経営で財を築いた。留守がちな父親だったクリフは、高価なプレゼントをニコルに贈ることで過去の穴埋めをしようとしていたふしがある。たとえばニコルは十六歳の誕生日に、まばゆいほど赤いBMWロードスターを贈られた。スローン・ハイスクールの駐車場では、まちがいなくもっとも高級な車だったはずだ。こういったプレゼントは、すでに離婚していたクリフとリーヴァのあいだに軋《あつ》轢《れき》を生んだ。リーヴァの再婚相手のウォリス・パイクは家畜用飼料店を経営しており、経済的にはなんの問題もなかったが、クリフ・ヤーバーにはとても太刀打ちできなかった。

失踪《しっそう》する一年ほど前から、ニコルはジョーイ・ギャンブルというクラスメイトと交際していた。校内でも一、二を争う人気者の男子生徒だった。事実、二年生と三年生のとき、ニコルとジョーイは校内投票でいちばん人気のある生徒に選出され、学校のアルバムを飾る写真のためにポーズをとったこともあった。ジョーイは、フットボール部に三人いたキャプテンのひとり。のちに短期間だが、ジュニアカレッジでも選手になった。さらにドンテ・ドラムの公判においては、裁判を左右する重要証人にもなる。

ニコルの失踪以降、さらにそのあとの公判以降も、ニコル・ヤーバーとドンテ・ドラムの関係についてはさまざまな臆測《おくそく》が乱れ飛んでいた。しかしそのどれひとつとして、裏づけのとれた確固たる事実ではない。ドンテは一貫して、ニコルとはただの顔見知り以上の関係ではなかった、おなじ街に生まれ育ち、五百人以上いるハイスクールの最上級生仲間でしかなかった、と主張していた。また公判では宣誓のうえで、ニコルとの性的関係を否定し、その後も否定しつづけている。またニコルの友人たちも、これを一貫して信じていた。しかしながら懐疑的な見方をする人々は、ドンテも馬鹿《ばか》ではないのだから、自分が殺したという罪を問われている女との性的関係を認めるはずはないと考えていた。数名のドンテの友人が、ふたりが関係をもちはじめた直後にニコルが失踪した、と話したとされている。こういった臆測の大多数の中心になっていたのが、ジョーイ・ギャンブルの行動である。ジョーイは公判で、ニコルが失踪した当時、そのBMWがあった駐車場を緑色のフォードのヴァンがゆっくりと〝いかにも怪しげに〟通りぬけていくのを目撃したと証言した。なるほどドンテ・ドラムは、両親が所有していたその種のヴァンをよく走らせていた。ジョーイの証言は法廷でも批判されたし、本来ならば信用に値するものではないと判断されるべきだった。ここから以下の仮説が導きだされる——すなわちジョーイはニコルとドンテの交際を知り、爪《つま》はじきにされた男として怒り狂ったあげく、ありもしないドンテ・ドラムの容疑を警察がでっちあげられるように手を貸したのではないか？

公判の三年後、被告人の弁護士たちが音声分析の専門家に作業を依頼し、その鑑定の結果、電話でカーバー刑事にドンテを犯人だと名指しする密告を寄せた匿名《とくめい》の人物は、じっさいにはジョーイ・ギャンブルであることが明らかになった。ジョーイはこれを強硬に否定した。これが事実なら、ジョーイはドンテ・ドラムの逮捕と訴追、およびその有罪判決に重要な役割を果たしたことになる。


いきなり声がして、キースははっと我にかえった。

「キース、ドクター・ハーツリックから電話よ」インターフォンからデイナの声がいった。

キースは、「ありがとう」と答えてから、頭を整理するために一拍の間を置き、おもむろに受話器をとりあげた。とりあえず定番の挨拶《あいさつ》から会話をはじめたが、この医師が多忙なことは承知しているので、すぐ本題にかかった。「ドクター・ハーツリック、折りいってお願いがあります。あまりにも厄介でしたら、そうおっしゃってください。昨日の礼拝に、ひとりの訪問者がありました——仮釈放中の囚人で、現在は数カ月の予定で社会復帰訓練所に滞在しています。悩める魂のもちぬしです。その男がきょうの朝、また教会にやってきました。先ほど帰ったばかりです。男はかなり深刻な健康上の問題をかかえていると話していました。セント・フランシス病院で診察してもらったとのことです」

「で、頼みというのは？」ドクター・ハーツリックはいった——腕時計をにらみながら話しているような口調だった。

「お忙しいようでしたら、またあとで電話をさしあげますが」

「いや、かまいません」

「それでその男は、自分は脳腫瘍《のうしゅよう》だと診断されたと話しています。それもかなり悪性の膠芽腫《こうがしゅ》だと。不治の病で、余命はいくばくもない、とね。それで、先生ならこの話をどの程度まで裏づけてくれるだろうか、と思ったんですよ。いや、もちろん秘密情報を教えてほしいといってるんじゃない。わかりますね？　この男が先生の担当患者でないことはわかっていますし、そちらの病院のだれかが規則違反をおかすようなことも望んではいません。頼みたいのはそういうことではない。ぼくがそんなお願いをする人間でないことは、先生もご存じのはずです」

「どうしてその男の言葉を疑うんです？　だいたい、本当は脳腫瘍ではないにもかかわらず脳腫瘍だと主張する理由があるでしょうか？」

「この男は常習的犯罪者ですよ、先生。一生ずっと鉄格子《てつごうし》のなかで暮らしている手あいで、なにが真実なのかもわからなくなっているのかもしれません。いや、疑っているといっているわけじゃないんです。げんにこの男はわたしのオフィスで二回ばかり、ひどい頭痛の発作を起こしてました。見ているだけで、こっちが痛くなってくるほどでした。ただ、男の言葉が事実なのかを確かめたい。それだけです」

間――ドクター・ハーツリックが周囲に目を走らせて、盗み聞きをしている人物の有無を確認しているかのようだった。「それほど深いところまでは調べられません。ここでの担当医はわかりますか？」

「いいえ」

「では、その男の名前を教えてください」

「トラヴィス・ボイエットです」

「わかりました。二時間ほど待ってください」

「感謝します、先生」

キースはすばやく電話を切ると、ふたたびテキサスの地に引き返し、事実関係の要約のつづきを読みはじめた。

ニコルが行方不明になったのは一九九八年十二月四日。ニコルはその日の夕方を、友人たちともどもスローンにひとつきりのショッピングモール内の映画館で過ごしている。映画がおわると、少女たち――ニコルを含めて四人――はおなじモールにあるレストランでピザを食べた。レストランの店内にはいると、四人はふたりの少年と短時間の立ち話をかわした。少年のひとりはジョーイ・ギャンブルだった。ピザを食べながら、四人の少女たちはあとでアシュリー・ヴェリカの自宅に集合して、いっしょにテレビの深夜番組を見ることに決めた。四人でレストランを出たあと、ニコルは洗面所に行くといってその場を離れた。三人の友人がふたたびニコルの姿を見ることはなかった。ニコルは母親に電話をかけて、門限である夜中の十二時までには帰宅すると話しているが、それっきり姿を消した。一時間後、友人たちはいよいよ心配になって電話をかけはじめた。二時間後、ニコルの赤いBMWが最初にとめたときのまま、モールの駐車場にあるのが発見された。車はロックされていた。争った形跡も、不審な事態の形跡もなければ、ニコルの姿もなかった。家族と友人がパニックに見舞われ、捜索活動がはじまった。

警察は即座にニコルがなんらかの忌《い》まわしい事件に巻きこまれた可能性を想定、ニコルの発見にむけて大規模な捜索隊を組織した。ボランティアはのべ数千人。そのあと何日も、何週間も市内や郡内において空前の捜索がつづけられた。しかし、なにも発見されなかった。ショッピングモールの防犯カメラは遠すぎたうえにピントがぼけていて、なんの役にも立たなかった。ニコルがモールを出ていくところや、愛車に近づいていくところを目撃した者もいなかった。実父クリフ・ヤーバーは、有益な情報の提供者に十万ドルの懸賞金を出すことにした。その金額でも効果がないとなると、クリフは懸賞金を二十五万ドルに増額した。

捜査に最初の突破口が訪れたのは十二月十六日、ニコルが行方不明になってから十二日後のことだった。その日、レッド川のラッシュポイントの名で知られる荷揚げ場近くで釣りをしていたふたりの兄弟が、プラスティック片を目にとめた。ニコルのスポーツクラブの会員証だった。付近の泥や砂をかきまわしたところ、別のカードが見つかった——スローン・ハイスクール発行のニコルの学生証だった。兄弟のひとりがニコルの名前を覚えていた。ふたりはすぐに車でスローン警察署へむかった。

ラッシュポイントはスローンの市境から北に六十キロ離れている。

ドルー・カーバー刑事を中心とした捜査チームは、スポーツクラブの会員証と学生証についての情報を公開しないことに決めた。まず死体を見つけるほうが戦略としてすぐれている、というのが非公開の理由だった。警察はラッシュポイントから東西数キロの範囲で徹底した捜索活動を展開したが、成果はゼロだった。捜索活動には、州警察のダイバー・チームも参加した。しかし、新たな発見はなかった。また百五十キロ以上も下流の捜査関係機関にも通達が発せられ、目を光らせているようにとの要請がなされた。

このレッド川での捜索が進行中、カーバー刑事はドンテ・ドラムが犯人であると示《し》唆《さ》する匿名通報の電話をうけた。カーバーは一刻も無駄にしなかった。二日後、カーバーとパートナーのジム・モリッシー刑事は、スポーツクラブを出てくるドンテに話しかけた。さらに数時間後、別のふたりの刑事がドンテの親友であるトリー・ピケットという若者に話しかけた。ピケットはその足で警察におもむき、いくつかの質問に答えることに同意した。ピケットはニコルが行方不明になった件ではなにも知らず、その点では心配していなかったが、警察署に行くことには落ち着かない気分を感じた。

「キース、監査役から電話よ。外線の二番」デイナが内線電話で声をかけてきた。キースはちらりと腕時計を見やって——午前十時五十分——頭を左右にふった。いまこの瞬間、いちばん声をききたくない相手が教会の監査役だった。

「プリンターの用紙は充分あるかな?」キースはたずねた。

「知らない」デイナはすかさず答えた。「あとで確認しておくわ」

「いっぱいにしておいてくれ」

「了解」

キースはしぶしぶ外線二番のボタンを押し、十月三十一日までの教会の財務状況についての退屈な、しかし決して長時間にはならない会話を監査役とはじめた。受話器から数字をききながら、キースはキーボードを叩《たた》いていた。まず事実関係の要約を十ページプリントアウトし、つづけて新聞記事や論説を三十ページ、さらにテキサス州で執行された死刑についての要約や、死刑囚舎房でのドンテの暮らしぶりなども印刷した。そのあたりでプリンターの用紙がなくなると、今度はドンテのフォトギャラリー・ページをクリックして、そこにならぶ顔をながめた。両親やふたりの兄や妹といっしょに写っている幼い日のドンテ。教会の聖歌隊のローブをまとった少年ドンテ。ラインバッカー時代にさまざまなポーズをとっているドンテ。そしてスローン・デイリーニューズ紙に掲載された逮捕時の写真。手錠をかけられて、裁判所に引き立てられていくドンテ。公判での写真はそれ以外に何枚もあった。そして刑務所が年一回作成する収監者ファイル用に撮影された写真。一九九九年、最初の写真のドンテは、挑戦的にカメラをにらんでいる。最後は二〇〇七年——そこに写っているのは年をとりつつある二十七歳の男の痩《や》せこけた顔だ。

監査役との話をすませると、キースは受付へ出ていき、妻とさしむかいの椅子《いす》に腰をおろした。妻デイナは、先ほどキースがプリントアウトした用紙を整理し、整理しながら目を通していた。

「これをぜんぶ読んだの？」デイナは用紙の束をふりながらたずねた。

「ぜんぶ読んだ？　何百ページもあるんだぞ」

「ちょっときいて」デイナはそういって、一枚の中身を読みあげはじめた。「ニコル・ヤーバーの死体は結局発見されずじまいだった。ほかの司法管轄《かんかつ》区では、死体が発見されなければ訴追がかなり困難になる場合もある。しかし、テキサスではそういった事情で法律手続の進行が遅くなることはない。それどころかテキサスは、まちがいなく殺人行為がなされたという決定的な証拠がなくても、検察が殺人罪での訴追をおこなうことを可能にする判例法が充実している数州のうちのひとつだ。死体はかならずしも必要とされない」

「いや、まだそこまでは読んでない」キースはいった。

「こんなこと、信じられる？」デイナはいった。

「なにを信じればいいのかもわからないね」

電話が鳴った。デイナはすかさず受話器をとると、牧師が電話に出られない旨《むね》を相手に告げた。受話器をもどすと、デイナはいった。「オーケイ、牧師さん。これからの計画は?」

「計画なんかない。次の一歩は——といっても、これ以外に進む道を考えつかないんだが——トラヴィス・ボイエットともう一度話をすることだね。死体がどこにあるかを……あるいは過去どこにあったかを知っているとボイエットが認めたら、殺人の犯人であることも認めろとプレッシャーをかけてみようと思う」

「もし認めたら? そのあとはどうするの?」

「見当もつかないね」

4

調査員は三日にわたってジョーイ・ギャンブルの尾行をつづけたのち、本人に接触することにした。ジョーイは身を隠していなかったし、見つけだすのは造作もなかった。現在はヒューストン郊外のミッションベンド地区にある、自動車用品専門の巨大ディスカウントストアの副店長をつとめていた。過去四年間で三つめの仕事だった。離婚歴は一回だが、近々二回になりそうだった。二番めの妻とは現在別居中で、いまはそれぞれの弁護士が控えるニュートラルコーナーに引っこんでいた。といっても、争いの対象はないも同然だった——少なくとも資産の面では。子どもはひとりいた。まだ幼い自閉症の男の子である。どちらの親も、本心では親権を求めていなかった。そんな事情があったため、どのみちふたりは争うことになった。

ジョーイ・ギャンブルについてのファイルは、裁判そのもののファイルとおなじくらい古く、調査員はすでに中身をすっかり諳《そら》んじていた。ジョーイはハイスクール卒業後、ジュニアカレッジで一年ばかりフットボールをしたのちに退学した。その後数年間はスローンにとどまって、あちこち職を転々としながら余暇をスポーツクラブで過ごしていた。クラブではステロイド剤を食べ、みずからの肉体を筋肉美の見本に改造し、ボディビルダーになってみせると大言壮語していたが、やがてトレーニングにも飽きてしまった。地元の女と結婚したが、やがて離婚してダラスに引っ越し、そのあと流れ流れてヒューストンに行きついた。一九九九年の卒業生たちの卒業アルバムによれば、NFLで成功するという夢が果たせなかったら牛の大牧場を買いたいと思っていたようだ。

NFLでの成功は果たせず、牛の大牧場の夢も実現せず、いまジョーイはクリップボード片手に、しかめ面でフロントガラス用ワイパーの陳列棚をながめていた。調査員はジョーイに近づいていった。通路に人影はない。月曜日の正午近く、店内は無人といってもいい状態だった。

「ジョーイだね?」調査員はふさふさした口ひげの下の口を引き結んだまま、笑みを見せた。

ジョーイは自分のシャツのポケットにピンでとめてある名札を見おろした。「ああ、そうだよ」

いいながらジョーイは笑みを返そうとした。なんといっても客商売、商品を買ってくれる客にはいい顔を見せなくては。しかし目の前の男は、商品を買いそうな客には見えなかった。

「わたしはフレッド・プライアー」ボディブローをお見舞いするボクサーのような勢いで、右手が突きだされた。「調査会社の調査員だ」

ジョーイは攻撃を受けとめるかのようにその手を握りしめた。気づまりな雰囲気のなか、ふたりは数秒間ほど握手をかわした。

「よろしく」プライアーがいった。

「こちらこそ」ジョーイは答えた。いまジョーイのレーダーは、最高レベルの警戒モードになっていた。プライアーと名乗った男は五十歳ほど、ぶあつい胸板をもち、輪郭こそ丸いが顔はいかつく、頭頂部のごま塩の髪は毎朝きちんと整えることが必要だ。着ているのはありふれた紺のブレザーと黄褐色のポリエステルのスラックス――腰のあたりが見るからにきつそうだ。いうまでもなく、磨きこまれて先端が尖《とが》ったブーツを履いていた。

「どんな種類の調査員かな？」ジョーイはたずねた。

「わかるとは思うが、警官じゃない。さっきもいったとおり、調査会社づとめの調査員だ。テキサス州から正規の営業許可証ももらってる」

「拳銃《けんじゅう》をもってるのかい？」

「ああ」プライアーはブレザーの前をひらき、左わき腹に装着したホルスターにおさまった口径九ミリのグロックを見せた。「携行許可証も見るかね？」

「いや、いい。で、だれの下で働いてるんだ？」

「ドンテ・ドラムの弁護チームだ」

ジョーイの両肩がわずかに沈み、目玉がぎょろりと回って、口から苛立《いらだ》ちもあらわな吐息が一回だけすばやく洩《も》れた。「もう勘弁してくれ」といっているかのようだった。しかしこの手の反応を予期していたプライアーは、すばやく話をつづけた。

「ランチを奢《おご》ろう。ここじゃ話もできないからね。すぐそこの角を曲がったところに、メキシコ料理の店があったな。あの店で会おう。三十分でいい。頼みはそれだけだ。きみはランチにありつける。わたしはきみとさしで話せる。それがすんだら、もうきみの前には二度とあらわれないかもしれない」

月曜のおすすめランチはケサディーヤだった。代金は六ドル五十セント。医者からはダイエットを申しわたされているが、ジョーイはメキシコ料理に飢えていた——それもアメリカ風に油をたっぷりつけて軽く揚げた料理が。

「なにが目あてなんだ？」ジョーイはたずねた。

プライアーは、きき耳を立てている者が周囲にいるかのようにあたりに視線を走らせてからいった。「三十分でいい。いいか、わたしは警官じゃない。なんの権限もないし、逮捕状ももっていない。なにかを出せと命じる権限もない。しかし、事件の歴史にかけては、わたしよりもきみのほうがよく知っているね」

のちにプライアーは、この時点を境にジョーイの棘々《とげとげ》しさが消え、顔から笑みが消え、すべてを受け入れて悲しみを感じているかのように目を半眼に閉じた、とロビー・フラックに報告することになる。それはまるで、ジョーイがいずれこの日が来ると予想していたかに見えた。この瞬間、プライアーは自分たちがついに突破口を見いだしたものと確信していた。

ジョーイは腕時計に目を落とした。「二十分後に店にいく。おれには、あの店特製のマルガリータを注文しておいてくれ」

「ああ、わかった」プライアーは、昼休みの飲酒は――少なくともジョーイには――問題になりかねないと思った。しかし、考えてみればアルコールが助けになるかもしれない。

店の特製マルガリータは、透明なボウル状のピッチャーで運ばれてきた。渇いた男数名ののどを潤《うるお》せるほどの量だ。数分後にはグラスの表面に水滴がつき、氷が溶けはじめた。プライアーはレモンを浮かべたアイスティーを飲みながら、ロビー・フラックに携帯メールを送った。《これからJGとランチ。またのちほど》

ジョーイは約束の時間きっかりに店にあらわれ、かなりの巨体をボックス席のシートに押しこめた。ついでグラスを引きよせてストローを手にとり、思わず目をみはるほどのアルコールを吸いあげた。プライアーは多少の世間話をした。ウェイターが注文をとって去っていくと、プライアーはわずかに乗りだして本題を切りだした。

「ドンテは今週の木曜日に処刑される予定だ。知っていたか？」

ジョーイはゆっくりとうなずいた。肯定のしるしだ。「新聞で見たよ。それに、ゆうべおふくろと電話で話した。なんでも街は大騒ぎだとか」

母親はいまもスローンに住んでいた。父親はオクラホマ州で働いているが、別居と解釈できるかもしれない。兄はスローン在住。妹はカリフォルニアに引っ越していた。

「われわれは執行停止のために努力していてね。そのために、ぜひともきみの力を借りたい」

「〝われわれ〟というのは？」

「わたしはロビー・フラックに仕事を依頼されている」

ジョーイは唾《つば》を吐き捨てるような口調でいった。「あのいかれ野郎は、まだうろうろ動いてるのか？」

「もちろんだとも。この先も動きつづけるだろうね。最初の日からドンテの代理をつとめているんだ。木曜の夜にはハンツヴィルへ行って、悲しい結末を見とどけるに決まっている。いや、われわれが死刑を停止させられなければね」

白「新聞には上訴の策は尽きたとあったぞ。もうどんな手段も残されてはいないと」

「そうかもしれない。しかし、あきらめるわけにはいかないよ。ひとりの人間の命がかかってるんだ、投げだせっこない」

ジョーイはまたストローで酒を吸いあげた。プライアーはこの男が静かな酒飲みであることを祈った。酒を飲むとぐずぐずになって壁に溶けこんでいくようなタイプならいい。その反対に、立てつづけに二杯あおって、バーの酒を飲みつくそうとするような酒乱だと困る。

ジョーイがぱちりと唇を鳴らした。「つまり、あんたはドンテが無実だと思ってるんだな？」

自「思っているよ。昔からずっとね」

「その根拠は？」

「根拠は、まず物的証拠がひとつもないことだ。根拠は、ドンテにアリバイがあり、犯行当時は別のところにいたことだ。ドンテの自供なるものが、この世にありもしない三ドル紙幣なみにいんちきなしろものだということも根拠だな。さらにドンテが、少なくとも四回の嘘《うそ》発見機のテストをパスしたことも根拠だ。一貫して事件への関与を否定しつづけていることもだ。それにね、ジョーイ、これはわれわれの会話の目的でもあるのでいわせてもらうが、公判でのきみの証言に信憑《しんぴょう》性がまったくなかったことも根拠だよ。そもそもきみは、ニコルの車の近くを走っている緑のヴァンを見ていない。ありえないんだよ。きみは映画館に通じている出入口をつかって、ショッピングモールをあとにした。ニコルが車をとめたのは建物の西側の駐車場。きみがつかった出入口とは建物の反対側だ。つまりきみは、警官たちが容疑者の尻尾《しっぽ》を押さえられるように証言をでっちあげたわけだ」

感情の爆発もなければ、怒りの発作もなかった。ジョーイは静かに話を受けとめていた。小銭をくすねているところを現行犯でつかまって、ひとことも言葉を出せなくなった子どもそっくりだった。

「先をきこうじゃないか」ジョーイはいった。

「ききたいのかね?」

「前にもきいたはずだが」

「ああ、きいたはずだ。八年前、公判でね。フラック弁護人が陪審に説明したんだ。きみはニコルに首ったけだったが、ニコルはきみのことをそれほど好いてはいなかった。ありふれたハイスクールの恋愛ドラマだ。きみたちはデートをしたりしなかったりの関係だった。セックスの関係ではなかった。どちらかといえば、険悪な関係だった。そしてある時点で、きみはニコルがほかの男とつきあっているのではないかと疑いをいだくようになった。そして、その相手がドンテ・ドラムだと判明した。もちろんこれは、スローンであれ、ほかのどこの小さな街であれ、問題になりかねない関係だ。確かなところはだれも知らなかったが、すでに噂《うわさ》が手のつけられないことになっていた。もしかしたら、ニコルはドンテとの関係ともども、噂も消そうとしたのかもしれない。ドンテはこれを否定してる。ドンテはすべてを否定してるんだ。そして……ニコルがいなくなり、きみはこれこそドンテを仕留める絶好のチャンスだと考えた。そして、首尾よく仕留めたわけだ。きみはドンテを死刑囚舎房に送りこみ、いまはドンテを殺害する責任者になろうとしているんだ」

「つまり、なにもかもおれのせいだといってるのか？」

「そのとおり。きみの証言で、ドンテは犯行現場にいたとされた——少なくとも陪審はそう信じた。噴飯ものといっていいほど辻褄《つじつま》のあわない証言だった。しかし、陪審はきみを信じたがった。きみは緑のヴァンを見てはいない。きみは嘘をついた。でっちあげたんだ。そしてきみはカーバーに匿名《とくめい》通報の電話をかけた。それから先のことは、もういわなくてもわかるな」

「おれはカーバーに電話なんかかけてないぞ」

「きみがかけたに決まってる。われわれは専門家に依頼して、きっちり立証したんだ。きみは声を変えようという努力さえ怠っていた。われわれの分析によれば、電話をかけたとき、きみは酔うほどではないにしろ酒を飲んでいたようだな。きみの言葉には、いくつか発音の不明瞭《ふめいりょう》な単語があってね。鑑定書を読んでみるか？」

「けっこう。だいたい、法廷で証拠として認められなかったじゃないか」

「それはね、公判がおわるまで、きみが電話をかけた事実をわれわれが知らなかったからだ。なぜか？　警察も検察も電話の件を隠していたからだ。本来なら、これで一審判決は破棄になってしかるべきだが、ここはテキサス、そういったことはめったにない土地だ」

　ウェイトレスが、じゅうじゅうと音を立てているケサディーヤの皿をもってテーブルに近づいてきた。ジョーイの注文した品だ。プライアーはタコス・サラダを受けとり、アイスティーのお代わりを頼んだ。ジョーイはたっぷりと何回かケサディーヤを口にいれたあとで、こう質問した。「じゃあ、だれがニコルを殺した？」

「だれにわかる？　そもそもニコルが死んでいるという証拠はないんだ」

「スポーツクラブの会員証と学生証が発見されたじゃないか」

「ああ。しかし、死体は見つからなかった。死体がない以上、どこかでニコルが生きていてもおかしくない」

「そんな話、信じちゃいないくせに」ジョーイはたっぷりのマルガリータで、口のなかの食べ物を胃に流しこんだ。

「ああ、信じてはいないよ。ニコルは死んだと思っている。ただし、いまの時点ではそんなことは問題じゃない。いまわれわれは、時間と競争してるんだよ。そして、きみの助けが必要なんだ」

「なにをすればいい？」

「とにかく、法廷での証言を取り消せ、撤回しろ、わかったな。そして真実を話して、宣誓供述書にサインをする。きみがあの晩なにを見たかを――つまりはなにも見ていなかったということを――われわれに正直に打ち明けるんだ」

「おれは緑のヴァンを見たんだよ」

「きみの友だちは見ていなかった。きみといっしょにショッピングモールを出た友だちだぞ。きみは友だちにヴァンのことを話してはいない。それどころか、きみはそのあと二週間、だれにも、なんの話もしていない。そしてきみは、スポーツクラブの会員証と学生証が川で見つかった話をききこんだ。きみがでっちあげの筋書きを思いついたのは、ジョーイ、そのときだ。ドンテを仕留めてやろうと思いたったのもそのときだ。きみは怒り狂っていた。ニコルがきみではなく、黒人男を好きになったからだ。そしてきみはカーバー刑事に匿名で電話をかけ、それがきっかけで地獄の釜《かま》の蓋《ふた》が吹き飛んだような騒ぎになった。警官たちは藁《わら》にもすがりたい状態、おまけに愚かだったものだから、きみのでっちあげの筋書きに待ってましたとばかりに食いついた。なにもかも目論見《もくろみ》どおりに運んだわけだ。警察はドンテから無理やり自供を引きだした。なに、たった十五時間しかかからなかった。そして——ビンゴ！　新聞のトップニュースになった——《ドンテ・ドラム自供》とね。それからだよ、きみの記憶力が奇跡を起こすのは。きみは突然、ドンテが走らせていたのとそっくりな緑色のヴァンが、事件当夜、モールの駐車場をいかにも怪しげなようすで走っていたのを思い出す。どういうことなんだ、ジョーイ？　三週間もたってから、ようやく警察にヴァンのことを話したというのは？」

「おれは緑のヴァンを見たんだ」

「本当にフォードのヴァンだったのか？　それとも、ドラム家の車がフォードだったから、そう決めつけただけじゃないのか？　フォードを運転していた黒人を本当に見たのかね？　それとも、きみが勝手に想像しただけなのか？」

質問への返事を避けるため、ジョーイはケサディーヤの半分を口に押しこみ、急がずゆっくりと嚙《か》んでいた。そうしながら、ほかの食事客たちを見まわす。プライアーと名乗る調査員と目をあわせられず、あわせたくもなかった。プライアーはサラダをひと口食べてから、また話をつづけた。与えられた三十分は、たちまち尽きかけていた。

「いいかい、ジョーイ」プライアーは口調をぐっとやわらげた。「事件のことなら何時間もこうして話していられる。しかし、わたしはそんなことのために来たのではない。ここに来たのはドンテのことを話すためだ。きみたちは友人同士だったではないか——おなじ街に生まれ育ち、ええと……そう、五年ばかりチームメイトだったんだろう？　フットボール場では、何時間もいっしょに過ごしていた。試合に勝つのもいっしょなら、負けるのもいっしょだった。だいたい、三年生のときはふたりとも共同キャプテンだったじゃないか。ドンテの家族のことを考えろ——お母さんや兄や妹のことを。スローンの街のことを考えろ。ドンテが処刑されたら、どれほど大変なことになるかを考えてくれ。だからこそ、ぜひともきみの力を借りたいんだ。ドンテはだれも殺しちゃいない。そもそもの最初から、ドンテは濡《ぬ》れ衣《ぎぬ》を着せられっぱなしなんだ」

「おれにそんな力があったとは初耳だ」

「いや、いちかばちかの賭《か》けさ。公判から何年もたってから、それも死刑執行の直前になって証言を翻《ひるがえ》す証人を上訴裁判所が重く見るようなことはないからね。それでもきみの宣誓供述書をもらえたら、こちらは裁判所に駆けこんで精いっぱいの大声でわめきちらしてやる。そもそも見こみの薄い賭けだ。それでも、やれることをやるしかない。いまの段階では、どんなことでもやるしかないんだ」

ジョーイはストローでマルガリータをかきまわしてから、ひと口飲み、紙ナプキンで口もとをぬぐった。「わかってるとは思うが、その手の話をきかされたのはきょうが初めてじゃない。何年か前にフラック弁護士から、ぜひ事務所に立ち寄ってくれという電話をもらった。公判がおわってから、だいぶたったころさ。そのころは上訴の仕事をしていたんだろうな。フラックはおれに証言の内容を変えろと頼んできたよ。あの弁護士が事実だと考えている線に沿って変えろと。だからいってやった――くたばっちまえ、となし」

「知っている。わたしも長年、この事件にたずさわっているのでね」

ケサディーヤの半分を消費したところで、ジョーイは唐突に昼食への関心をうしなってしまった。皿を横にどかして、酒のグラスを手前に引き寄せると、ジョーイはゆっくりと酒をかきまわし、グラスのなかで回転する液体に見いった。

「そのころとは事情が大幅に変わったんだよ、ジョーイ」プライアーは静かな、しかし押しの強い声でいった。「いまは第四クォーターの終盤だ。ドンテにとって試合はもうじきおわってしまうんだ」

プライアーのシャツのポケットにクリップで留めてある太い海老茶色《えびちゃいろ》の万年筆は、じっさいにはマイクロフォンだった。外からもすっかり見える場所にあり、その隣には筆記が必要になった場合にそなえて、インクのはいっている本物の万年筆とボールペンも差してあった。シャツのポケットからはきわめて細いケーブルが、外から見えないように伸ばされて、携帯電話をおさめたスラックスの左の前ポケットに通じていた。

三百二十キロ離れたスローンの街では、弁護士のロビー・フラックがふたりの会話をきいていた。ドアに鍵《かぎ》をかけたオフィスでたったひとり。会話を流しているスピーカーフォンは、同時にすべてを録音していた。

「フットボールをしているドンテを見たことは？」ジョーイ・ギャンブルが質問していた。

「ないんだ」プライアーが答えた。どちらの声も明瞭にききとれた。

「ちょっとしたもんだったよ。あいつがフィールドを駆けぬけていくようすといったら、まるでロレンス・テイラーだったな。スピードがあって、恐れ知らず。オフェンスをたったひとりで打ち破れた。一年と二年のときには、ふたりあわせて十試合で勝った。ただ、マーシャルにはかなわなかったな」

「フットボールの名門校からドンテに声がかからなかったのには、なにか理由でもあるのかな？」プライアーがたずねた。とにかく話をつづけさせろ――ロビーはひとりごとをいった。

「体格の問題だよ。ドンテは二年生で成長がとまっちまってね、どうしても体重が百キロを越えられなかった。テキサス大学のロングホーンズに入団するには体が小さかったんだ」

「いまのドンテを見るといいな」プライアーは一瞬の間も置かずに答えた。「いまの体重は七十キロにも満たない。げっそりやつれて、体も痩《や》せ細ってる。頭は剃《そ》りあげ、一日二十三時間は狭苦しい独房に閉じこめられているよ。正気をなくしているのではないかと思うな」

「あいつから二回ばかり手紙をもらった。知ってたかい？」

「いや、知らなかった」

ロビーはスピーカーフォンにむかって乗りだした。この話はまったくの初耳だ。

「あいつが刑務所に入れられてからまもなく、おれがまだスローンに住んでいたころ、手紙をもらったんだ。二通、いや、三通もらったかもしれない。どれも長い手紙でね。死刑囚舎房のことや、そこがどんなにひどい場所かが延々と書いてあった——食事や物音、暑さ、ひとりで閉じこめられてることだの、なんだの、そんな話だった。ニコルには指一本触れていないと誓い、ニコルと関係したこともないと誓ってた。ニコルが行方不明になったときには、モールの近くにさえいなかったとも誓ってたよ。そのうえで、真実を話してくれ、上訴で勝って刑務所から出るために、ぜひとも力を貸してくれという言葉もあった。ま、返事は一回も書かなかったよ」

「いまもその手紙をもっているのか？」プライアーはたずねた。

ジョーイは頭を左右にふった。「いいや。あれから何回も引っ越しをしたんでね」

ウェイトレスがテーブルにやってきて皿を片づけ、「マルガリータのお代わりは？」とたずねた。しかしジョーイは手をふって、ウェイトレスを追いはらった。プライアーは肘《ひじ》をつくと、ふたりの顔の距離が六十センチ程度になるまで身を乗りだして話しはじめた。

「いいか、ジョーイ。わたしはこの事件に長年たずさわってる。それこそ数千時間をついやした――いや、調査仕事だけじゃない。事件について考えた時間、事件の真相を解明しようと考えていた時間も含めてだ。わたしの仮説はこうだ。きみはニコルに心底首ったけだった。無理もない。美人で人気者、セックスアピールもある。ポケットにしまって、永遠にうちへもって帰りたいような女の子だ。しかし、ニコルはきみを傷心に追いこんだ。十七歳の若者にとって、これ以上つらいことはない。きみは打ちのめされ、叩《たた》きつぶされた。そしてニコルは行方不明になった。街じゅうがショックを受けたが、きみやニコルを愛していたほかの者たちにとっては、ひときわ恐ろしい出来事だった。だれもがニコルを見つけようとした。だれもが捜索に手を貸そうとした。どうしてニコルはふっと消えてしまったのか？　だれがさらったのか？　ニコルを傷つけられるような者がどこにいる？　そしてきみは、ドンテが関係していると考えたのかもしれないし、考えなかったのかもしれない。しかしきみは感情面でぼろぼろになっていて、そんな心理状態のまま事件に関与することにした。きみは匿名でカーバー刑事に密告の電話をかけ、それをきっかけに雪玉が転がりながら大きくなっていった。その時点から捜査チームはまちがった道に踏みこんだわけだが、もうだれにもとめられなかった。ドンテが自供したというニュースをきいて、きみは自分が正しいことをしたと思っただろうな。つかまるべき男がつかまった、と。そのあときみは、自分でもちょっとは行動しようと思いたち、緑色のヴァンの話をでっちあげたら……とたんに裁判の花形証人だ。きみは、ニコル・ヤーバーを愛していた人たちやニコルに憧《あこが》れていた善男善女のあいだで英雄になった。きみは法廷で証人席につき、右手をかかげ、真実のみを述べると誓った。しかし、誓いなんかどうだってよかった。なんといっても、きみは証人席で愛するニコルを助けていたんだ。その結果、ドンテは足枷《あしかせ》をつけられて引き立てられていった——まっすぐ死刑囚舎房へと。当時のきみはドンテがいずれ死刑に処せられることを理解していたかもしれないし、理解していなかったのかもしれない。わたしにいわせてもらえば、当時まだ十代の若者だったきみは、そのとき起こりつつあった事態の重大さがよく理解できていなかったのではないかな」

「あいつは自供したんだぞ」

「確かに。ドンテの自供には、きみの証言と同程度の信憑性《しんぴょう》しかなかった。人間はじつにさまざまな理由から、事実とはかけ離れたことを口にしてしまう。そうじゃないか、ジョーイ？」

ふたりのどちらもが、つぎに口にするべき言葉を考えているあいだ、会話の途切れ目が広がるばかりだった。スローンの街では、ロビー・フラックが——忍耐心でも、自己省察の静かなひとときをもつことでも有名ではなかったが——このときばかりは辛抱強く待っていた。

先に口をひらいたのはジョーイだった。「その宣誓供述書だが、中身はなんになる？」

「真実。それから、法廷でのきみの宣誓証言は、事実に即したものではなかったとか、そういう内容だね。文面はこちらの事務所が作成する。なに、その気になれば一時間もかからない」

「そう焦《あせ》るなよ。つまりおれは基本的には、裁判で嘘《うそ》をつきましたと話すことになるわけか？」

「こちらで表現をもっと上品に工夫するが、煎《せん》じつめればそういうことだな。それに匿名《とくめい》の通報電話の件についても、きちんと決着をつけておく必要がある」

「で、供述書は裁判所に提出され、いずれは新聞にも出るんだな？」

「そのとおり。マスコミは、いまもあの事件を追っている。土壇場《どたんば》で申立てが提出されたり上訴の動きがあったりすれば、当然記事になるはずだ」

「となると、おれがいまになって裁判で嘘をついていたと打ち明ければ、おふくろはそのことを新聞で目にするわけか。おれが嘘つきだったと認めたことを。そうだな？」

白

「そのとおり。しかし、それ以上に重要なことはなんだと思う、ジョーイ？　きみの評判か、それともドンテの命か？」

「でも、あんたはさっき、これが見こみの薄い賭けだといったな。ということはだ、おれが自分を嘘つきだと認めたところで、あの男は十中八九注射針を刺されるってことだ。そうなったらだれが得をする？」

自

「ドンテが注射されるようなことになるものか」

「怪しいもんだ。さて、そろそろ仕事にもどらないと」

「待ってくれ、ジョーイ」

「ランチをごちそうさま。会えて楽しかったよ」それだけいうとジョーイは身を滑らせてボックス席から立ちあがり、そそくさと早足でレストランを出ていった。

プライアーは深々と息を吸い、信じられない思いでテーブルを見つめた。宣誓供述書の話題が出ていたと思ったら、いきなり会話がおわった。プライアーはのろのろと携帯電話をとりだして、ボスに話しかけた。

「ぜんぶきこえてたかい？」

「ああ、一語残らずね」ロビーは答えた。

「つかえそうな部分は？」

「なかった。ひとつもね。あと一歩でつかえる部分さえなかった」

「そうは思わないがな。とにかく、すまない。いったんは、いよいよ口を割るにちがいないと思ったんだが」

「やるだけのことをやってくれたよ、フレッド。すばらしい仕事だった。ジョーイはきみの名刺をもっていったな？」

「ああ」

「仕事の退《ひ》け時《どき》を狙《ねら》って、またジョーイに電話で声をきかせておくといい。きみがそこにいて、いつでも話をする気だということを伝えておくんだ」

「今度は一杯飲みながら話せるように働きかけてみる。あと一歩で、あの男が話しはじめる気がするんだ。うまく酒に酔わせれば、口を滑らせるかもしれないし」

「くれぐれもすべてを録音しておくように」

「ああ、わかった」

5

セント・フランシス病院の三階に入院中のミセス・オーレリア・リンドマーは、膀《ぼう》胱《こう》手術をおえて順調に回復中だった。キースはこのご婦人と二十分間いっしょに過ごし、姪《めい》が送ってきたという味もそっけもない安物のチョコレートをふたつほど食べ、注射器を手にしたナースが入室してきたのに乗じて、首尾よく病室から抜けだすことができた。四階の廊下では、まもなく故ミスター・チャールズ・クーパーの未亡人になりそうな女性と立ち話をした。クーパー氏はセント・マークス教会の忠実なる信徒で、以前から弱かった心臓がついに力尽きようとしていた。キースが見舞うべき患者はまだ三人いたが、三人とも容体は安定しており、もっと時間がとれるあしたもまだ生きているはずだった。二階に降りていくと、ドクター・ハーツリックの姿が目にとまった。ハーツリックは狭いカフェテリアにひとりですわり、自動販売機の冷たいサンドイッチを食べながら、ぶ厚い医学書を読んでいた。

「昼食はおすみですか?」カイル・ハーツリックは丁寧にいいながら、教区牧師に椅《い》子《す》をすすめた。

キースは椅子に腰をおろしながら、安っぽいサンドイッチ――おざなりに焼いた薄っぺらい肉を食パンにはさんだしろもの――に目をむけこう答えた。「お気づかいいただき恐縮ですが、朝食が遅めだったもので」

「それならよかった。さて、頼まれた件をちょっと調べてみました――いえ、じっさいには調べられるかぎり調べたんですが……こちらの事情もわかっていただけますね?」

「もちろんわかっています。こちらも、先生に個人情報をさぐってもらいたいなどとは思ってません」

「論外です。そんなことはできません。でもあちこちにきいてみましたし……ええ……ちょっとした情報を拾いあつめる手がないわけじゃない。例の男は過去一カ月のあいだに、少なくとも二回はこの病院に来ていますし、種々の検査のほか、腫瘍《しゅよう》の有無を確かめる検査もしていました。今後の経過は思わしくないと診断されています」

「感謝します、ドクター」トラヴィス・ボイエットが――少なくとも脳腫瘍にまつわる部分では――真実を話していたとわかっても、キースは驚かなかった。

「これ以上はお話しできません」ドクター・ハーツリックは食べながら医学書を読み、さらにしゃべるという曲芸をこなしていた。

「ええ、かまいません」

「どんな犯罪をしでかした男ですか？」

あなたは知らないほうがいい、とキースは思った。「卑《いや》しむべき男ですよ。常習犯罪者で、長い犯罪歴をもってます」

「そんな男が、またどうしてセント・マークス教会に？」

「教会はあらゆる人々に門扉《もんぴ》をひらいています。われわれは、神の下《もと》のあらゆる人々に奉仕するさだめです……たとえ犯罪歴のある人々であっても」

「やはりそういうことでしたか。なにか心配なことでも？」

「いいえ。無害な男です」ただ、女性や女の子はもちろん、ひょっとしたら男の子も隠しておいたほうがいいかもしれない。キースはふたたび医師に礼を述べて、その場をあとにした。

「では、また日曜日に」ドクター・ハーツリックは、医学書から目を離さずにいった。

〈アンカーハウス〉は赤煉瓦《れんが》づくりの四角い箱のような建物で、窓ガラスにはペンキが塗られていた。およそどんな用途にもつかえる種類の建物であり、いまから四十年前にぞんざいに建てられて以来、そんなふうに利用されてきたのだろう。建築主がだれだったにせよ、その人物は時間に追われており、建築家は必要ないと判断したようだ。月曜の夜七時、キースは一七番ストリートの歩道からここの玄関ホールに足を踏みいれ、間にあわせの受付デスクに近づいていった。デスクで人の出入りを見張っていたのは元囚人だった。

「いらっしゃい」男はぬくもりのかけらもない声でいった。

「トラヴィス・ボイエットに会いたい」キースはいった。

受付役はまず左に目をむけた。左にはドアのない大きな部屋があって、十人ほどの男たちが思い思いにくつろいだ姿勢で椅子にすわり、大音量の大型テレビで〈幸運のルーレット〉を夢中になって見ていた。つづいて受付役は右に目をむけた。そちらにもドアのない大きな部屋があり、十人ほどの男たちがくたびれたペーパーバックを読んだり、チェッカーやチェスをしたりしていた。ボイエットは部屋の隅の籐《とう》の椅子にすわっていた。新聞に隠れて、その体は一部しか見えなかった。

「あっちだ」男はボイエットの方向にあごを動かしていった。「ここにサインをしてくれ」

キースは訪問者名簿にサインをしてから、部屋の隅に歩いていった。近づくキースを目にとめると、ボイエットは杖《つえ》を手にとって、あたふた立ちあがった。

「あんたが来るとは思わなかったよ」ボイエットは驚きもあらわな顔でいった。

「たまたま近所に来たんでね。ちょっとでいいから、話ができないかな？」

ほかの男たちは、キースに無関心な目をむけただけ。チェッカーもチェスも、中断することなくゲームがつづいていた。

「いいとも」ボイエットはそう答え、まわりを見まわした。「食堂に行こう」

キースはあとをついて歩きながら、ボイエットの左足を見ていた。歩いている途中で左足が一瞬とまり、それが足を引きずる原因になっている。ふたりが靴音をたてて進むあいだ、ボイエットの杖が鋭く床を打っていた。どれほど恐ろしいことだろうか――キースは自問した――頭のまんなかにステージ4の腫瘍をかかえ、しかもその腫瘍が刻一刻と膨れあがり、やがて頭蓋骨《ずがいこつ》が割れそうに思えるほど成長しているなかで、こうして毎日の一分一分を過ごすというのは。なるほど、ボイエットは唾棄《だき》すべき男だったが、それでも憐《あわ》れみを感じた。生ける屍《しかばね》だ。

食堂といっても、折りたたみ式のテーブルが四脚あるだけの狭い部屋だった。突きあたりに、キッチンに通じているドアのない出入口がある。キッチンでは清掃スタッフが騒々しく仕事を進めていた——フライパンや鍋《なべ》を所定の位置に吊《つ》るしたり、声をあげて笑ったりしている。ラジオからはラップが流れていた。声を押し殺してかわす密談を隠すにはもってこいの雑音だった。

「ここなら話ができるな」

ボイエットはいい、テーブルにむかってあごを動かした。食べ物のかすがあちこちに散らばっていた。空気には食用油のにおいが濃くたちこめている。ふたりはさしむかいの位置の椅子に腰かけた。共通する話題といえば、定番の天気の話題ぐらいだ。そこでキースは、時間を無駄にしないことに決めた。

「コーヒーでも飲むかい？」ボイエットが丁寧にたずねた。

「いや、遠慮する」

「賢明な選択だな。カンザスで最悪のコーヒーだ。刑務所よりひどい」

「トラヴィス、けさきみが帰ってからネットでいろいろ調べたら、ドンテ・ドラムについてのウェブサイトを見つけてね。そのまま何時間も、すっかり夢中で読みふけってしまったよ。心を奪われるような話、胸の張り裂けるような話だな。ドンテの有罪はかなり疑問視されているようだね」

「かなり？」ボイエットは笑いながらいった。「〝かなり疑問視される〟のも当然さ。

そもそもあの男は、ニコルの身にあったことにはなんの関係もないんだから」

「ニコルの身になにがあった？」

驚きの表情――まるでヘッドライトに射すくめられた鹿《しか》だ。沈黙。ついでボイエットは両手で頭をかかえこみ、頭皮をマッサージしはじめた。肩が震えはじめる。チックがあらわれては去っていき、ふたたび出現した。ボイエットを見つめているキースにも、苦しみが感じとれたほどだった。キッチンからは、ラップが単調に重低音を響かせていた。

キースはゆっくりとコートのポケットに手を入れると、折りたたんだ用紙をとりだした。紙をひらいてから、テーブルの反対側に滑らせる。

「この女の子に見覚えは？」キースはたずねた。ウェブサイトで見つけて印刷したモノクロ写真、ニコル・ヤーバーの写真だった。チアリーダーのコスチュームを着て両手にポンポンをもち、十七歳の無垢《むく》な少女ならではの甘い笑みを顔にたたえてポーズをとっていた。

最初、ボイエットはなんの反応も示さなかった。初めて見るような顔で、じっとニコルの写真を見ているだけ。そうやって長いこと見つめているうち、いきなり前ぶれもなくボイエットの目から涙があふれてきた。嗚咽《おえつ》を洩《も》らすことも、しゃくりあげることかなく、謝罪の言葉もないまま、ただ涙が目からあふれては頰をつたって、あごから滴《したた》り落ちていくだけだ。ボイエットは顔を拭《ぬぐ》おうともしなかった。ついでキースを見つめる。涙がなおも流れるなか、ふたりの男は見つめあっていた。写真が涙に濡《ぬ》れていた。

ボイエットはうめき声をあげ、咳《せき》ばらいをしてからこういった。「本気で死んでしまいたいよ」

キースはキッチンから、ブラックコーヒーのはいった紙コップをふたつとペーパータオルを手にしてテーブルに引き返した。ボイエットはその一枚を手にとって顔とあごの涙を拭い、「ありがとう」といった。

キースはもとの椅子に腰をおろした。「ニコルの身になにがあった?」

ボイエットは答える前に、十まで数を数えていたかのようだった。「いまもあの子はおれのものだ」

これまでキースは、どんな答えが返ってきても自分には準備ができていると思いこんでいた。しかし、実際にはちがった。ひょっとしてニコルはまだ生きているのか?まさか。ボイエットは過去六年間を刑務所で過ごしてきた。どうやって、ニコルをずっと監禁しておける？　この男は頭がいかれているのだ。

「ニコルはいまどこにいるんだ？」キースは強い口調でたずねた。

「埋まってる」

「どこに？」

「ミズーリ」

「いいか、トラヴィス。そんなふうに一語だけの答えばかりだと、永遠にここにいることになりそうだ。きみがきょうの朝、教会のオフィスに来た目的はたったひとつ、遅まきながら、すべてを打ち明けることだった。しかし、きみは勇気を奮い起こせなかった。だから、ぼくがここに来たんだ。さあ、きみの告白をきこう」

「なんでおれの告白をききたい？」

「わかりきった話じゃないか。きみのやったことで、罪もない人間がもうじき死刑になる。ひょっとしたら、その男を助ける時間がまだあるかもしれないからだ」

「さあ、どうだかね」

「きみはニコル・ヤーバーを殺したのか？」

「おれたちの会話は秘密なんだね、牧師さん？」

「秘密にしてほしいのか？」

「ああ」

「なぜ？　なぜすべてを打ち明け、すべてを認める書類をつくって、ドンテ・ドラムを助けようとしない？　きみはそうするべきなんだ。だいたい、けさの話が本当なら、きみがこの世にいられる時間はもうかぎられているじゃないか」

「秘密なのか、そうじゃないのか？」

　キースは深く息を吸いこみ、コーヒーをひと口飲むという失敗をしでかした。ボイエットのいったとおり、味は最悪だった。

「もしきみが秘密にしてくれというのなら、わかった、秘密にしよう」

　笑顔、チック。ボイエットはちらりと周囲を見まわした。しかし、ふたりに注意をむけてくる者はいなかった。ボイエットは、しきりにうなずいていた。「ああ、おれがやった。なぜあんなことをしたかはわからない。いくら考えてもわからなかった」

「駐車場からニコルを強引に連れ去ったんだな？」

　腫瘍が膨らんだのか、いきなり猛烈な頭痛がボイエットに雷のように襲いかかった。ふたたび両手で頭をわしづかみにして、全身を嵐《あらし》のようによじりはじめる。それでもなお、話をつづけようという決意のもと、ボイエットは歯を食いしばっていた。「あの子をつかまえて……連れ去った。こっちは銃をもっていたからね、ほとんど抵抗しなかったよ。おれたちは街の外に出た。そのあと何日か連れ回したよ。セックスをした。それに——」

「いや、きみはセックスしていない。きみはニコルを強姦《ごうかん》したんだ」

「そうとも、何度も何度もな。それから、あの子をやった。そのあと埋めたんだ」

「ニコルを殺したんだな？」

「まあね」

「どうやって？」

「あの子のベルトで首を絞めた。ベルトはまだあるはずさ……あの子の首に巻きついたまま」

「そのあと埋めたんだな？」

「ああ」ボイエットは写真を見つめた。その顔にキースは笑みを見たような気がした。

「どこに？」

「ジョプリンの南。おれが生まれ育ったところさ。丘や谷間や窪地《くぼち》がどこまでも広がってて、丸太の運搬路だの、行きどまりになった山道だのがどっさりある。見つかりっこない。近くに行きつくのだって不可能だね」

長い沈黙が流れ、そのあいだにむかつくような詳細な事実が頭にしっかりと根をおろしてきた。もちろんボイエットが嘘《うそ》をついている可能性もある。しかしキースには、自分に嘘だと信じこませることができなかった。そもそも、忌《い》まわしい人生がまもなくおわるといういまの段階で嘘をついたところで、ボイエットになんの利益があるのか?

　キッチンの明かりが消え、ラジオが消された。三人の大柄な黒人男がキッチンから出てきて、食堂を横切っていった。三人はキースにうなずきかけ、鄭重《ていちょう》に話しかけてきたが、ボイエットにはおざなりな一瞥《いちべつ》をむけただけだった。三人は食堂の外に出ていって、ドアを閉めた。

　キースは写真のプリントアウトを手にとって裏返し、ペンのキャップをはずして、裏の白紙部分にメモを書きはじめた。「少し背景をきかせてもらってもいいかな?」

「いいとも。ほかにやることもないしね」

「テキサス州スローンではなにをしていた?」

「アーカンソー州フォートスミスにあるR・S・マグワイア&サンズ社に雇われてた。建設会社だよ。この会社が、スローンの西のモンサントに倉庫を建てるって話になったんだな。で、おれは作業員として雇われた。簡単な単純労働をするだけのけちな作業員だが、そんな仕事の口しかなかったんだ。会社はおれに、最低賃金にも満たない給料を現金で払ってくれた——帳簿につけない金だ。メキシコ人労働者とおなじ扱いだよ。週六十時間、給料は固定、保険なし、腕に職をつける機会なし、なんにもなし。会社におれのことを問いあわせても時間の無駄だぞ。正式な従業員じゃなかったんだから。あのころは街の西にある古いモーテルの部屋を借りてた。〈レベル・モーターイン〉だ。いまもあると思う。調べたらいい。週四十ドル。現場仕事は五カ月、いや、六カ月はつづいたかな。ある金曜の夜のこと、ハイスクール裏のグラウンドのライトに気がついてね。チケットを買って、観客にまじって腰をおろした。見知った顔なんぞひとつもなかった。みんなはフットボールを見てた。おれはチアリーダーたちを見てた。昔からチアリーダーが大好きでね。きゅっと締まったすてきな尻《しり》、ミニスカート、その下の黒いタイツ。それがまたみんな飛び跳ねたり、くるっと回ったり、おたがいの体を投げあったりするから、いろんなところがよく見えるわけさ。あいつらは見られたがってる。そのときだよ、おれがニコルに惚《ほ》れたのは。あの子はおれのためにその場にいて、なにもかも見せてくれた。最初に見た瞬間にこう思った——この子に決めた、とね」

「次は……という意味だろう？」

「そう、次はこの子だって意味さ。それから毎週金曜日には試合見物にいった。決しておなじ席にはすわらず、おなじ服は着ないようにした。帽子も毎回替えたよ。だれかをつけ狙《ねら》うときには、その手の用心が身につくもんだ。やがてニコルがおれの全世界になってきて、あの衝動がどんどん大きく膨らんでくるのが感じられてきた。その先になにが待ってるのかもわかった。でも、とめられなかった。とめられたためしがない。一度もだ」ボイエットはコーヒーをひと口飲んで、顔をしかめた。

白「ドンテ・ドラムが出ている試合は見たかい？」

自「見たかもしれないが、覚えてないな。試合なんぞに目をむけたことはなかったね。ニコル以外はなんにも目にはいらなかった。ところが、ニコルはいきなり消えちまった。試合シーズンがおわったんだ。どん底に突き落とされた気分だったよ。ただ、ニコルは洒落《しゃれ》た赤い小さなBMWに乗ってた。あんな車はスローンに一台きりだったから、探す先のあてさえあれば、ニコルを見つけるのは造作もなかった。あの子はいつもお気にいりの場所に行ってたからね。で、あの晩もモールの駐車場にBMWをとめるのが見えたんで、映画に行くんだろうなと見当をつけた。おれは待った、ひたすら待った。必要とあれば、いくらでも辛抱強くなれるんだよ。で、BMWの隣のスペースがあくと、おれは自分の車をバックでそこに入れたんだ」

「そのときはなにに乗ってた？」

「古いシボレーのピックアップトラック。アーカンソーで盗んだ車さ。ナンバープレートはテキサスで盗んだ。駐車スペースにバックでとめたのは、おれのトラックのドアとあの子の車のドアがならぶようにだよ。で、ニコルが罠《わな》にまんまと踏みこんできたところで、おれはあの子に飛びかかった。こっちが用意したのは銃とダクトテープ。それだけで足りた。物音ひとつあがらなかったよ」

犯行を詳細に語っていくボイエットは、まるで映画の一シーンを言葉で表現しているかのような、どこかそっけない無関心な口調だった。あのときにはこんなことがあった。おれはこんなふうに実行した。辻褄《つじつま》をあわせるのは期待しないでくれ。

涙は、もうとっくに出なくなっていた。「ニコルにとっちゃ災難な週末だったな。そう思うと、あの子がかわいそうにさえ思えてくるよ」

「その手の詳しい話はききたくない」キースはボイエットの言葉をさぎった。「ニコルを殺したあと、スローンにはどのくらい滞在していた？」

「二、三週間だったかな。クリスマスを過ごして、一月まではいた。そのあいだ地元の新聞を読み、夜遅くのニュース番組も見たよ。街はあの子のことで、上を下への大騒動になってた。ニコルの母親が泣いてるのもテレビで見た。こっちまで悲しくなったよ。毎日毎日、飽きもせず捜索チームが組織され、それをまたニュース番組の連中が追いかけてたっけ。とんだ馬鹿《ばか》どもだ。そのときはもうニコルは三百二十キロも離れたところにいて、天使たちといっしょにおねんねしてたのにな」そのときのことを思い出したのか、あきれたことにボイエットは含み笑いを洩らした。

「笑いごとではないことくらい、わかってるはずだぞ」

「ごめんよ、牧師さん」

白 「ドンテ・ドラムが逮捕されたことは、どうやって知った？」

自 「モーテルの近くに、小さな不潔ったらしい食堂があってね。毎朝早くにコーヒーを飲みにいってた。そこで、人の話を小耳にはさんだ。フットボール選手が自供した、黒人の若者だって。そこで新聞を買ってトラックに腰をすえて記事を読み、こう思ったね――そろいもそろって、とんだ大馬鹿野郎どもだ！　衝撃だよ。信じられなかった。ドンテ・ドラムの逮捕写真も載ってた。なかなか男前だった。いまでも覚えてるが、その顔をじっと見ながら、〝こいつ、頭のネジがゆるんでるにちがいない〟と思った。そうでなきゃ、おれがやったことを自供するはずがない。ある意味、腹が立ったな。この若僧は正気じゃないにちがいないってね。でも次の日、やつの弁護士が新聞にでっかくとりあげられてた――この弁護士は、自供なるものはでっちあげだとわめき、警官がどんなふうにドンテを巧みに騙《だま》し、プレッシャーをかけて無理やり自供させたかを話し、十五時間も尋問室に閉じこめっぱなしだったとか叫んでた。これで合点がいったよ。はばかりながら、信頼できる警官なんてお目にかかったためしはない。街は爆発したみたいになった。白人連中は、ドンテをメイン・ストリートで縛り首にしたがってた。黒人連中は、ドンテが濡れ衣を着せられたんじゃないかと強く感じてた。一触即発の雰囲気さ。ハイスクールでも、ずいぶん喧嘩沙汰《けんかざた》があったらしい。で、そのころおれは馘《くび》をいいわたされて、また別の街に引っ越した」

「なんで馘になった?」

「馬鹿をやらかした。ある晩、バーで遅くまで飲みすぎてね。警官に飲酒運転でつかまっちまった。それでトラックもナンバープレートも盗品だってことを、警官に知られたんだよ。おかげで一週間も牢屋《ろうや》暮らしだ」

「スローンで?」

「ああ。調べてみるといい。一九九九年一月だ。重窃盗と飲酒運転、それに警官たちが思いついたありったけの容疑で起訴された」

「ドンテ・ドラムもおなじ拘置所に?」

「いっぺんも姿を見かけなかったが、噂《うわさ》は耳にしたな。なんでも安全上の理由から、ほかの郡の拘置所に身柄を移したって噂だ。笑うしかなかったね。警察はほんとの殺人犯をつかまえてるのに、気づいてもいないんだから」

キースはメモをとってはいたが、自分が書いている文章の内容がとても信じられなかった。キースはたずねた。「どうやって釈放に漕《こ》ぎつけた？」

「連中が弁護士をつけてくれた。その弁護士が保釈金を安くしてくれた。で、おれはその金を納めて釈放、すぐに街をおさらばして、二度ともどらなかった。それから、あっちこっち流れ流れていくあいだに、ウィチタで逮捕された」

「その弁護士の名前は覚えてるか？」

「まだ事実の裏づけ確認をしてるのかい？」

「そのとおり」

「おれが嘘をついているとでも？」

「いや。しかし、確認をとっても損にはなるまい」

「あいにく弁護士の名前は覚えてない。これまで、ずいぶんたくさんの弁護士と会ってきた。ま、だれにも一セントだって払ってないが」

「ウィチタでの逮捕容疑は強姦未遂だったな？」

「そんなところ。正確には性的暴行未遂と誘拐だ。セックスはなし。そこまでたどりつけなかった。女の子に空手の心得があって、こっちの目論見《もくろみ》どおりにいかなくてね。

あの子はおれの金玉を蹴《け》りやがった。おかげで二日間、反吐《へど》を吐きづめだったよ」

「たしか判決は懲役十年、きみは六年を刑務所で過ごして、いまここにいるわけだ」

「よく調べたな、牧師さん。ちゃんと下調べも抜かりないってことか」

「そのあいだもずっと、ドンテの裁判を追いかけてたのか？」

「まあ、最初の二、三年はときたま思い出したさ。そのうち検事や弁護士や判事といった連中も、自分たちが犯人じゃない男をつかまえたと気づくはずだと、そう踏んでた。だってそうだろう、いくらテキサスだって、下級裁判所の判断を審理する上級裁判所だのがあるんだから。だから、いずれだれかがどこかで目を覚まして、馬鹿でもわかることに気がつくに決まってる、とね。でも、そのうちどうも忘れちまったみたいだな。おれもおれで問題を背負いこんだし。最高度警備刑務所に閉じこめられてると、ほかの人間の身を心配する余裕なんかなくてね」

「ニコルのことは？　ニコルのことを考える時間もなかったのか？」

ボイエットは答えなかった。沈黙の数秒がのろのろと過ぎていき、そもそも答える気がないことが明らかになった。キースはそのあいだもメモを書きつづけ、次になにをすればいいかの心覚えをつくっていた。確かなことはなにひとつなかった。

「ニコルの家族を気の毒に思ったことは？」

「おれは八歳のときにレイプされた。それでも、人から気の毒だなんていわれた覚えはない。それどころか、レイプをやめさせようと立ちあがってくれた人間なんか、ひとりもいなかった。つづいたんだよ。おれの記録を見たんだろ、牧師さん？　何人もがおれの犠牲になった。自分でもやめられなかったんだ。いまだって、やめる自信はない。わかりきった話だが、だれかを気の毒に思うなんて、そんな時間の無駄とは無縁でね」

キースは嫌悪《けんお》もあらわな顔でかぶりをふった。

「勘ちがいしないでほしいね、牧師さん。おれだって後悔はどっさりある。あんな恐ろしいことのあれこれを、やらなければよかったと思ってる。まっとうな人間になりたいと思ったことだって百万回はある。物心ついてこのかた、人を傷つけるのをやめたい、なんとか真人間になって、もう刑務所には入れられず、ちゃんとした仕事につこうと、そんなふうに思いつづけてはきたさ。自分で好きこのんで、こんな人間になったわけじゃない」

キースはあえてゆっくりと用紙を折りたたんで、コートのポケットに突っこんだ。ペンのキャップをはめる。ついで腕を組んで、ボイエットをにらみつけた。「できればいまのまま、そうやってなにもせず、テキサスの件は流れにまかせておこうという肚《はら》なんだろう？」

「いや、それについてはどうにも気がとがめるよ。ただ、なにをすればいいかがわからなくてね」

「もし遺体が発見されたら？　きみが遺体を埋めた場所を話してくれたら、ぼくがテキサスのしかるべき筋に連絡しよう」

「本気で事件にかかわりたいと思ってるのかい？」

「いや。しかし、無視することもできない」

ボイエットは背中を丸めて身を乗りだし、また頭を手で叩《たた》きはじめた。「ニコルを見つけるのは、おれ以外にはぜったい不可能だ」そう話す声がしゃがれていた。痛みはほどなくやわらいだようだった。「おれだって見つける自信はないな。なにせ大昔だ」

「九年前だぞ」

「いや、そんなにたってない。ニコルが死んだあとも、何度か会いにいっていたんでね」

キースは両手の手のひらをボイエットにむけた。「それ以上はききたくない。そうだな、ぼくがドンテ・ドラムの弁護士に電話をかけて、遺体の件を話そうか。きみの名前は出さず、こちらの街に真相を知っている者がいるとだけ話そう」

「それでどうなる？」

「わからない。弁護士じゃないのでね。だれかが話を信じてくれるかもしれない。ぼくもその方向で努力する」

「死体を見つけられそうな人間は、ほかでもない、このおれだけだ。ところが、おれはカンザスから出られない身分だ——それどころか、この郡から外にも出ちゃいけない。外に出たりしたら、仮釈放規則違反で逮捕されて刑務所に逆もどりだ。牧師さん、おれはもう刑務所にもどりたくないんだよ」

「それでなんのちがいがある？　きみは——きみ自身の話が事実なら——余命はあと数カ月じゃないか」

ボイエットはきわめて冷静な顔になって、両手の指先を打ちあわせはじめた。ついで、冷ややかな目にきつい光をたたえ、まばたきもせずにキースを見つめながら、静かな、しかし決然とした声でいった。「牧師さん、おれは殺人を認めるわけにいかないんだ」

「なぜ認められない？　きみはこれまで、少なくとも四回、重罪で有罪判決を受けてきた。すべて性的暴行がらみだ。成人してからの大半の期間を刑務所で過ごしてきた。

そしていまは、手術不可能な脳腫瘍《のうしゅよう》をかかえている。きみが殺人をおかしたこともまちがいない。だったら勇気を出して自分が犯人だと認め、無実の男の命を救ってやればいいじゃないか」

「母親がまだ生きてるんだよ」

「お母さんはどこに住んでる？」

「ミズーリ州ジョプリン」

「名前は？」

「まさか電話をかけるつもりかい、牧師さん？」

「いや。お母さんを困らせたりはしないよ。お母さんの名前は？」

「スーザン・ボイエット」

「住んでいたのはトロッター・ストリート——そうだな？」

「なんでそんなことまで——」

「きみのお母さんは三年前に亡《な》くなったよ、トラヴィス」

「なんでそこまで——」

「グーグル。十分ほどでわかったよ」

「グーグルってのはなんだ？」

「インターネットの検索エンジンだ。さて、ほかにはどんな嘘《うそ》をついているのかな？　きょうわたしに、いったいいくつの嘘をついた？」

「おれが嘘をついてるなら、なんでまだそこにいる？」

「自分でもわからない。なかなかいい質問だね。きみはよくできた話を口にしたし、きみの経歴は最悪だ。しかしきみは、自分の話をひとつも証明できていないんだぞ」

　ボイエットは、そんなことはどうでもいいといいたげに顔をそむけたが、頬が赤くなり、目が細くなった。「なにかを証明する義務なんぞないね。容疑をかけられているわけでもなんでもないんだから」

「ニコルのスポーツクラブの会員証と学生証が、レッド川の砂州で発見された。この件は、きみの話のどこにあてはまる？」

「ハンドバッグにニコルの携帯がはいっていてね。ニコルをつかまえるなり、携帯がやかましくがんがん鳴りはじめて、ぜんぜん鳴りやまない。そのうち、どうにもこうにも我慢がならなくなって、ハンドバッグをひっつかみ、橋から川に投げ捨てた。でも、ニコルは投げ捨ててない。あの子が必要だった。そうそう、ニコルはあんたの奥さんに似たところがあってね、とってもかわいかった」

「黙れ、トラヴィス」キースは抑える間もないまま反射的にそう口にしていた。ついで深々と息を吸い、自分を抑えながら言葉をつづける。「妻の話はしないでくれ」「すまんな、牧師さん」ボイエットは首にかけていた細いチェーンをはずしながらいった。「あんたは証明が必要だという。だったら、こいつを見てくれ」

チェーンの先には、青い石の嵌《は》まった金のクラスリングが下がっていた。ボイエットはチェーンの留め金をはずし、指輪をキースに手わたした。幅の細い小ぶりの指輪。明らかに女性用だった。

「片側に《ANY》の文字がある」ボイエットは微笑《ほほえ》みながらいった。「アリス・ニコル・ヤーバーの頭文字だ。反対側を見れば、《SHS1999》とあるはずだ。懐《なつか》しきスローン・ハイスクールさ」

キースは親指と人さし指で強く指輪をはさみ、信じられない気持ちでひたすら見つめていた。

「それをニコルの母親に見せて、泣くところを見てくるがいいさ」ボイエットはいった。「それ以外、手もちの証拠はひとつだけ――ニコル自身さ。あの子のことを考えれば考えるほど、やはり手つかずのまま、そっとしておくのがいちばんだって気になってくるな」

キースが指輪をテーブルに置くと、ボイエットは手にとった。ついでいきなり椅子《いす》をうしろにずらし、杖《つえ》を握って立ちあがる。

「嘘つき呼ばわりされるのは心外だな、牧師さん。さあ、家に帰って奥さんと楽しむがいい」

「嘘つきで強姦犯《ごうかん》で人殺し、ついでに臆病者《おくびょうもの》だな、トラヴィス。どうして、人生で一度くらい人のためになることをやろうとしない？　やるのなら、いますぐだ——手おくれになる前に」

「とにかく、おれをひとりにしてくれ」ボイエットはドアをあけて食堂から出ていき、荒っぽくドアを閉めた。

白

自

6

検察側の有罪理論は、いつか、どこかで、だれかがニコルの遺体を見つけるはずだという、藁《わら》にもすがるような希望のうえに成りたっていた。遺体が永遠に出てこないようなことがあるだろうか？　いずれレッド川が遺体を手放すはずだ……そうなれば釣り人なり川を行き来する船の船長なり、あるいはよどんだ入江にわけいって水遊びをする少年なりが発見して、助けを求めてくるはずではないか。遺体の身元確認がおわれば、パズルの最後の一片がきっちりきれいに嵌《は》まりこむ。未解決の部分もすべて解決する。疑問も残らず消え、疑いも一掃される。警察と検察は上首尾にほくそ笑みつつ、静かに事件ファイルを閉じることができる。

遺体がないまま有罪判決を勝ちえるのは、それほどむずかしくなかった。検察はドンテ・ドラムをありとあらゆる角度から攻撃した。検察は公判手続を容赦なく前に推し進めたが、その一方では遺体が発見されることに大きく頼ってもいた。しかし九年が経過しても、川が検察に協力することはなかった。希望や祈りの念は——そしてときにはあった夢想さえ——とうの昔に消え去っていた。現況から疑いの念をいだいた観察者もいないではなかったが、ドンテ・ドラムの死刑判決に責任がある人々の確信を揺るがすにはいたらなかった。長年にわたる硬直しきった視野狭窄《きょうさく》のせいもあり、またあまりにも広範囲に影響がおよびかねない問題だったこともあり、彼らはもはや一片の疑いすらいだかず、自分たちが真の殺人犯をつかまえたと本心から信じきっていた。それまでの投資があまりに大きくなりすぎて、自分たちの仮説や行動に疑問をはさむ余裕をなくしていたのだ。

地区首席検事の名前はポール・コーフィー、過去二十年のあいだ、有力な対立候補のないまま何度も再選されてきたベテラン検察官だった。元海兵隊員のコーフィーは戦いを楽しみ、おおむね勝利を手にする男だった。有罪判決の獲得率の高さは、公式ウェブサイトでも、選挙運動でも、ダイレクトメールで郵送されるけばけばしいパンフレットでも大々的に喧伝《けんでん》されていた。被告人たちへの同情の念はめったに表明されなかった。そして小さな街の地区首席検事の例に洩《も》れず、メタンフェタミン中毒者や自動車泥棒を追いかけるばかりの単調な日常を打ち破るものがあるとすれば、センセーショナルな殺人事件や強姦事件くらいだった。くすぶる欲求不満を胸に秘めてはいたが、これまでの検察官人生で担当した殺人事件はわずか二件だけで、これはテキサス州においては不面目な記録だった。ニコル・ヤーバーの殺害事件が一件めで、これがもっとも世間に知られた事件だった。その三年後の二〇〇二年には、もっとたやすく死刑判決をとりつけることができた――ドラッグ取引がご破算になって抗争になり、郡道のいたるところに死体がごろごろと転がった事件だった。

そして、どうやらこの二件でおわりそうだった。スキャンダルのために、コーフィーは検事局を去ろうとしていた。有権者たちには、今後二年間は選挙への再出馬を自粛すると約束してあった。二十二年間連れそった妻は、ばたばたと騒々しく、すばやく夫のもとから去っていった。ドンテ・ドラムの処刑が、コーフィーの迎える最後の栄光の瞬間になりそうだった。

そのコーフィーの右腕的な存在がドルー・カーバーだった。カーバーはドラム事件での目ざましい功績を評価されて、スローン警察署の主任刑事に昇進、いまも誇らしくその地位にあった。いまカーバーは、コーフィー首席検事よりも十歳年下の四十六歳。ふたりが密接にひとつの仕事をすることは珍しくなかったが、それぞれにまったく異なる社交生活を送っていた。カーバーは警官。コーフィーは検事。ほかの南部の小さな街となんらかわらず、スローンでもこの両者はくっきりと分かたれていた。

ふたりのどちらもが、さまざまな機会をとらえては、〝おまえが針を刺されるときには〟立ちあうとドンテ・ドラムに約束していた。カーバーはいたって気が早く、例の自供を引きだすにいたった荒っぽい尋問の最中からそう口にしていた。尋問のときのカーバーは、ドンテの胸を指で強く突きながら、ありとあらゆる罵倒《ばとう》の言葉を浴びせかけ、そうでないときには、ドンテが注射針を刺されるときには、この自分、すなわちカーバー刑事が立会人としてすべてを見とどけてやると、何度も重ねて断言していた。

コーフィーの場合、会話はもっと短かった。公判中の休憩時間、それも弁護人のロビー・フラックがそばにいないときなどに、コーフィーは法廷を出てすぐの場所にある階段の下で、ドンテと短時間の秘密の会合をお膳立《ぜんだ》てした。その席でコーフィーは、司法取引の話をもちかけた——有罪を認め、仮釈放なしの終身刑を受け入れろと迫ったのだ。取引に応じなければ、おまえは死ぬだけだ。ドンテは取引を拒み、このときも無実を訴えた。コーフィーはそんなドンテに罵詈《ばり》雑言を浴びせ、おまえが死ぬところをかならず見てやると断言した。ほどなくロビー・フラック弁護人から激しい非難を浴びせかけられると、コーフィーはドンテと話をした事実そのものを否定した。

ふたりの男はもう九年間もニコル・ヤーバー事件とともに暮らしており、なにかと理由をつけては〝リーヴァに会いにいく〟必要があるといって足を運んでいた。かならずしも楽しい訪問ではなかったし、ふたりとも決して楽しみにしてはいなかったが、なんといってもこの事件の裁判で重大な役割を果たしたリーヴァをないがしろにはできなかった。

リーヴァ・パイクはニコルの母親だった。堂々たる体格の騒々しい女で、被害者の立場をみずから熱っぽく受け入れるようすが滑稽《こっけい》にさえ見えることも珍しくなかった。事件への関与には長く波瀾《はらん》万丈の歴史があり、議論を巻き起こすこともしばしばだった。物語が終幕にさしかかったいま、スローンの街の多くの人々は、すべてがおわったらリーヴァはどのような身のふりかたをするのか、と考えていた。

カーバーと警察がやっきになってニコルを捜索していた二週間のあいだ、リーヴァは彼らを口やかましくせっつきつづけた。カメラの前で泣き叫び、娘をいつまでも見つけられないといって、選挙で選ばれた要人たちを――市議会議員から市長にいたるまで――片はしから批判した。ドンテ・ドラムが逮捕され、いわゆる自供なるものが引きだされると、リーヴァは待ちかねていたように長時間のインタビューに応じた。そういったインタビューでリーヴァは、有罪の確定まで被告人は無罪と推定されるという〝推定無罪の原則〟に鼻もひっかけずに死刑を要求、その実現は早ければ早いほどいいと主張した。長年、ファースト・バプテスト教会の〈婦人のための聖書教室〉で講師をつとめ、聖書についての知識という武器をそなえていただけあって、リーヴァのインタビューは、死刑という〝州が出資する報復行為〟を神が是認しているという内容の説教同然になった。リーヴァはドンテのことをくりかえし、〝あの子《ボーイ》〟と呼び、これがスローンの黒人コミュニティの怒りを買った。リーヴァはそれ以外の呼び名もつかったが、なかでもお気にいりは〝怪物〟と〝血も涙もない人殺し〟だった。

公判のあいだリーヴァは夫のウォリス、およびふたりの子どもといっしょに、いつも検察側テーブルのすぐうしろの最前列に陣どっていた。そのまわりを、ほかの親戚《しんせき》や友人たちが固めていた。ふたりの武装警備員がつねにそばに控え、リーヴァとその一族を、ドンテ・ドラムの家族や支援者たちから引き離していた。休廷中は激烈な言葉がやりとりされた。いつ暴力沙汰《ざた》が起こっても不思議のない一触即発の雰囲気だった。

陪審が死刑の評決を申しわたすと、リーヴァはすかさず立ちあがって、「神を讃《たた》えよ！」と叫んだ。判事がただちにリーヴァに注意し、廷外への連行もありうると警告した。ドンテが手錠をかけられて連行されていく段になると、リーヴァはついに自分を抑えきれなくなって金切り声をあげた。

「いいこと、あんたはうちの娘を殺したのよ！　あんたがこの世で最後の息を吸うときには、きっとその場にいてやる！」

ニコルが行方不明になってから――死亡したものと推定されてから――一周年の当日、リーヴァはレッド川のラッシュポイント、スポーツクラブの会員証と学生証が発見された砂州の近くで、凝りに凝った追悼式典を主催した。だれかがつくった白い十字架が地面に立てられた。そのまわりには花束やニコルの大きな写真がぎっしりと配された。追悼式を執りおこなった聖職者は、その直前に陪審によって〝正義と真実の評決〟がくだされたことを神に感謝した。キャンドルに火がともされ、讃美歌《さんびか》が歌われ、祈りが捧《ささ》げられた。夜を徹してのこの儀式が、毎年おなじ日におこなわれるようになった。リーヴァは毎回出席し、ニュース番組の撮影クルーを連れてくることも珍しくなかった。

またリーヴァは、犯罪被害者の会にも参加し、ほどなく集会に出席してスピーチをするようになった。司法制度への不満の長大なリストを作成した。不満の筆頭は〝いつまでも苦しみながら待たされること〟であり、リーヴァは新たな理屈で聴衆を喜ばせる達人になった。ロビー・フラックに激烈な手紙を書き送り、獄中のドンテ・ドラムにさえ手紙を書こうとした。

さらにリーヴァは、ニコルの愛称をつかって WeMissYouNikki.com（あなたがいなくて寂しいわ、ニッキ）というウェブサイトを立ちあげ、一千枚もの娘の写真をアップし、娘と裁判についてブログにえんえんと文章を書きつづった。夜を徹してキーボードを打つことも珍しくなかった。弁護士のロビー・フラックは二回にわたり、リーヴァが誹謗《ひぼう》中傷にあたる文章を掲載したとして訴訟をちらつかせて脅したが、むろんロビーもリーヴァへの手出しは控えたほうが賢明だとわきまえていた。リーヴァはニコルの友人たちに、楽しかった思い出やエピソードをサイトへ投稿するようせがみ、関心を薄れさせていった少年少女たちには恨みをいだいた。

リーヴァが奇矯な行動をとることも珍しくなかった。定期的に川下まで車を走らせて、娘をさがした。心が完全に別世界に行ったようすで橋の上に立ち、じっと川面を見おろしている姿もよく目撃された。レッド川はスローンの東南約二百キロのところにあるルイジアナ州シュリーヴポートでふた手にわかれる。リーヴァはこのシュリーヴポートに執着した。川が見わたせるダウンタウンのホテルを見つけ、そこを隠れ場所にした。ホテルの一室で幾日も幾夜も過ごし、街なかをあてどもなくさまよい歩き、ショッピングモールや映画館をはじめ十代の若者が出入りしそうな場所をうろついて過ごした。理性的な行動でないという自覚はあった。ニコルが助かり、いまも生きながらえ、それでいて母親の自分から隠れているはずがないこともわかっていた。それでもシュリーヴポートまで車を走らせ、街の人々の顔に目を走らせずにはいられなかった。どうしてもやめられなかった。なにかせずにはいられなかった。

また数回ほどは、おなじような十代の少女が行方不明になったほかの州の街へ急行したりもした。いまやリーヴァは、わかちあうべき知恵をそなえた専門家だった。『こんな目にあっても生きのびられる』というのがリーヴァのモットーであり、被害者の家族を慰め、なだめるリーヴァなりの方法だった。しかし家路をたどりながら、はたしてリーヴァ自身はどこまでまともに生きのびたのか、と首をかしげる者も大勢いた。

最終カウントダウンがはじまったいま、リーヴァは死刑執行についての詳細な情報で狂乱状態に追いこまれていた。マスコミの取材陣がリーヴァのもとにまたも詰めかけていたし、リーヴァには発言したいことが山ほどあった。七年もの長く苦しい歳月を強いられたのちに、ようやく正義が執行されるのだ。

月曜日の夕方、ポール・コーフィーとドルー・カーバーのふたりはリーヴァに会いにいく頃合いだと判断した。

ふたりを玄関で迎えたリーヴァは顔に笑みを見せていたばかりか、手ばやくふたりを抱擁しさえした。ふたりとも、いざ会うまではどちらのリーヴァと会うことになるのかが予想できなかった——魅力的な女性のときもあれば、そら恐ろしい女性のときもあったからだ。しかしドンテ・ドラムの死が間近に迫ったいま、リーヴァはいたって上機嫌で意気さかんだった。三人は郊外住宅地にある、いかにも住み心地のよさそうなスキップフロアの家のなかを歩いて、ガレージの裏の広い部屋にはいっていった。リフォームで建増しされたこの部屋が、長年にわたってリーヴァの作戦室だった。半分はファイリングキャビネットのならぶオフィス、残り半分が愛娘《まなむすめ》を祀《まつ》る神殿になっている。大きく引き延ばして額にいれたカラー写真があり、事件のあとでニコルを賛美する者が描いた肖像画があった。トロフィーやリボンや銘板、八年生の科学コンテストの表彰状。飾られているものを見るだけで、ニコルの生涯の大半が見てとれた。

ウォリス——リーヴァの再婚相手で、ニコルにとっては継父——は家にいなかった。この数年のあいだ、他人がウォリスの姿を見かける機会は減る一方だったし、妻が絶え間なく泣き叫んだり愚痴をこぼしたりすることに、いよいよ耐えられなくなったのだという噂《うわさ》も流れていた。三人はコーヒーテーブルを囲み、リーヴァはコーフィーとカーバーにアイスティーをふるまった。お決まりの挨拶《あいさつ》がかわされたのち、話題は死刑執行に移っていった。

「立会人室には、あなたを含めて五人はいれます」コーフィーはいった。「どなたをご希望ですか？」

「もちろん、ウォリスとわたし。チャドとマリーはまだ心を決めかねているけれど、ふたりともきっと来るわ」リーヴァは、ふたりが試合見物に行くのを決めかねているかのような口調で、ニコルの異父弟妹の名前をあげた。「最後のひとりは、たぶんロニー牧師になりそう。死刑を見たくはないといっていたけど、わたしたちのためにその場に立ちあいたいと感じてくれてるから」

ロニー牧師は、ファースト・バプテスト教会の現在の主任牧師である。スローンに来たのは三年前で、当然ニコルと会ったことはないが、ドンテ・ドラムの有罪を固く信じており、リーヴァを裏切ることを恐れてもいた。

三人はさらに死刑囚舎房での手順や立会人室内の規則、タイムテーブルなどの件を数分かけて話しあった。

「リーヴァ、あしたもお話しできますか？」コーフィーはたずねた。

「ええ、もちろん」

「フォーダイスの件ですが、あれはまだこの先もつづけるんですか？」

「ええ。あの人はいまスローンに来ていて、撮影はあしたの朝十時から、まさにここではじまる予定よ。なんでそんなことを？」

「あまり名案とは思えませんね」コーフィーがいい、カーバーが同意のしるしにうなずいた。

「あら、そう。どうして？」

「フォーダイスは視聴者を煽動《せんどう》するタイプの人物だからです。木曜の夜にどんな反動が出てくるかが心配です。黒人コミュニティが、いまどれほど不安定な状態かはご存じでしょう？」

「騒ぎが起こるのではないかと予想されています」カーバー刑事がいい添えた。

「黒人たちが騒ぎを起こしたら逮捕すればいい」リーヴァはいった。

「それこそ、フォーダイスが待ってましたとばかりに飛びつきそうな事態ですよ。あの男はアジテーターだ。自分が騒動の中心にいたいものだから、騒動を焚《た》きつけるんです。そうすれば視聴率がアップしますからね」

「そう、すべては視聴率なんです」カーバーがいい添えた。

「まったく。そう神経質にならなくてもいいのに」リーヴァは小言をいった。

ショーン・フォーダイスはニューヨークを拠点に活躍しているトーク番組のホストであり、ケーブルテレビの世界では〝殺人事件をセンセーショナルにあつかう〟という分野で活躍していた。それも、弁解の余地もないほど一方的な視点の報道だった——フォーダイスはつねに最新の死刑執行や銃器所持の権利を支持し、不法移民の一斉強制送還を支持した。フォーダイスが移民たちを攻撃することを愛してやまないのは、国内のほかの非白人層よりも、ずっと簡単に攻撃できる対象だからだ。これだけなら、そう独創的な番組でもない。しかしフォーダイスは、死刑執行に立ちあうために準備を進める被害者の家族たちを撮影しはじめたことで、金鉱を掘りあてた。さらに一躍その名を高めたのは、アラバマ州で殺害された幼い少年の父親がかけていた眼鏡に、技術スタッフの努力で超小型カメラを巧妙に仕込んだ一件だった。このカメラのおかげで、全世界は初めて本物の死刑執行の瞬間を見ることができたし、フィルムの所有者はショーン・フォーダイスその人だった。フォーダイスは番組のたびに、そのシーンをくりかえし放映しては、死刑が凶悪犯罪者にとってはどれほど穏やかで苦痛のない方法であり、どれほど楽な方法なのかを毎回コメントした。

フォーダイスはアラバマ州で告訴された——死刑に処せられた男の遺族から訴えられたのだ。さらに生命を狙《ねら》う脅迫が寄せられ、勤務先では譴責《けんせき》処分もくだされたが、それでも生きのびた。告訴は長つづきしなかった——犯罪行為を特定できなかったからだ。訴訟は投げ捨てられた。この離れわざから三年後のいま、フォーダイスはいまなお立っているばかりか、ケーブルテレビ界の産業廃棄物の山の頂点に君臨していた。そのフォーダイスがいまスローンで、新しいエピソードの準備をすすめていた。独占取材権の見返りとして、フォーダイスがリーヴァに五万ドルを支払ったという噂も流れていた。

「考えなおしてください」コーフィーがいった。

「いいえ、ポール。答えはノー。これはニコルのため、わたしの家族のため、そしておなじような犯罪の被害者たちのためにやってること。この怪物がわたしたちをどんな目にあわせたのか、世界じゅうに知ってもらう必要があるの」

「なにか利点がありますか？」コーフィーはいった。コーフィーもカーバーも、フォーダイスの番組制作チームからの電話を無視しつづけていた。

「法律を変えられるかもしれないし」

「しかし、法律はここではちゃんと機能しています。たしかに死刑執行まで、これほど待たされるのは本意ではない。しかし、全体を見まわした場合、九年は決して長い期間ではありません」コーフィーはいった。

「なんということ。あなたの口からそんな言葉が出たなんて信じられない。つまりあなたは、この九年ものあいだ、わたしたちとおなじ悪夢のなかに暮らしてはいなかったのね」

「ええ、そうです。あなたがたがどんな目にあってきたかを理解しているふりもしたくない。しかし、悪夢は木曜日の夜にすっぱりとおわるわけではありません」

悪夢がおわらないのは確実だし、リーヴァがなにをどうしようと関係がないことも確実だった。

「あなたはなんにもわかってない。信じられないわ。答えはノー。ノー、ノー、ノー。わたしはインタビューに応じるし、番組は放送される。そして世界は、それがどういうことなのかを目にすることになるの」

コーフィーたちも説得が成功するとは思っていなかったので、それ自体は驚きではなかった。リーヴァ・パイクがいったんなにかを決めたら、そこで会話は終了だ。ふたりは話題を切り替えた。

「では、その件はそういうことにしましょう」コーフィーはいった。「あなたとウォリスは身の安全を確保されていますか?」

リーヴァはふくみ笑いさえ洩《も》らしそうな笑顔をのぞかせた。「もちろんよ、ポール。この家にはどっさり銃器があるし、ご近所はいま最高レベルの警戒態勢をとってるわ。この通りにはいってくる車は、一台残らずライフルのスコープごしに監視されてるのよ。だから問題が起こるとは思えないの」

「きょうも警察署に電話がありました」カーバー刑事がいった。「いつもの匿名《とくめい》の電話です——あいつが処刑されたら、あれこれをしてやるという漠然とした脅迫でした」

「それなら警察で対処できるはずよ」リーヴァは関心をまったく示さずにいった。自身も絶え間ない戦争をつづけてきたことで、すでに恐れる方法をすっかり忘れていたのだ。

「これから一週間は、おたくの前にパトカーを常時配備しておくべきだと考えます」

カーバーはいった。

「好きにしなさいな。わたしには関係ない。黒人どもが騒ぎを起こすにしたって、ここで騒ぎを起こせるものですか。あの連中は、まずまっさきに自分たちの建物に火をつけるんじゃない？」

ふたりの男はともに肩をすくめた。どちらも暴動を予期していたわけではなかった。スローンの人種問題にまつわる歴史には特筆すべき点はない。ふたりの知識も、テレビのニュースで得たものにかぎられていた。それによれば、たしかに暴動なるものはスラム街のなかだけで発生するとしか思えない。

そのあとも数分ほどおなじテーマでの会話がつづいたのち、辞去の時間になった。三人は正面玄関でふたたび抱擁をかわし、死刑執行後にまた顔をあわせることを約束した。さぞやすばらしい瞬間になることだろう。試練の歳月もついにおわる。ようやく正義がなされるのだ。

ロビー・フラックはドラム家の前の歩道ぎわに車をとめると、これからの会合にそなえて気を引き締めた。

「ここには何回くらい来たの？」助手席からそう質問を投げかけられた。

「わからないな。何十回、何百回だ」ロビーはドアをあけて外に出た。助手席の女もつづいた。

女の名前はマーサ・ハンドラー。調査記事が専門のフリーランスのジャーナリストだった。どこかの会社に属するのではなく、おりおりに大部数の雑誌から原稿料をもらう立場だった。二年前、最初にマーサがスローンを訪れたのはポール・コーフィー検事のスキャンダルを取材するためだったが、やがてドンテ・ドラム裁判への関心を深めていった。ロビーとマーサはどちらもプロとして何時間もいっしょに過ごした。そこからふたりの関係が堕落していってもおかしくはなかったが、あいにくロビーは二十も年下の女と同棲《どうせい》していた。マーサはすでにふたりがきちんとした関係を築けるとは考えておらず、ドアがあいているかどうかについては、どっちつかずの合図を送っていた。ふたりのあいだには——どちらもイエスといってしまいたい衝動をこらえているかのような——性的に張りつめた雰囲気が立ちこめていた。これまでのところ、両者はその衝動を抑えこんでいた。

　最初のうちマーサは、ドンテ裁判をテーマにして本を書くつもりだと話していた。それがいつしかヴァニティフェア誌への長文記事の寄稿という話になり、そのあとニューヨーカー誌向けに書くという話に変わった。さらに、ロサンジェルス在住の前夫が製作する映画のための脚本執筆という話にもなった。ロビーの意見では、マーサはそこそこの記者でしかなかった——事実を記憶する能力こそめざましいが、その整理整頓《せいとん》や計画づくりとなると惨憺《さんたん》たるもの。最終的にマーサがどんな形で完成させるにせよ、ロビーには公表するかどうかの最終拒否権があり、またその作品が金を稼いだら、ロビーとドラム家にも一部がわたる取決めになっていた。マーサと過ごして早二年、いまではロビーもわけ前を期待しなくなっていた。それでもマーサを好きな気持ちに変わりはなかった。ひねくれたユーモアのセンスがあり、傍若無人な性格、信じるものにはとことん熱意を燃やし、テキサスで会ったほとんどすべての人々の胸に強烈な憎しみをかもしだした。おまけにバーボンをがぶ飲みし、真夜中過ぎのポーカーさえこなす女だった。

狭い居間は混みあっていた。ロバータはいつもどおりピアノの前の椅子《いす》に腰かけている。ロバータの兄ふたりは、キッチンに通じる出入口の横に立っていた。息子のセドリック——ドンテの上の兄——はソファに腰かけ、眠っている赤ん坊を膝に抱いていた。娘のアンドレア——ドンテの妹——が椅子の一脚を占めていた。もう一脚の椅子に腰かけているのは、ロバータが通う教会のキャンティ牧師だった。ロビーとマーサのふたりは、キッチンから運んできた安物のがたつく椅子をならべ、肩を寄せあってすわった。マーサはもう何度もここに来たことがあったばかりか、ロバータがインフルエンザにかかったときには料理をつくりもした。

いつもどおり挨拶と抱擁がかわされ、インスタントコーヒーがふるまわれると、まずロビーが話しはじめた。「きょうは進展はありませんでした。これはいいニュースではありません。あしたは朝いちばんで、仮釈放審査委員会が決定を発表する予定です。会合がひらかれるのではなく、事前に資料が各委員にまわされて全員が票を投じるのです。恩赦による減刑は期待できそうもありません。そもそもめったにないことです。予想どおり否決された場合には、州知事室に執行延期を求める請願を提出することになります。州知事には、最長三十日の執行延期を命じる権限があります。首尾よく執行延期を得られる見こみは薄いのですが、われわれはその奇跡の到来を祈らなくてはなりません」

白

ロビー・フラックは祈りを習慣にしている男ではなかったが、テキサス州東部の信仰篤《あつ》い〈聖書地帯〉に身を置けば、その場にふさわしい言葉を口にできる。しかもいまは――マーサ・ハンドラーこそ例外だが――一日ぶっつづけで祈りを捧《ささ》げている人でいっぱいの部屋にいるのだ。

自

「明るい面に目をむけると、われわれはきょう、ジョーイ・ギャンブルとの接触に成功しました。ジョーイはヒューストン郊外のミッションベンドという街にいました。われわれの調査員がジョーイと昼食をともにし、その席で真実を突きつけ、いまは一刻を争う情況だというプレッシャーをかけました。ジョーイ自身も事件の経過をずっと追っていまして、いまなにが問題かを理解しています。われわれは、公判時の証言が嘘《うそ》だったことを認める宣誓供述書にサインをするようジョーイに求めましたが、拒否されました。しかし、まだあきらめてはいません。ジョーイはまだ心を決めかねています。いまでは心が揺らぎ、ドンテの身にふりかかった事態に不安を禁じえないようすでした」

「ジョーイが宣誓供述書にサインをして真実を話したらどうなる？」セドリックが質問した。

「その場合は、攻撃手段となる一、二発の弾丸がいきなり手にはいることになりますし、法廷にもちだして騒ぎを起こす材料にもなります。ただし問題がひとつ。嘘つきが自身の証言を撤回したとなると、だれもが――なかでも上訴の審理を担当する裁判官が――疑いの念をいだくことです。嘘つきはいつ嘘をやめるのか？　いまも嘘をついているのか、それとも嘘は過去だけなのか？　率直にいえば見こみは薄い。しかし、いまはすべてがいちかばちかの賭《か》けです」

　ロビーはいつも――とりわけ刑事裁判の被告人の家族を相手にする場合には――事実をありのまま、飾らずに述べることを心がけていた。ドンテ・ドラム事件がこの段階にさしかかっているいま、家族の心に希望をかきたてても意味はない。

　ロバータは両足の腿《もも》の下に手を差しこんだまま、冷静な面もちですわっていた。いまは五十六歳だが、もっと老《ふ》けこんで見える。五年前に夫のライリーに先立たれて以来、ロバータは髪を染めることも、食べることもやめてしまった。髪には白いものがまじり、顔はげっそりとやつれ、ほとんど口をひらかなかったが、もとより口数は少ない。生前のライリーは大口を叩《たた》く自慢屋であり、腕っぷしをふるう男だった。ロバータはそんな夫のうしろにまわって、夫がつくった不和の裂け目をそっと埋めていく修理屋の役目に徹していた。過去数日間で、ロバータはしだいに現実をありのままに受け入れ、いまはその現実に押しつぶされているかに見えた。ロバータもライリーも、それをいうなら家族のだれも、ドンテの無実に疑問を呈したことは決してない。たしかにドンテはフットボールの試合でボールキャリアーやクォーターバックをつぶそうとしたし、試合中のグラウンドなり往来なりでは、必要とあれば自分の身を適切に守ることもできた。しかしドンテは受け身で流されやすいタイプの男であり、罪もない他人を傷つけることのできない思いやりのある若者だった。

「あしたはマーサとふたりで、ドンテと会いにポランスキーに行くつもりです」ロビーはそう話していた。「ドンテあての手紙があれば、わたしたちがもっていきますよ」

「わたしはあしたの午前十時から、市長と会談する予定だよ」キャンティ牧師がいった。「ほかの牧師も数名参加してくれるはずだ。ドンテが死刑に処せられた場合、このスローンの街に起こりかねない事態を憂慮しているむねを、市長に伝えるつもりもある」

「ひどいことになるな」ドンテの伯父のひとりがいった。

「そうだろうね」セドリックがいい添えた。「こっちの味方の連中は一気に燃えあがるだろうし」

「死刑の執行の予定は、いまもまだ木曜日の午後六時のまま変わってないの？」アンドレアがたずねた。

「ええ」ロビーは答えた。

「予定どおり執行されることになるというのは、いつごろわかりそう？」

「それが、最後の土壇場《どたんば》までわからないのが通例です。弁護士たちが最後の一分まで戦いつづけますからね」

アンドレアはセドリックに不安なまなざしをむけた。「ロビー、あなただから話しておくけど、街のこちら側から大勢の人が、その時間までにあっちへ行くことになってるのよ。きっと騒ぎになるでしょうし、その理由もわかる。でも、ひとたびはじまったら、騒ぎは手がつけられなくなりそう」

「街全体が気をつけて目を光らせていたほうがいいな」セドリックがいった。

「市長にそう進言するつもりだとも」キャンティ牧師はいった。「なにか手を打っておいたほうがいい、とね」

「市長にできるのは、そういった事態への対処だけです」ロビーはいった。「死刑執行にはまったく関係ありません」

「市長だって州知事に電話をかけることはできるのでは？」

「ええ。でも、市長を死刑反対論者だと思ってはいけません。かりに市長が州知事に話をするにしても、どうせ執行延期に反対だという意見を伝えるためでしょう。市長は、昔ながらの筋金いりのテキサス男です。死刑制度を熱烈に支持してますよ」

この部屋には市長を支持している者はひとりもいなかったし、それをいうなら州知事の支持者もいなかった。ロビーは、暴力沙汰《ざた》が起こりそうだという話題を離れて、別の話を切りだした。話しあっておくべき重要な点がいくつかあった。

「州矯正局が出している規則によれば、家族による最後の面会は木曜日の午前八時、場所はポランスキー・ユニットです。そののちドンテの身柄は、ハンツヴィル刑務所に移されます」ロビーはつづけた。「みなさんがドンテに会いたがっていることも、ドンテがみなさんに心から会いたがっていることもわかっています。しかし、いざその場に行っても決して驚かないでいただきたい。通常の面会とまったくおなじです。ドンテは強化ガラスの壁の向こう側、みなさんはこちら側にすわります。会話は電話を通じておこないます。馬鹿馬鹿《ばかばか》しいことですが、ここはテキサス、そういう決まりです」

「ハグもできない、キスもできないの？」アンドレアがいった。

「ええ。規則でそう定められています」

ロバータが泣きはじめた――大きな涙を流しながら静かにしゃくりあげる。「あの子を抱きしめてもやれないなんて」兄のひとりがロバータにティッシュを手わたし、肩をそっと叩いた。ややあって気をとりなおしたロバータはいった。「ごめんなさい」

「謝る必要はありませんとも」ロビーはいった。「あなたは母親で、あなたの息子さんはまもなく、やってもいないことの責任を問われて死刑に処せられようとしてるんです。あなたには泣く権利がある。わたしだったら怒鳴りちらして、金切り声をあげ、だれかれかまわず銃で撃っていると思いますよ。いまだって、そうしたい気分だ」

アンドレアがたずねた。「で、死刑そのものは？　だれがその場に立ちあうことになってるの？」

「立会人室は壁で仕切られて、片側が被害者の家族、もう片方が囚人の家族の場所になっています。立会人は全員立ったままです。椅子はありません。被害者側の立会人枠は五人、みなさんにも五人の枠が与えられます。残りは検察官や弁護人、刑務所の職員、マスコミ関係者などに割りふられます。わたしは立ちあう意向です。ロバータ、あなたも立ちあうつもりなのは重々承知していますが、ドンテはあなたに来てほしくないと強く主張しています。あなたの名前はわれわれが出したリストにありますが、ドンテはあなたにその場を見てほしくないそうです」

「ごめんなさいね、ロビー」ロバータは鼻をぬぐいながらいった。「この話は前にもしたはず。わたしはあの子がこの世に生まれたとき、そばにいたの。だから、この世からいなくなるときも、そばにいてやるつもり。自分ではわかってないかもしれないけど、あの子はわたしを必要としてる。ええ、立会人になるわ」

ロビーには異をとなえるつもりはなかった。ロビーは翌日の夕方にもドラム家を訪ねる約束をした。

7

三人の息子たちが眠りについても、キースとデイナのシュローダー夫妻はトピーカ中心部にある教会に付属しているつつましやかな牧師館のキッチンで、長いこと過ごしていた。ふたりはそれぞれのノートパソコンとメモ用のノートとカフェインレスコーヒーを用意し、テーブルにむかいあってすわっていた。テーブルの上には、インターネットで見つけてプリントアウトした資料が散らばっていた。夕食はチーズマカロニで手早くすませた。息子たちには宿題があり、両親はほかのことで手いっぱいだったからだ。

デイナもインターネットで調べたが、一九九九年一月にスローンで逮捕されて拘置所に入れられたというボイエットの話の裏づけは得られなかった。スローンの古い裁判所記録がネットに掲載されていなかったのだ。法曹協会の名簿を調べると、スローン在住の弁護士が百三十一人リストアップされていた。デイナはそこから無作為に選んだ十人に電話でカンザス州の保護観察官を名乗り、トラヴィス・ボイエットなる男の背景を確認しているところだ、と話した。過去にこの男性の代理人をつとめたことがありますか？　いや、ない。お邪魔して申しわけありませんでした。弁護士全員に電話で問いあわせる時間はなかったし、いずれにしろ徒労に思えた。デイナは火曜日の朝いちばんで、街の裁判所の書記官に電話をかけることにした。

　ニコルのクラスリングを手にした瞬間から、キースはボイエットが真実を話していることをほぼ疑わなくなっていた。でも、指輪がニコルの失踪《しっそう》前に盗まれたものだとしたら？　デイナはたずねた。質屋にもちこまれた盗品だったら？　もしそうなら？でも、ボイエットがわざわざ質屋でこんな品を買うはずがないだろう？　ふたりは何時間もこんなやりとりをして、どちらかが思いついたアイデアすべてに疑問を出しあっていった。

　テーブルに散乱している資料の大半は、WeMissYouNikki.com（あなたがいなくて寂しいわ、ニッキ）とFreeDonteDrumm.com（ドンテ・ドラムに自由を）というウェブサイトに掲載されていたものだった。ドンテ支持のサイトを作成して運営しているのは、ロビー・フラックという弁護士の法律事務所であり、前者よりもはるかに内容が充実し、更新も頻繁、全体としてプロの手になる出来ばえだった。ニコル側のサイトを運営しているのはニコルの母親だった。どちらのサイトも、中立性をたもつ努力は最初から放棄していた。

ドンテのサイトの〈裁判史〉というコーナーで、キースはすぐさま検察側主張の核心部分、すなわち〈自供〉という部分まで画面をスクロールさせた。冒頭では、この文章は過去に起こったことをふたつの異なる視点から記述したものをもとにして作成した、という説明があった。尋問は十五時間十二分にわたっておこなわれ、そのあいだ休憩時間はほとんどとられなかった。ドンテは洗面所の使用を三回許可され、取調官同行で廊下の先にある別の部屋で、嘘発見器の検査を二回受けた。それ以外は、署内で〝合唱室〟という通称で呼ばれる部屋に閉じこめられたままだった。なぜそんな愛称がついたかといえば、警官たちが好んで口にしているように、この部屋に連れてこられた被疑者が、遅かれ早かれ自供という歌を歌いはじめるからだった。

最初の部分は警察の公式報告書がもとになっており、尋問中にジム・モリッシー刑事が作成した速記によって構成されていた。途中一回だけ、モリッシー刑事がロッカールームの簡易ベッドで三時間の仮眠をとっていたあいだは、ニック・ニーダム刑事が速記を担当した。速記録はタイプで清書されて十四ページになり、カーバー刑事およびモリッシーとニーダムの両刑事が、ここには真実しか書かれていないと誓った。

報告書のどこを見ても、脅迫や嘘、約束やひっかけ、威迫、暴力、あるいは憲法で保証されている権利の侵害がなされたことをほのめかす部分は一語もなかった。じっさい、いま列挙したことはすべて、公判の場で三人の刑事たちによって何度もくりかえし否定されていた。

ふたつめの部分は、最初の部分とは対照的なほどトーンがちがっていた。逮捕の翌日、誘拐と加重暴行と極刑を科しうる謀殺の容疑で起訴され、拘置所の独房に閉じこめられ、尋問で心に負った傷からしだいに回復するあいだに、ドンテは自供を撤回した。そしてドンテは、なにがあったのかを弁護人ロビー・フラックに説明した。フラックの指示で、ドンテは尋問室でなにがあったのかを自分なりに書きはじめた。これは二日後に書きあげられ、フラック弁護人の秘書がタイプで清書した。ドンテ・バージョンは四十三ページにおよんだ。

以下は、このふたつの報告書の要約に多少の考察をはさんだものである。

〈自供〉

一九九八年十二月二十二日、ニコル・ヤーバーが行方不明になってから十八日後、スローン警察署所属のドルー・カーバーとジム・モリッシー両刑事はドンテ・ドラムをさがすため、車で〈サウスサイド・スポーツクラブ〉におもむいた。スポーツに打ちこむ真剣な地元アスリートたちが足しげく通うクラブである。ドンテはほぼ毎日、放課後にここでトレーニングにはげんでいた。ウェイトトレーニングや怪我《けが》をした足首のリハビリをしていたのだ。身体的なコンディションは申しぶんなく、この時点では翌年の夏に州立サム・ヒューストン大学に入学し、フットボール・チームの選抜テストを受けたいと考えていた。

同日午後五時前後、クラブからひとりで帰宅しようとしたドンテに、カーバーとモリッシーが近づいた。ふたりはにこやかな口調で自己紹介をし、ニコル・ヤーバーのことを話してもらえないだろうかとたずねた。ドンテが了承すると、カーバーは警察署のほうがゆっくりと落ち着いて話ができるので、署に来てもらえないかと話をもちかけた。ドンテは不安を感じたものの、全面的に協力したいとも感じた。ニコルのことは知っていたし、捜索活動にも協力してはいたが、失踪事件についてはなにも知らず、警察署での話といっても数分程度ですむと思いこんでもいた。ドンテは家族で共用している年代物のフォードの緑色のヴァンを運転して署まで行き、来訪者用の駐車場にとめた。署の建物に歩いていくあいだも、これが自由な人間としての最後の数歩になるとは思ってもいなかった。ドンテは十八歳、これまで深刻なトラブルに巻きこまれたこともなく、長時間にわたって警察で尋問された経験もなかった。

ドンテは正面玄関で来署手続をとらされた。携帯電話と財布と車のキーはここで没収され、〝保安上の理由から〟鍵《かぎ》つきの抽出《ひきだし》にしまいこまれた。

ふたりの刑事は、ドンテを署の地下にある取調室に案内した。あたりにはほかの警官たちがいた。そのうちのひとり――黒人の制服警官――がドンテに気がつき、フットボールがらみのことを話しかけた。ひとたび取調室にはいると、モリッシーがなにか飲まないかとドンテにたずねた。ドンテは断わった。部屋の中央には小さな四角いテーブルがあった。ドンテはその片側に、ふたりの刑事は向かいの位置にすわった。部屋には窓はなく、照明は明るかった。部屋の隅にはビデオカメラを載せた三脚があった。しかしドンテの見たかぎり、レンズはドンテのほうをむいておらず、電源もはいっていないように見うけられた。

モリッシーが一枚の紙をとりだし、ドンテに〈ミランダ準則〉で定められた権利について理解してもらう必要がある、と説明した。ドンテは、自分は証人か被疑者なのかと質問した。モリッシー刑事は、この部屋で事情をきく人間すべてにそれぞれの権利について告知することが警察の規則で定められている、といった。たいしたことじゃない。形式的なことだ。

ドンテは落ち着かない気分になりはじめた。書類の文章をすみずみまで読み、自分には隠しごとはなにもないのだからとサインをして……結果的に黙秘する権利と弁護士を呼ぶ権利をみずから放棄した。これこそ、運命を決した悲劇の決断だった。

無実の人間は、往々にして尋問の最中に自分の権利を放棄してしまいがちだ。自分が無実だと知っているうえ、無実であることを証明したい一心で警察に協力しようと考えるからだ。身に覚えのある被疑者は、むしろ警察に協力しないほうを選ぶ傾向にある。そしてベテラン犯罪者となれば、警察をせせら笑ったあとは貝のように口をつぐむ。

モリッシーは記録をとりはじめた。最初に書きつけたのは〝被疑者〟が入室した時刻――午後五時二十五分。

話をしたのは、もっぱらカーバーだった。話しあいは、フットボール・シーズンの長々とした要約からはじまった。勝った試合、負けた試合、プレーオフではなにが失敗だったか。それから街でさかんに噂《うわさ》になっていたコーチ交替について。カーバーはいかにもドンテの将来に強い関心をいだき、足首が一日も早く治って大学でもドンテがプレーできることを祈っているかのようなそぶりだった。ドンテは、それが現実になることに自信をもっていると表明した。

カーバーはまた、ドンテのウェイトリフティングのメニューにも強い関心を示し、ベンチプレスやカール、スクワットやデッドリフトをそれぞれ何回こなしているのかなどと、詳細な質問を口にした。

さらにドンテ自身やその家族、ドンテの学業の進み具合、就業経験、十六歳のときのマリファナがらみのちょっとした警察沙汰《ざた》などについても質問がなされ、そんな調子で一時間ほども経過したと思われたころ、刑事たちはいよいよニコルの話を切りだした。刑事たちの口調が一変した。笑顔は消えた。質問がぐんと鋭いものになった。ニコルと知りあってからどのくらいになるのか？　いっしょのクラスになったのは何回？　共通の友人にはだれがいる？　きみはだれとデートした？　ガールフレンドはだれか？　ニコルはだれとデートをしてた？　きみはニコルとデートをしたことはあるか？　ありません。デートに連れだそうとしたことは？　ありません。ニコルとデートをしたいと思ったことは？　デートしたいと思った子はたくさんいます。白人の女の子か？　ええ、そりゃデートしたいとは思いますけど、経験はないです。白人の女の子とデートをしたことがない？　ありません。街の噂では、きみとニコルが会っていて、それを秘密にしたがっているらしいじゃないか。そんなことありません。ふたりだけで会ったことはありません。指一本触れたこともありません。しかしきみは、デートをしたいと思っていたことは認めたね？　ぼくはいろいろな女の子とデートしたいといったんです。白人の子も黒人の子も、それからヒスパニックの子も含めて。じゃ、どんな女の子でも好きなんだ？　好きな子は大勢いますけど、全員ってわけじゃありません。

つづいてカーバーは、ドンテがニコルの捜索活動に参加していたかをたずねた。参加していた。ドンテをはじめとする三年生の全員が、何時間もニコルをさがしていたのだ。

それから三人は、ジョーイ・ギャンブルをはじめ、ニコルがハイスクールでつきあっていた男子生徒たちを話題にした。カーバーはくりかえしドンテに、ニコルとデートをしたことはないのか、こっそり会ってはいなかったのかと質問した。それは質問というよりも糾弾に近かった。ドンテは心配になりはじめた。

ロバータ・ドラムは毎晩七時に夕食をテーブルにならべる習慣だった。その時刻までに帰宅できなければ、ドンテは家に電話で連絡する決まりになっていた。午後七時、ドンテは刑事たちにそろそろ帰ってもいいかとたずねた。カーバーは、あと少しだけ質問させてほしいといった。ドンテは母親に電話をかけさせてほしいと頼んだ。いや、それはできない。警察署内では携帯電話の使用が禁じられている。

取調室にはいって二時間以上経過してから、カーバーはついに爆弾を落とした。ニコルが親しい友人にドンテとつきあっていることを打ち明けていたことや、その裏にはセックスが大いに関係していることなどを進んで証言してくれる証人がいる――カーバーはそうドンテに告げた。しかし、ニコルはこの関係を秘密にする必要があった。両親がいい顔をするはずがないし、なによりダラスにいる資産家の実父に知られたら支援を打ち切られ、遺産相続人から名前をはずされてしまう。教会でもみんなから軽《けい》蔑《べっ》される。そういった調子。

そんな証人は実在しなかった。しかし警察は尋問中、嘘《うそ》をつくことを許されている。

ドンテは、ニコルとはいかなる関係も結んでいないと強く否定した。

カーバーはカーバーで、つくり話をきかせつづけた。その証人は、ニコルがドンテとの関係にしだいに不安を感じはじめていたと話している。ニコルはふたりの関係をおわらせたがっていたが、ドンテは別れを拒んだ。ニコルは、自分がストーキングされていると感じていた。またニコルは、ドンテが自分に病的な執着心をいだいていると考えていた。

ドンテはこのすべてを激しい口調で否定した。その証人の素性を教えてほしいと要求もしたが、カーバーの答えは秘密情報だというものだった。その証人は嘘をついている――ドンテはくりかえし何度もそう訴えた。

あらゆる尋問の例に洩《も》れず、刑事たちは自分たちの質問がどこへむかっているのかを承知していた。ドンテは知らなかった。カーバーはいきなり話題を変えて、緑のフォードのヴァンについての質問をドンテに浴びせかけはじめた。どのくらいの頻度で乗っているのか？　どこへ行った？　そんな質問だった。ヴァンはもう何年も昔から家にあり、ドラム家の子どもたちが共用していた。

カーバーはさらに、ヴァンで学校やスポーツクラブやショッピングモール、そのほかハイスクールの生徒のたまり場へ行く頻度をたずねた。ニコルが行方不明になった夜、十二月四日の金曜に、そのヴァンでショッピングモールに行ったか？

行ってません。ニコルが行方不明になった夜、ドンテは妹アンドレアと自宅で過ごしていた。両親は週末の教会関係のあつまりでダラスへ行っていた。ドンテは妹のお守り役だった。ふたりは居間で冷凍のピザを食べながらテレビを見た――ふだんなら母親のロバータが許さない行為だった。そう、緑のヴァンは家のドライブウェイにあった。両親は一家のビュイックでダラスへ行った。隣人たちは、ヴァンがドンテのいったとおりの場所にあったことを証言した。夜のあいだ、ヴァンが走りでていったところを見た者はいなかった。妹はドンテがひと晩じゅう自分といっしょにいたこと、一度も出かけなかったことを証言した。

カーバーは、ニコルが行方不明になったのと前後して、ショッピングモールの駐車場で緑のヴァンを目撃した証人がいることを被疑者に告げた。ドンテは、スローンにはおなじようなヴァンが二台以上あるはずだといった。おれがニコルをさらったとでも思っているんですか？　ドンテはくりかえしたずねた。刑事たちがそう考えていることが明らかになると、ドンテは心底からの憤激に駆られた。同時に、自分が疑われていることに恐怖も感じた。

午後九時ごろになると、母親のロバータ・ドラムはいよいよ心配になってきていた。ドンテが夕食に遅れることはめったにないし、携帯電話はいつもポケットにしまっている。しかし電話をかけても、留守番電話サービスにつながるだけだった。そこでロバータはドンテの友人に電話をかけていったが、だれひとりドンテの行き先を知らなかった。

カーバーは単刀直入に、ニコルを殺して死体を捨てたのではないかとドンテにたずねた。ドンテは腹立ちもあらわにこれを否定、事件への関与すべてを否定した。カーバーは、ドンテの言葉を信じていないと話した。ふたりのやりとりは次第に張りつめたものになり、言葉がどんどん乱れてきた。非難、否定、非難、否定。午後九時四十五分、カーバーは椅子《いす》を乱暴にうしろに押して立ちあがり、足音も荒々しく取調室から出ていった。モリッシーは速記のペンを置いて、カーバーのふるまいを謝罪した。あの男はこの件の捜査の責任者で、だれもがニコルの身に起こったことを教えろと迫ってくるものだから、ものすごいストレスにさらされているんだよ、とモリッシーは話した。ニコルがまだ生きている可能性だってある。それにくわえて、カーバーはもともとせっかちな性格で、人に威圧的な態度をとりがちなんだよ。

これは古典的な〝善玉警官と悪玉警官〟の芝居だったし、ドンテにもなにが起こっているのかはわかっていた。しかしモリッシーが鄭重《ていちょう》な態度を崩さない以上、ドンテもおしゃべりにつきあった。事件の話題は出なかった。ドンテがソフトドリンクと軽食を頼むと、モリッシーは頼まれた品をとりに出ていった。

ドンテには、トリー・ピケットという名前の親友がいた。七年生のときからいっしょにフットボールをしてきた仲だったが、トリーはハイスクールの一年生をおえた前年の夏にちょっとした警察沙汰を起こしていた。おとり捜査にかかってクラック密売容疑で逮捕され、刑務所に送られたのだ。そのあおりでハイスクールを中退、いまはスローンの食料品店で働いていた。警察はトリーが週末の夜にはかならず、閉店時間の午後十時に店から出てくることを知っていた。ふたりの制服警官が待ちかまえていた。ふたりの警官は、自発的に警察署まで出向いて、ニコル・ヤーバー事件についての質問に答えてもらえないか、とトリーに頼んだ。トリーはためらい、これが警官の疑惑を招いた。警官は、きみの友だちのドンテもう警察署に連れていかれ、いまはきみの力を必要としていると話した。トリーは警察署に出向いて自分の目で確かめることにし、パトカーの後部座席に乗りこんだ。警察署では、トリーはドンテとふた部屋離れた部屋に入れられた。部屋にはマジックミラーのはまった大きな窓があった——警官たちは室内をのぞきこめるが、室内の被疑者からは警官たちの姿は見えない。さらに部屋にはマイクが仕掛けてあり、尋問のようすは外の廊下のスピーカーできくことができた。この部屋ではニーダム刑事がひとりで仕事にあたり、ごく一般的であたりさわりのない質問をトリーに浴びせていた。トリーはすぐに、〈ミランダ準則〉で保証されている権利を放棄した。ニーダムはすかさずニコルの話題を出し、だれがだれとデートをしていたのかとか、本来いるべきではない場所をうろついていたのはだれか、といった質問を繰りだした。トリーは、自分はニコルのことをろくに知らないし、もう何年も会っていないと答えた。またドンテがニコルとつきあっていたという話は鼻で笑った。三十分の質問ののち、ニーダムは部屋を出ていった。トリーはテーブルについたまま待っていた。

その一方〝合唱室〟では、ドンテが次のショックに見舞われていた。カーバーから、ドンテとトリーがニコルを無理やり連れ去ってヴァンの後部座席で強姦《ごうかん》、そのあと橋からレッド川に死体を投げ捨てたと証言をする証人が見つかった、ときかされたのだ。あまりにも突飛な話に、ドンテは思わず笑いだした。笑われたことでカーバーは気分を害した。ドンテは、いまのは死んだ少女のことを笑ったのではなく、カーバーがつくりあげた絵空事を笑っただけだと説明した。そんな証人が実在するなら、そんなふざけた嘘つき野郎を信じるならカーバーは大馬鹿《おおばか》だ。ふたりは、たがいに相手を嘘つき呼ばわりし、さまざまな罵倒《ばとう》の言葉を投げあった。もとより険悪だった雰囲気が、さらに険悪になった。

いきなりニーダム刑事がドアをあけ、トリー・ピケットを〝拘留〟したぞ、とカーバーとモリッシーのふたりに教えた。この昂奮《こうふん》を誘う知らせを耳にするなり、カーバーはすかさず椅子から立ちあがって、ふたたび外に出ていった。

ほどなくしてカーバーは取調室にもどり、最前と同様の線で尋問を再開して、ドンテを人殺しだと責め立てた。ドンテがすべてを否定すると、カーバーはおまえは嘘つきだと非難した。さらにカーバーは、ドンテとトリーがいっしょになってニコルを強姦して殺したことを自分は事実として知っている、それでもドンテが無実を証明したいというのなら、ポリグラフでの検査をはじめるしかない、といった。別名、嘘発見機。素人《しろうと》でもしくじりようがない検査であり、法廷でも採用される明確な証拠が得られる……といった調子の話がつづいた。ドンテはたちどころに検査をうさんくさく思ったが、その反面、この馬鹿げた尋問をきっぱりおわらせるために、検査を受けるのもいいかもしれないと思った。自分が無実だということは知っている。だから検査をパスすることもわかっている。それなら事態がいま以上に悪化する前に、カーバーを厄介払いできるはずだ。ドンテは検査に同意した。

警察の尋問というストレスにさらされた場合、無実の者のほうがえてして嘘発見機の検査に同意しがちである。なぜなら隠すべき秘密もなく、自分の無実を証明したい一心になっているからだ。理由はいうまでもないが、身に覚えのある容疑者はめったに検査に同意しない。

ドンテはほかの部屋に連れていかれ、ファーガスン刑事に紹介された。ファーガスンは一時間前、自宅でぐっすり眠っていたところをニーダム刑事の電話で叩《たた》き起こされたのだ。ファーガスンは署内の嘘発見機の専門家であり、カーバーとモリッシーとニーダムの三人に部屋からの退去を求めた。ファーガスンは極端なまでに鄭重で穏やかな口調の男で、ドンテに検査の説明をするあいだは、申しわけなく思っているかのような態度だった。ファーガスンはすべてを説明し、書類をすべて見せて、機械の用意をしてから、ニコル・ヤーバー事件への関与についてドンテに質問しはじめた。検査には約一時間かかった。

すべての質問をおえたファーガスンは、結果をまとめるには数分かかると説明した。ドンテは〝合唱室〟に連れもどされた。

結果は、ドンテが真実を口にしていることを明確に示すものだった。しかしながら連邦最高裁判所の裁定により、警察には尋問中にさまざまな欺瞞《ぎまん》を弄《ろう》することが法律で認められている。ひらたくいうなら、警察は意のままに嘘をつけるのだ。

〝合唱室〟にもどってきたカーバーは、検査で得られたグラフ用紙を手にしていた。カーバーは用紙をドンテに投げつけたり、顔を叩いたりして、「この嘘つき野郎め！」と罵《ののし》った。おまえが嘘をついているという証拠がこれだ！　これこそ、おまえが元恋人をさらって強姦し、怒りのあまり殺して、死体を橋から投げ落としたことを明確に示す証拠だ、と。カーバーはグラフ用紙を手にとってドンテの顔の前でばさばさとふりたて、陪審がこの検査結果を見たら、おまえを有罪とみなして死刑を宣告するに決まっていると断言した。おまえはいま毒薬の注射針を目にしているんだぞ――カーバーはくりかえし何度もいった。

これも嘘だった。嘘発見機の結果は信頼できないことで悪名高く、法廷で証拠として採用されることはぜったいにない。

ドンテは茫然《ぼうぜん》とした。気が遠くなった。頭が混乱し、なんとか言葉を見つけようと必死に頭を働かせた。カーバーが肩の力を抜いて、向かいの椅子に腰をおろした。ついでカーバーは、この種の凶悪犯罪の場合、とりわけその犯人がまっとうな善人——つまり非犯罪者——だった場合には、殺人犯は無意識のうちに自分の行動を記憶から消し去ってしまうケースが往々にしてある、と話した。つまり犯人は記憶を〝ブロック〟してしまうのだ、と。これは非常にありふれたことであり、自分、すなわちカーバー刑事は高度な訓練を受けてきて経験も豊富であるがゆえに、こうしたケースを多数目にしてきた。ドンテはニコルのことが本心から好きだったのだろうし、愛してさえいたかもしれず、決して傷つける意図はなかったものと思われる。気がつくとニコルは死んでいた。その事実に気がつくと、ドンテは自分のやったことにショックを受けて、罪悪感に押しつぶされた。その結果、すべてを記憶から消そうとしたのだ。

ドンテは一切合財を否定しつづけ、やがて疲れはててテーブルにつっぷした。カーバーはテーブルを荒っぽく叩いて、被疑者を飛びあがらせた。カーバーはまたしてもドンテを犯罪者だと責めたて、こちらには証人も証拠もそろっている、おまえは五年以内に死刑にされる、といった。テキサス州の検察官は法律の手続を合理的に進める策を心得ている、だから、死刑が先延ばしになることはぜったいにない。

カーバーはドンテに、おまえが体をベルトで固定されて薬品を注射する準備をととのえられているあいだ、立会人室で母親が目玉も流れそうなほど泣きながら、おまえに最後に手をふっている姿を想像してみろ、といった。おまえはもう死んだも同然だ——カーバーは何度もくりかえした。しかし、ひとつだけ方法がある。もしドンテが正直になって、なにがあったのかを白状し、一部始終を自供すれば、検察が死刑を求刑しないよう自分が確実を期してやってもいい。そうすれば、仮釈放なき終身刑ですむ。決して楽な刑罰ではない。しかし、少なくとも母親に手紙を書いて、月に二回は母親と会うこともできる。

このように死刑を出して脅迫し、酌量減刑をちらつかせて餌《えさ》にする手法は憲法に違反しているし、警察もそのことを知っている。この作戦を採用したことを、のちにカーバーもモリッシーも否定した。意外なことではないが、モリッシーの速記録にはこうした脅迫や餌の言葉についての記述はいっさいなかった。またこの速記録は、時系列順を正確に記録してはいなかった。ドンテにはペンや紙は与えられず、尋問が五時間を経過して以降は時間の感覚もなくしていた。

夜中の十二時前後にニーダムがドアをあけて、「トリー・ピケットがしゃべってるぞ」と声をかけてきた。カーバーはモリッシーににやりと笑いかけ、またも芝居がかった仕草で尋問室から出ていった。

トリーは鍵《かぎ》をかけられた部屋にひとり閉じこめられ、忘れ去られていることに憤慨していた。もう一時間、だれも部屋に来ていないし、話しかけられもしていなかった。

ドンテの父親のライリー・ドラムは、自分の緑色のヴァンが市拘置所の駐車場にとめられているのをたまたま見つけた。車を走らせていてヴァンを見つけられたことに安堵《あんど》した一方、息子ドンテの身や、息子がどんなトラブルに巻きこまれたのかが不安でもあった。スローン市拘置所は警察署の隣で、ふたつの建物はつながっている。ライリーはまず拘置所を訪ねたが、要領を得ないやりとりののち、ドンテがここにいないことを知らされた。つまり収監手続をとられてはいないのだ。このとき収容されていたのは六十二人、そのなかにドンテ・ドラムの名前はなかった。応対にあたった若い白人男の看守はドンテの名前を覚えており、ライリーの力になろうと手をつくしてくれた。ついで看守はライリーに、隣の警察署に行ってみてはどうかと提案した。その言葉に従ったものの、困惑と苛立《いらだ》ちが増すばかりにおわった。午前〇時四十分、正面玄関の扉が施錠されていたのだ。ライリーは妻のロバータに電話でこの最新情報を伝え、建物にはいる方法を考えた。数分後、一台のパトカーが近くにとまって、ふたりの制服警官が降りてきた。ふたりはライリー・ドラムに話しかけ、ライリーはここにいる事情を説明した。ライリーはふたりのあとから警察署にはいっていき、ロビーの椅子にすわった。ふたりの制服警官は、ドンテをさがしにいった。三十分たってからもどってきたふたりは、ドンテがいま尋問を受けているとライリーに教えた。なにについての尋問？　どうして？　ふたりの警官はなにも知らなかった。ライリーは待ちはじめた。なにはともあれ、息子は無事だ。

最初に突破口がひらけたのは、カーバーがエイトバイテンのフィルムをつかう大判カメラで撮影されたニコルのカラー写真をとりだしたときだった。疲れはて、味方もなく、怯《おび》え、心を決められず、なにより押しつぶされそうになっていたドンテは、ニコルの愛らしい顔をひと目見るなり泣きはじめた。カーバーとモリッシーは得たりとばかりに笑みをかわした。

ドンテはそれから数分ほど泣きつづけたのち、洗面所をつかわせてくれと申しでた。ふたりの刑事は廊下の先にある洗面所までドンテに付き添い、その途中、小窓の前で足をとめた。テーブルについてペンをもち、法律用箋《ようせん》になにかを書きつけているトリー・ピケットの姿が見えた。ドンテは信じられぬ思いに目を見ひらき、さらには頭を左右にふって、なにごとかつぶやきさえした。

トリーが書いていたのは、自分はニコル・ヤーバーの失踪《しっそう》事件についてなにも知らないという内容の一ページの書面だった。ただしこの書面はスローン市警察署内でなぜか行方不明になり、二度と出てくることはなかった。

〝合唱室〟に引き返すと、カーバーはドンテに、友人のトリーが宣誓供述書にサインをしたぞ、と申しわたした――そこには、ドンテがニコルと会っていたことや、ドンテはニコルに夢中だったが、ニコルのほうではこの交際の結果を心配して別れたがっていたこと、思いつめたドンテがニコルにストーカー行為をしていたこと、いつかドンテがニコルを傷つけるのではないかと、トリーが心配していたことなどが書かれている、と。

このいちばん新しい一連の嘘《うそ》をならべたてていくカーバーは、トリーの宣誓供述書のように見えなくもない一枚の書類を手にして、それを読みあげていた。ドンテは目を閉じ、頭を左右にふって、いまなにが起こっているのかを理解しようとした。しかし思考速度はいつもよりもずっとのろく、疲労と恐怖のせいで反応時間は遅くなっていた。

ドンテは家に帰らせてほしいと頼んだ。カーバーが怒鳴りつけた。ドンテに悪罵《あくば》を投げつけ、だめだ、おまえを帰すわけにはいかない、なぜならおまえは第一被疑者だからだといった。おまえは犯人だ。警察には証拠がある。ドンテが自分には弁護士が必要かとたずねると、カーバーは必要ないに決まっていると答えた。弁護士には事実を変えることはできない。弁護士がニコルを生き返らせるわけではない。それに弁護士は、おまえの命を救うこともできない――ただし、おれたちなら救える。

モリッシーの速記には、弁護士にまつわるやりとりはいっさい記録されていない。

午前二時二十分、トリー・ピケットは帰宅を許された。ニーダム刑事がトリーを建物横手のドアから外に連れだしたため、トリーがロビーにいるライリー・ドラムと顔をあわせることはなかった。この時点で地階にいる刑事たちには、被疑者の父親が警察署に来ていて息子ドンテに会いたがっている、との話が伝えられていた。しかしこれは、のちに複数回の審理において宣誓のうえで否定されている。

モリッシーはしだいに疲労が濃くなり、ニーダムが交替した。それから三時間、モリッシーが仮眠をとっているあいだはニーダムが記録を作成した。カーバーは追及の手をゆるめる気配をいっさい見せなかった。被疑者に質問を立てつづけに浴びせることで、自分にエネルギーを注入しているかのようだった。被疑者の口を割って事件を解決し、英雄になれるまで、あと一歩だ。ついでカーバーは、嘘発見機の検査をもう一度うけてみないかとドンテに話をもちかけた。二度めの今回は、十二月四日の金曜日の午後十時前後にドンテがどこにいたかという、その点だけに質問を絞ろう。嘘発見機を信用していなかったドンテは、とっさに断わりかけたが、この知恵も取調室から外に出たいという欲求に押しつぶされた。とにかくカーバーから離れたかった。このいかれた男を目の前から追い払えるのなら、なんでもよかった。

今回もファーガスン刑事が機械とドンテをつないで、いくつかの質問をした。嘘発見機からノイズが出て、巻かれていたグラフ用紙がゆっくりと出てきた。ドンテは意味もわからないまま用紙をじっと見つめていたが、結果がかんばしくないことは勘で察しとれた。

そして今回も、ドンテは真実を口にしているという結果が出た。問題の金曜日の夜はずっと自宅で妹の子守りをしていて、家から出かけていない、と。

しかし、真実は重要ではなかった。ドンテがいないあいだに、カーバーはドンテの椅子《いす》を取調室の隅、ドアからいちばん遠い場所に移動させた。ドンテがもどってきて椅子にすわると、カーバーは自分の椅子を引いていき、文字どおりふたりの膝《ひざ》がふれあうほど近い場所に腰かけ、またもドンテを罵りはじめた。二度めの嘘発見機の検査で、おまえはしくじっただけじゃない――〝救いようのないほど〟しくじった、と。

このとき初めて、カーバーはドンテの体に触れた——右手の人さし指をドンテの胸に突き立てたのだ。ドンテは刑事の手をさっとふり払い、応戦のかまえをとった。しかしすかさずニーダムがスタンガンを手にして、ふたりのあいだに割りこんだ。ニーダムはすぐにもスタンガンをつかいたそうな顔だったが、結局つかわなかった。ふたりの刑事はともにドンテを罵り、脅迫した。

悪罵と脅迫はさらにノンストップでつづき、これに人さし指で胸を小突く動作がくわわった。ドンテにも、警官たちが要求しているものを差しださないかぎり、ここから帰れないことがわかってきた。そもそも刑事たちのいうとおりかもしれない。刑事たちは、なにが起こったかを確実に知っているようすだ。ドンテの関与にいかなる疑いも抱いていない。友人も、ドンテとニコルが関係を結んでいたと供述している。それに嘘発見機——嘘をついていたことを知らされたら、法廷で陪審はどう思うだろうか？　ドンテは自分自身と自分の記憶を疑っていた。もし本当に意識をうしない、恐るべき行為の記憶を消し去ったのだとしたら？　それに、本心から死にたくなかった。いますぐ死にたくはなかったし、五年か十年先に死ぬのもまっぴらだった。

午前四時になると、ライリー・ドラムは警察署をあとにして自宅に帰った。寝ようとはしたが寝つかれなかった。ロバータがコーヒーを淹《い》れ、ふたりは気を揉《も》みながら夜の明けるのを待った——夜明けになれば、なにもかも解決するとでもいうように。

カーバーとニーダムは午前四時半に休憩をとった。ふたりだけで廊下に出ると、カーバーはいった。「やつは落ちるな」

その数分後、ニーダムは音をたてないようにドアをあけて取調室をのぞきこんだ。ドンテは床に倒れこんで嗚咽《おえつ》していた。

ふたりの警官はドンテにドーナツとソフトドリンクを与えて、尋問を再開した。ドンテにも、ゆっくりとではあったが、はっきり見えてきたことがあった。刑事たちが望むような話をしないかぎりここから帰れないし、自分は帰れるものなら、母親を殺したとでも白状してしまいそうな状態だった。だったら、とりあえず調子をあわせてもいいのでは？ ニコルはそのうち——生きているか死んでいるかはともかく——見つかるだろうし、そうなれば事件の真相もおのずと明らかになる。言葉の暴力で自供を引きだした警察は、さぞや間抜けに見えるだろう。偶然どこかの農家の人なりハンターなりが死体を発見すれば、このピエロどもの化けの皮も剝《は》がれる。すべての疑いが晴れて自分は釈放され、だれからも哀れに思ってもらえるだろう。

尋問開始から十二時間、ドンテはカーバーを見つめていった。「あと二、三分待ってくれ。そのあと全部話す」

いったん休憩をはさんだのち、カーバーはドンテが空白部分を埋めるのを手伝った。ドンテは妹がぐっすり寝たあと、こっそり家を出た。なんとしてもニコルと会いたかった。ニコルがドンテを遠ざけて、ふたりの関係をおわらせようとしていたからだ。ニコルが友人たちと映画を見にいっていることは知っていた。ドンテはひとり緑のヴァンを走らせて、ショッピングモールに行った。それから駐車場のニコルの車のそばで、話をしようと迫った。ニコルはヴァンに乗ることに同意した。ふたりはそれからスローン市内を走り、やがて郊外の田園地帯にむかった。ドンテはセックスを求め、ニコルは拒んだ。ふたりの関係は完全におわっている、といって。ドンテは力ずくでニコルに迫り、ニコルは抵抗した。ドンテはニコルを犯したが、少しも楽しくなかった。ニコルがドンテをひっかき、血さえ流させたからだ。攻撃がさらに激しくなった。ドンテは怒りの発作に見舞われて、ニコルの首を絞めた。自分でも抑えられなくなり、やめたときには、すでに取り返しのつかないことになっていた。ドンテはパニックを起こした。ニコルをどうにかしなくてはいけなかった。ヴァンの後部座席でニコルに大声で叫びかけても、なんの反応も得られなかった。ドンテは北へ、オクラホマの方角へ車を走らせた。時間の感覚をうしなっていた。気がつくと夜明けが近づきつつあった。家に帰らなくてはならなかった。死体を処分する必要もあった。そして十二月五日の朝、午前六時前後、ドンテはヴァンを州道二四四号線のレッド川にかかっている橋の上でとめた。あたりはまだ暗く、ニコルは死んでいた。ニコルの死体を橋から投げ落として待っていると、胸のわるくなるような水音がきこえてきた。そのあとスローンに帰りつくまで、ドンテはずっと泣いていた。

カーバーは三時間にわたってドンテを指導し、せっつき、訂正し、罵《ののし》り、真実を話せと注意しつづけた。細部が完璧《かんぺき》でないとだめなんだ——カーバーはくりかえした。午前八時二十一分、ようやくビデオカメラの電源が入れられた。疲れきって無表情なドンテ・ドラムがテーブルについており、その前には新しいソフトドリンクとドーナツが置いてあった——警察がドンテを手厚くもてなしていることを示すために、わざといっしょに撮影されたのだ。

ビデオによる供述は長さ十七分間、これがドンテを死刑囚舎房に送りこんだ。

ドンテは誘拐と加重強姦《ごうかん》、および極刑を科しうる謀殺という罪状で起訴された。独房に引き立てられていくなり、ドンテは眠りこんだ。

午前九時、警察署長が地区首席検事のポール・コーフィーともども記者会見をひらき、ニコル・ヤーバー事件が一定の解決をみたと発表した。まことに悲しむべきことだが、フットボールの元花形選手であるスローン在住のドンテ・ドラムが、ニコルを殺害したことを自供した。その証言を裏づける証人も複数いる。ご遺族には心から同情する。

自供はただちに批判の対象になった。ドンテは自供を撤回し、顧問弁護士となったロビー・フラックは大っぴらに警察とその策略を激烈な調子で非難した。数カ月後、被告弁護チームは自供の証拠排除を求める申立てを提出、証拠排除についての審理が一週間つづいた。カーバーとモリッシーとニーダムの三刑事は長時間にわたって証言し、被告側は彼らの証言を徹底的に攻撃した。三人は、脅迫や減刑などの約束、威迫などのすべてを強硬に否定した。とりわけ三人が強く否定したのは、死刑の話でドンテを怯えさせて協力を強要したことだった。乱暴な言葉で被疑者ドンテを虐待《ぎゃくたい》したことも、疲労困憊《こんぱい》のあまり倒れるほどドンテを追いこんだことも否定した。ドンテの口から弁護士の話が出たことや、ドンテが尋問をおわらせて家に帰らせてくれと話したことも否定した。警察署に父親ライリー・ドラムがいたことや、ライリーが息子に会いたがっていたことはまったく知らなかったと主張した。また警察の嘘発見機による検査でドンテが真実を話しているという明白な証拠が得られたことも否定、さらに自分たちの意見では結果は〝決定的とはいえない〟とも証言した。またトリー・ピケットの宣誓供述書なるものがあるかのように装《よそお》って、ドンテを騙《だま》したことも否定した。

そのトリー・ピケットはドンテの側の証人として証言、ドンテとニコルの関係について警察で話した事実はないと否定した。

判事は問題の自供に深い憂慮の念を表明したものの、調書を公判から排除するほどは憂慮していなかった。判事は排除を求める申立てを退け、自白ビデオはのちに陪審に見せられた。法廷でドンテは、まるで別人を見るような気分でビデオを見ていた。これが有罪の決め手になったという事実を、本気で疑った者はひとりもいない。自供はそののち上訴の場でも争点になったが、テキサス州刑事上訴裁判所は全員一致で一審の有罪評決と死刑判決を支持した。

読みおわると、キースはテーブルを離れて洗面所にむかった。自分自身が尋問をうけたような気分だった。夜中の十二時をとうに過ぎていた。しかし眠れるとは思えなかった。

8

火曜日の朝、午前七時の〈フラック法律事務所〉は、ひとりの男の生命を救うために時間と競争し、ごくわずかな可能性に賭《か》けている人々の集団がいる場所ならではの狂躁《きょうそう》的かつ神経質なエネルギーをはらんで、活発に動いていた。手でさわれそうなほどの緊張が立ちこめていた。いつもはどんな場合であれ、だれになにをいってもかまわない自由闊達《かったつ》な雰囲気の事務所だったが、いま笑顔は見られず、気のきいた言葉の応酬も影をひそめていた。いま働いている者の大半は、六年前にハンツヴィルでラマー・ビラップスが注射針を刺されたときにはすでにここに所属していたし、ビラップスの死という結末にはだれもがショックを感じた。ビラップスが忌《い》むべき男だったにもかかわらず、である。お気にいりの娯楽といえばバーでの喧嘩《けんか》で他人を殴ることであり、ビリヤードのキューや割れたガラス瓶をつかうのが趣味だった。州はそんなビラップスに、ついに我慢がならなくなった。死の床での辞世の言葉は「地獄で会おうぜ」であり、それっきりこの世を去った。ビラップスは有罪そのもので、それ以外の真剣な主張をしたことはなかった。また殺人をおかしたのは百キロ近く離れた小さな街で、事件のことを知っているスローン住民はほとんどいなかった。家族もいなかったし、ロビーの事務所が連絡をとるべき相手もいなかった。ロビー本人はビラップスをひと目できらいになったが、その一方で州にはビラップスを殺す権利はないという信念を強固にいだきつづけていた。

〈テキサス州民対ドンテ・ドラム事件〉は、まったくちがう問題だった。いまロビーの事務所の面々は無実の人間のために戦っており、ドンテの家族は自分たちの家族だった。

　主会議室に置かれた細長いテーブルが嵐《あらし》の中心だった。まだヒューストンにいる調査員のフレッド・プライアーがスピーカーフォンを通じて、ジョーイ・ギャンブルを翻意させようという努力の最新情報を手短に報告していた。ふたりは昨月曜の夜、電話でも話をしたというが、ジョーイはますます協力的な態度から遠ざかっていた。

「あの男は偽証についてくりかえし質問して、どのくらい重大な罪なのかを知りたがってたよ」プライアーは出せるかぎりの大きな声で報告した。

「コーフィーが脅かしているんだな」ロビーは、事実として知っているかのような口調で断言した。「地区首席検事と話したかどうか、ジョーイに質問してみたか?」

「いや。でも、いちおうおれもその線は考えた」プライアーは答えた。「しかし質問しなかったのは、たとえたずねても答えてもらえるはずがないからだよ」

「コーフィーは公判でジョーイが嘘《うそ》をついたのを知っていて、こちらが死刑まぎわに駆けこんでくるかもしれないと、ジョーイに入れ知恵したんだな」ロビーはいった。「いまになって証言を翻《ひるがえ》したりしたら偽証罪で訴えてやると、ジョーイを脅してね。どうだ、フレッド、賭けるか?」

「遠慮する。どうやらその線に思えるからね」

「ジョーイには、偽証はもう時効だと話せ。コーフィーには手が出せないとな」

「わかった」

スピーカーフォンが切れた。ペストリーの皿がテーブルに置かれ、何人もがまわりに群がった。ロビーのふたりの女性秘書は、執行延期命令を求める州知事あての請願書に目を通していた。ジャーナリストのマーサ・ハンドラーはテーブルの端について、法廷速記録の世界に没頭中。ボディガードのアーロン・レイは上着を脱いで、シャツにストラップでつけられた二挺《ちょう》の拳銃《けんじゅう》が見える姿で紙コップのコーヒーをちびちび飲みつつ、新聞の朝刊に目を通していた。補助職員のボニーはノートパソコンで作業中だった。

「とりあえずジョーイが同意してくれると仮定しておこう」ロビーはシニア・アソシエイトに話しかけた。見た目は年齢不詳の上品な女性だった。いまから二十年前、ロビーはこの女性が最初にかかった整形外科医を訴えていた。顔の若返り手術が思ったような結果をもたらさなかったからだ。しかし女性は、向上への努力を捨てなかった——整形外科医をあっさり代えたのである。名前はサマンサ・トーマス、通称サミー。ロビーが担当する案件を手伝っていないときには、あちこちの医者を医療過誤で訴えたり、企業の経営者を性別や人種の差別で訴えたりしている。「万一の場合にそなえて、請願書を作成しておいてくれ」

「もうちょっとで完成するわ」サミーは答えた。

受付係のファンタが電話の伝言メモをひとつかみ手にして会議室にはいってきた。背の高い黒人女性で、かつてはスローン・ハイスクールのバスケットボール・チームの花形選手だったばかりか、事情が異なればニコル・ヤーバーやドンテ・ドラムといっしょに卒業したはずでもあった。

「ワシントン・ポストの記者だという人が、電話であなたと話がしたいといってきます」ファンタはロビーにいった。ロビーはすぐにファンタの足に視線をむけていた。

「知っている記者か？」

「名前をきいたことはありません」

「だったら無視しろ」

「ヒューストン・クロニクル紙の記者が、ゆうべの十時半にメッセージを残していました」

「もしやスピニーじゃないだろうな？」

「スピニーです」

「地獄へ落ちろといってやれ」

「わたしはそういう言葉をつかいません」

「だったら無視でいい」

「グレタから電話が三回ありました」

「まだドイツにいるのか？」

「ええ。飛行機代が出せないそうです。それで、インターネットを通じてドンテと結婚することはできないかと問いあわせてきました」

「で、なんと答えた？」

「それはできない、不可能だと答えました」

「ドンテはいま世界でいちばん結婚相手に望まれている男になったと説明したか？　先週だけで、五人もの女がプロポーズしてきたことは？　それも全員がヨーロッパからだったと？　あらゆる種類の女——若い女、年をとった女、太った女、痩《や》せた女——がいて、共通するたったひとつの要素は醜いことだけだと話したか？　おまけに全員頭が鈍いということは？　それから、ドンテは自分の結婚相手を慎重に選びたがっていて、それで時間を稼いでいるんだと、そうちゃんと説明したかい？」

白

「話してません。グレタは留守番電話にメッセージを残したんです」

「けっこう。無視しろ」

「最新のメッセージは、カンザス州トピーカにあるルター派教会の牧師からでした。約十分前の電話です。ニコルを殺害した真犯人についての情報らしきものがあるが、自分ではどうしたらいいかわからない、と話していました」

自

「うれしいね。いかれ野郎がまたひとり増えたか。先週だけで、その手の電話が何本あった？」

「数えるのをやめてます」

「無視しろ。土壇場《どたんば》になると、頭のいかれたやつが驚くほどたくさん湧《わ》いてくるんだ」

ファンタはロビーの前に散乱した書類のなかに電話メッセージの束をおいて、会議室から出ていった。ロビーはファンタの足さばきの一歩一歩を見まもったが、いつもどおり、あからさまに見つめたりはしなかった。

マーサ・ハンドラーがいった。「わたしなら、頭のおかしな人に電話をかけてあげてもいいけど」

「きみは資料を見ていればいい」ロビーは鋭くいいかえした。「貴重な時間を無駄にするだけだ」

「朝のニュースがはじまるぞ」補助職員のカーロスが大きな声でいって、テレビのリモコンに手を伸ばした。カーロスが会議室の隅に吊《つ》られた大型テレビにリモコンをむけると、室内は静まりかえった。画面のリポーターはチェスター郡裁判所の前に立っていた――裁判所でいつ劇的なことが起こってもおかしくないというように。リポーターは気負いこんでしゃべりはじめた。

「ドンテ・ドラムの死刑が予定どおり執行された場合、このスローンではなんらかの事態が発生するかもしれないとされていますが、市当局はそういった事態への対応策について、なにも発言していません。ドラムは一九九九年に、ニコル・ヤーバーを加重強姦《ごうかん》して殺害した罪で死刑を宣告され、土壇場での執行延期や停止がないかぎり、今週木曜日の午後六時、ハンツヴィル刑務所において死刑に処せられる予定です。ドラムは一貫して無実を主張しており、ここスローンにはドラムが犯人だということを信じていない人もたくさんいます。この事件はそもそもの最初から人種問題の要素をはらんでおり、街がまっぷたつに割れているという表現は誇張でもなんでもありません。さて、ジョー・ラドフォード警察署長に来ていただきました」

カメラが引いていくと、丸々と太った制服姿の署長の姿が見えてきた。

「署長、死刑が予定どおりに執行された場合、どのようなことが起こると予想されますか?」

「正義がしかるべく執行されることを期待していいと思います」

「なんらかのトラブルは予想していませんか?」

「まったく予想していません。街のみなさんも、司法制度が健全に機能していること、陪審の評決は執行するべきものであることを理解しているはずです」

「つまり署長は、木曜日の夜に街でトラブルが起こるとは予想していないのですね？」

「はい。ただし署では最大限の人員をパトロールにあたらせます。備えをしておくわけです」

「お忙しいところありがとうございました」

カメラがリポーターにズームインして、署長の姿が見えなくなった。

「明日の正午には、まさにここ、裁判所前でいくつかの団体が抗議行動を予定しています。デモの許可が市当局より出されていることはすでに確認ずみです。これについては、またのちほどお伝えします」

リポーターが画面からいなくなると、補助職員のカーロスはリモコンの消音《ミュート》ボタンを押した。ロビーはなにもコメントせず、全員が仕事を再開した。

テキサス州の恩赦ならびに仮釈放審査委員会は、州知事が任命する七人のメンバーで構成されていた。減刑を望む囚人は、救済を求める請願書をこの委員会に提出しなくてはならない。請願書は一ページだけの要請のような簡単なものである場合もあれば、証拠や宣誓供述書や世界じゅうから寄せられた手紙まで添えられた、すべてを網羅する大量の書類とともに提出されることもあった。そしてロビー・フラックがドンテ・ドラムのために提出した請願書は、この委員会史上もっとも分量のあるものだった。減刑が認められることはめったにない。委員会で却下された場合は、州知事に訴えでることができる。州知事は自身の権限のみでは減刑できないが、三十日間の執行延期命令なら出せる。まためったにないことながら審査委員会が減刑を認めた場合でも、州知事にはそれを却下する権限があり、そうなると州政府は刑を執行する。

死に直面した死刑囚の場合、委員会は毎回その決定を死刑の二日前にくだす。といっても委員会のメンバーが一堂に会して投票するのではなく、ファックスによる投票を集計するかたちをとる。それゆえ、〝ファックスによる死〟という通称があった。

ドンテ・ドラムの〝ファックスによる死〟は、火曜日の朝八時十五分に届けられた。ロビーは委員会の決定を声に出して読みあげた。わずかでも驚いた者はひとりもいなかった。これまで幾多のラウンドで負けつづけてきたことで、いまでは勝利を期待する気持ちもなくなっていたのだ。

「よし、州知事に執行延期の請願書を出そう」ロビーは笑顔でいった。「われわれがまた声をかければ、州知事も喜んでくれるはずさ」

過去一カ月でロビーの事務所が作成した中立書や請願書や要請書は、合計でトラック一台分にもなろうかという分量だったが、そのなかでもテキサス州知事に出す執行延期命令の請願書は最大の紙の無駄になるはずだった。州知事は過去一年間で二回、審査委員会による減刑承認の決定を覆《くつがえ》し、死刑執行を許可していた。州知事は死刑を愛していたし、票をあつめたい時期にはさらに愛が深まった。選挙運動にあたっては〈テキサスにタフな正義を〉というスローガンを採用し、〝死刑囚舎房を無人にする〟という公約をかかげてもいた。もちろん〝無人にする〟というのは、早期に仮釈放を実現させることではない。

「ドンテに会いにいこう」ロビーは一同にむかっていった。

スローンからテキサス州リヴィングストン近郊にある刑務所、ポランスキー・ユニットまでは二車線道路を車で走って、たっぷり三時間はかかる。ロビーはこの道をすでに百回は走っていた。数年前、死刑囚舎房に依頼人が三人――ドンテ、ラマー・ビラップス、そしてコール・テイラーという男――いたころは、スピード違反のチケットにも田舎のドライバーたちにも、運転中の携帯電話使用によるニアミスにも飽き飽きしていた。ロビーは車体が長く重量があり、車内スペースがたっぷりあるヴァンを購入し、フォートワースにある高級な改装業者のもとにもちこんで、電話やテレビをはじめ、市場に出まわっているあらゆる機械をとりつけさせた。床には毛足の長いカーペットを敷きつめ、回転するだけではなくリクライニング機能もある革ばりの椅子《いす》を入れた。また仮眠が必要になったときにそなえて後部にソファも置き、一杯やりたい気分になったときのためにミニバーも設置した。専属運転手はアーロン・レイ。もうひとりの補助職員のボニーが助手席を定位置として、ロビーがひと声あげればすぐ行動を起こせるよう準備していた。ポランスキーへの往復のあいだロビーが電話やノートパソコンで仕事をしたり法律書類を読んだりして、この快適な移動オフィスで旅をするようになったことで、移動時間がより生産的な時間に変わった。

ロビーの椅子は運転席のすぐうしろにあった。隣はマーサ・ハンドラー。最前列には運転手のアーロン、隣がボニー。一行を乗せて午前八時半にスローンを出発したヴァンは、ほどなくテキサス州東部丘陵地帯の曲がりくねった道を走っていた。

チーム五人めのメンバーは新顔だった。ドクター・クリスティーナ・ヒンジー。しかし、ロビーの事務所の面々からはクリスティと呼ばれていた。〈フラック法律事務所〉では呼び名に肩書をつける者はいないし、たいがいのファーストネームは短く縮められた。そしてこの女性こそ、ロビーがドンテを救うための努力の一環として、いちばん最近大金で雇い入れた専門家だった。クリスティは囚人や刑務所の環境を研究している臨床心理学者であり、囚人を独房に監禁することこそ最悪の拷問《ごうもん》であると主張する著書を発表してもいた。一万ドルと引き換えに、クリスティはこれから刑務所でドンテと会い、診察したのち、報告書を（大特急で）作成することになっていた。報告書はまずドンテの精神が崩壊していると述べ、（1）八年間の独房監禁でドンテは狂気に追いやられており、（2）こうした監禁は憲法で禁止されている残酷で異常な刑罰にあたる、と結論づける予定だった。

一九八六年、アメリカ合衆国連邦裁判所は、正気とみなされない人々の死刑執行をとりやめた。ロビーの最後の作戦は、ドンテを精神の病におかされて、なにひとつ理解できなくなった者に仕立てあげることだった。

この作戦も成功の見こみはないも同然だった。クリスティ・ヒンジーは、学生として学んでいた教室を離れてまだ間もない三十二歳の若さで、履歴書のどこにも法廷での経験は記されていなかった。しかし、ロビーは心配していなかった。望んでいるのは、これから数カ月先に責任能力についての審問会でクリスティが証言をするような事態だった。いまクリスティは後部のソファにすわり、周囲一面に書類を広げて、ほかの面々同様、一心不乱に仕事を進めていた。

ロビーが電話をおえると、マーサ・ハンドラーがいった。「ふたりで話せる？」なにか質問がある場合、マーサは決まってこう話しかけてくる。

「ああ、いいとも」

マーサはたくさんもっているレコーダーのひとつのスイッチを入れ、ロビーの前に滑らせた。「資金の問題について。ドンテは貧困な被告人と認定され、あなたは判事からドンテの代理人をつとめるように命じられた。しかし――」

「ああ、テキサス州にはこれといって話せるような公選弁護人制度が存在しないからね」ロビーは質問の途中で口をはさんだ。ロビーと過ごして最初の一カ月で、マーサは自分がいいかけたセンテンスを最後までいえると思わないほうがいいことを学んだ。ロビーはつづけた。「だからそれぞれの地方の判事は、だれも弁護を引きうけたがらないような困りものの裁判に、知りあいや哀れな間抜けを引っぱりこむわけだ。わたしは自分で判事を訪ねて、弁護人を志願した。あの女性判事は喜んで任命してくれた。街のほかの弁護士は遠巻きにしているだけだったからね」

「でも、ドラム家はまったくの貧乏というわけではない。つまり家族も――」

「そうだとも。しかし、こういう仕組みだよ。極刑判決もありうる裁判で弁護士に金を払えるのは金持ちだけだが、死刑囚舎房には金持ちはいない。その気になれば、家族に家をまた抵当に入れさせるなりなんなりすれば、五千ドルや一万ドルは搾《しぼ》りとれる。しかし、どうしてそんな手間をかける必要がある？　チェスター郡の善良なる住民が払ってくれるんだぞ。これこそ、死刑制度がはらむ大いなる皮肉のひとつだね。住民たちは死刑を愛している——テキサス州でいえば、死刑支持派は七十パーセント前後だ。それなのに住民は、そのため自分たちがどれだけの出費を強いられているかを知らないんだ」

「で、どのくらいの出費を強いられてるの？」マーサはロビーがつぎの話に移る前に、すばやく質問をさしはさんだ。

「いや、知らない。とにかく大金だ。ボニー、これまで事務所が受けとった金の総額は？」

ボニーはためらいもなく、うしろをふりかえりもせずに即答した。「約四十万ドルです」

ロビーは一瞬も間を置かずに言葉をつづけた。「いまの金額には一時間あたり百二十五ドルの弁護料と必要経費——筆頭は調査員だな——が含まれているほか、専門家証人に支払う気前のいい額も含まれている」

「かなりのお金ね」マーサはいった。

「大金でもあり、大金ではないともいえる。法律事務所が一時間あたり百二十五ドルで仕事をすれば、事務所はかなりの損害を出しつづけることになる。もう二度とするものか。そんな余裕はない。納税者にだって余裕なんかない。でも、少なくともわたしは自分が損をしているのを知っている。納税者は知らない。スローンのメイン・ストリートを歩いている平均的な市民に、そいつや仲間の市民がドンテ・ドラムを裁判にかけるのに金をどれだけ払ったかをきくといい。どういう答えが返ってくると思う?」

「わたしがそんなことを知ってるはずが——」

「見当もつかないというに決まってる。テキサス州西部のトゥーリー兄弟の話を知ってるか? 有名な事件だ」

「ごめんなさい、うっかり知らないまま——」

「トゥーリー家の兄弟はどっちもとんだ馬鹿者《ばかもの》で、住んでいたのはテキサス州西部のどこか。なんという郡だった、ボニー?」

「ミンゴ郡」

「そう、ミンゴ郡。びっくりするような田舎だ。驚くような話だから、しっかりきいておけ。この悪党兄弟は、ふたりでコンビニエンスストアやガソリンスタンドを強盗してまわっていた。どうだ、洗練のきわみのような犯罪だろう？　そしてある晩、どこで歯車が食いちがったのか、女性の店員が撃たれた。銃身を短くしたショットガンだったからね、現場は、それはもう悲惨なことになった。警察はトゥーリー兄弟をつかまえた。兄弟ときたら、防犯カメラの存在をころっと忘れてたんだな。街は大騒ぎになった。警察は大いばりだった。検事は正義の裁きが迅速にくだると予言した。だれもが迅速な公判と迅速な死刑を望んだ。ミンゴ郡には犯罪らしい犯罪が起こったためしがなく、陪審としてだれかを死刑囚舎房に送りこんだ経験のある者はひとりもいなかった。いいか、テキサスで仲間はずれだと感じる場合は多々あるが、なかでも死刑ビジネスと無関係な土地に住んでいるとなると、恥ずかしくて人前に出られないくらいなんだよ。ヒューストンの親戚《しんせき》にどう思われるだろうか……ってね。そしてミンゴ郡の住民にも、つい念願のチャンスが訪れた。彼らは血を求めた。トゥーリー兄弟は有罪答弁取引を拒んだ。検察があくまでも死刑を譲らなかったからだ。有罪答弁取引に応じて死刑になりたがるやつがいるか？　そこであの郡では、ふたりまとめての公判をひらいた。あっという間に有罪評決、そして待望の死刑判決だ。そして上訴では、裁判所があらゆる種類の手続ミスを見つけだした。じっさい、検察が自分で自分の裁判をぶち殺したようなものだった。一審の有罪評決は破棄された。そして、公判を別個にやりなおすことになった。ひとつじゃない、二件の公判だ。ちゃんとメモをとっているか?」

白「いいえ。どんな関連があるのかを見さだめてるところ」

自「すばらしい話だぞ」

白「それぱっかりね」

自「さて、一年ばかりたった。兄弟は別々の公判で裁かれた。ふたつの新しい有罪評決が出て、ふたりはそれぞれ死刑囚舎房に送られた。そして上訴裁判所は、初回以上の手続ミスを見つけた。それも明々白々なミスだ。担当検事が能なしだったんだ。原判決破棄の一審差戻し。またも新規にふたつの公判だ。三度めの公判では、陪審は兄弟のうち銃を撃ったほうを殺人罪で有罪と認定し、終身刑判決を出した。もうひとつの公判では、陪審が銃を撃たなかったほうを殺人罪で有罪として、こっちは死刑判決がくだされた。不可解千万。これがテキサス。兄弟の片方は終身刑。もうひとりは死刑囚舎房送り。そしてこっちは数カ月後に自殺した。どこからか剃刀《かみそり》を手に入れて、自分ののどをかっさばいてね」

「それで話の要点は？」

「要点をいうぞ。最初から最後までひっくるめると、ミンゴ郡の訴訟経費は三百万ドルになった。おかげで郡は固定資産税を数度にわたって増税せざるをえなくなり、結果として暴動を招いた。教育費や道路の維持補修費、医療関係の予算が大幅に削減された。郡にひとつしかない図書館も閉館になった。郡は何年ものあいだ財政破綻《はたん》の寸前だった。しかもそのすべてが、検察官が兄弟に有罪答弁取引で、仮釈放なき終身刑をもちかけていれば防げたはずなんだ。風の頼りだと、いまのミンゴ郡では死刑があまり人気ではないようだね」

「わたしの興味はそれよりもむしろ――」

「一切合財含めると、テキサス州で合法的に人をひとり殺害するには約二百万ドルかかる計算になる。この数字と、ひとりを死刑囚舎房に一年間収容しておく経費の三万ドルとくらべてみたまえ」

「その話は前にもきいたわ」マーサはいった。事実だった。ロビーはおなじ話をくりかえすことを厭《いと》わなかったし、お気にいりの話題のひとつである死刑制度の話になると、その傾向はいやました。

「しかし、そんなことはかまうものか。ここはテキサス、金は腐るほどある」

「ドンテ・ドラム裁判のことに話をもどせない？」

「ああ、いいとも」

「弁護基金。あなたが――」

「数年前に創設した。公認の非営利基金で、国税庁がさだめた関連する法律すべてを遵守《じゅんしゅ》しているとも。うちの事務所とドンテ・ドラムの妹のアンドレア・ボルトンの共同運営。これまでの寄付金の総額は、ボニー？」

「九万五千ドルです」

「九万五千ドル。で、いまの残金は？」

「ゼロです」

「そうだろうと思った。それだけの出費の内訳をききたいかい？」

「できれば。どこに消えたの？」

「訴訟費用、法律事務所の経費、専門家証人、それから些少《さしょう》な額だが、家族がドンテの面会に行くための交通費。強力な非営利団体とはいえないよ。寄付の大半はインターネットを通じてあつめられた。率直にいえば、われわれには寄付金あつめをつづけるだけの時間も人的資源もなかった」

「どういう人たちが寄付金を？」

「大半はイギリス人とヨーロッパ人だった。ひとりあたりの寄付金の平均は、そうだな、二十ドルというところさ」

「十八ドル五十セント」ボニーがいった。

「どんな背景があろうとも、殺人犯の死刑囚のための寄付金あつめは、そう簡単にはいかないのさ」

「で、あなたはいくら自腹を切ったの?」

　この質問にすばやく答える声はなかった。ボニーは言葉につまり、最前列の助手席で小さく肩をすくめた。

「わからない」ロビーは答えた。「それでも見当をつけろといわれたら、五万ドルというところか。いや、十万ドルかもしれない。だから、もうこれ以上は金をつかうべきではないのかも」

　ヴァンのあちこちで電話の着信音が鳴っていた。オフィスにいるサミーがボスに質問があるといってきた。クリスティ・ヒンジーは、電話でほかの専門家と話をしていた。アーロンは運転しながら、電話でだれかの話に耳をかたむけていた。

　パーティーは、リーヴァのオーヴンからとりだした焼きたてのスイートポテト・ビスケットで早めにはじまった。リーヴァはビスケットをつくるのも食べるのも大好きだった。ショーン・フォーダイスからこのビスケットを食べたことがないと打ち明けられ、リーヴァはさも驚いたふりをした。フォーダイスが専属のヘアドレッサーやメーキャップ係、スケジュール管理担当の秘書や広報担当を引き連れて――全員がフォーダイスのまわりをうろうろしていた――リーヴァとウォリス・パイクの家にやってきたときには、室内はすでに近所の住民や友人で足の踏み場もないほど混みあっていた。フライド・カントリーハムのこってりとした香りが、玄関のドアから外にまでただよっていた。車体の長い二台のトラックがドライブウェイにバックでとめてあった。番組のクルーたちさえ、ビスケットのお相伴にあずかっていた。

ロングアイランド出身のアイリッシュであるフォーダイスは、人が多いことに内心苛立《いらだ》ちを禁じえなかったが、愛想のいい顔を装《よそお》ってサインの求めに応じた。なんといってもテレビに出ているスターであり、この人たちはファンなのだ。自分の本を買い、番組を見て、視聴率をあげてくれるのはこうした人々である。フォーダイスは数枚の写真のためにポーズをとり、ハムを添えたビスケットを食べて満足した演技をした。ずんぐりした体格で青白くたるんだ顔――伝統的なテレビのスターのルックスではなかったが、そんなことはもう問題ではなかった。きょうはダークスーツを着て、演技以上に知的に見せかけることができるファンキーなサングラスをかけていた。

撮影場所は、増殖する癌《がん》組織さながらに母屋《おもや》の裏手に建増しされたリーヴァの部屋だった。リーヴァとウォリスがソファにすわり、そのうしろに引き延ばされたニコルのカラー写真が見えていた。ウォリスはネクタイを締めており、いましがた寝室から出ろと命じられたばかりのように見えたが、実際そのとおりだった。リーヴァはたっぷりとした厚化粧、髪は染めなおしてパーマをかけ、とっておきの黒いワンピースを着ていた。フォーダイスはふたりに近いところの椅子《いす》に腰かけて、世話役たちにヘアスプレーをかけられ、ひたいに白粉《おしろい》をはたかれて手入れされていた。クルーは照明を調節している。サウンドチェックはすでにおわっていた。カメラのうしろにぎっしりと立った近所の人たちは、決して声を出すなと厳しく指示されていた。

プロデューサーがいった。「静粛に！　撮影をはじめるぞ！」

フォーダイスはクローズアップで撮影されながら、今回も番組を見てくれている視聴者への挨拶《あいさつ》を口にした。つづいて自分がいまどこにいて、これからだれにインタビューするかを説明したのち、犯罪の概要や自供、有罪判決について語った。

「このあと予定どおり事態が進めば――」フォーダイスは重々しい口調でいった。「ミスター・ドンテ・ドラムは、あさって処刑されることになります」

つづいてフォーダイスはニコルの母親と継父を紹介し、当然ながら悲劇への見舞いの言葉をぬかりなく口にした。またフォーダイスはふたりがこうして自宅を開放し、全世界がカメラを通じてふたりの苦しみを見られるようにしてくれたことに感謝したのち、まずニコルの話題を切りだした。

「娘さんのことを話してください」フォーダイスは哀願するかのようにいった。

ウォリスは話そうというそぶりをまったく見せず、インタビューを通じて態度は変わらなかった。これはリーヴァの番組だった。リーヴァは気が昂《たか》ぶって過度の刺戟《しげき》を受けた状態であり、数語を口にしただけで泣きはじめた。しかし、ずいぶん前から人前で泣いていたので、いまでは涙を流しながらでも話ができるようになっていた。リーヴァは娘のことを際限なくしゃべりつづけた。

「娘さんのことが恋しいですか？」フォーダイスはたずねた。この男のトレードマークになっている正気とは思えない質問は、さらなる感情を引きだすことが目あてだった。

リーヴァはフォーダイスに望みどおりのものを与えた。フォーダイスは上着のポケットから白いハンカチを出して、リーヴァに手わたした。麻のハンカチ。全身から同情の念を滴《したた》らせていた。

ついでフォーダイスは、自分の番組の呼び物である死刑の話をようやく切りだした。「執行に立ちあうというお気持ちに変わりはありませんか？」と、答えのわかりきっている質問で水をむける。

「ええ、変わってないわ」リーヴァは答え、ウォリスはなんとかうなずいた。

「どうしてです？　あなたにとって、どんな意味があるのでしょう？」

「多くの意味があるわ」リーヴァはいった。復讐《ふくしゅう》を思うと涙がとまった。「あのけだものは、わたしの娘の命を奪った。だから死んで当然だし、わたしもその場に居あわせて、あの男が人生最後の息をするときには、しっかりと目をにらみつけてやりたいの」

「ドンテ・ドラムがあなたを見ると思いますか？」

「どうかしら。あいつは臆病者《おくびょうもの》よ。わたしの大事な娘をあんな目にあわせた人間なら、わたしの顔を見る勇気はないと思うけど」

「辞世の言葉はどうです？　謝罪してほしいお気持ちですか？」

「ええ。でも期待はしてない。あの男は、自分のしたことをぜったいに認めなかったもの」

「自供したではないですか」

「ええ。でもそのあと考えを変え、それ以来ずっと否認してる。そんな男なら、いざベルトで縛りつけられて別れの言葉を口にするときも否認するに決まってるわ」

「予想してみてくれませんか、リーヴァ？　ドンテ・ドラムの死亡宣告を耳にして、どのようなお気持ちになると思いますか？」

その瞬間を思うだけで口もとがほころびかけたが、リーヴァはすばやく自分を抑えた。「肩の荷がおりた気分、寂しさ……いえ、わからない。長く悲しい物語のひとつの章がおわるのは確かね。でも、物語そのものはおわらないの」

そう知らされて、夫のウォリスはわずかに眉《まゆ》を曇らせた。

「では、最終章はどのようなものになるんですか？」

「子どもをうしなったら……それも激しい暴力で子どもを奪われたら……そんな物語におわりはないのよ、ショーン」

「物語におわりはない」フォーダイスは重々しくいってカメラにむきなおり、劇的効果を高めるテクニックを駆使してくりかえした。「そう、物語におわりはないのです」

一同はここでひと息入れた。カメラが動かされ、フォーダイスの髪にまたもやスプレーがかけられた。撮影が再開すると、フォーダイスはウォリスから数回の生返事を引きだすことに成功した——といっても、編集後には十秒にも満たなくなるだろう。

撮影そのものは一時間とかからずに終了した。フォーダイスはそそくさと立ち去っていった――もう一件、フロリダ州での死刑も取材しているのだ。フロリダに行くために自家用ジェット機が自分を待っていることを、フォーダイスはわざわざ全員に知らせた。カメラクルーのひとりがこのあと二日間、暴力沙汰《ざた》の発生を期待してスローン周辺に残ることになった。

フォーダイス自身は木曜の夜にハンツヴィルいりの予定だった。盛りあがるドラマが目あてであり、執行が延期にならないことを祈っていた。自分の番組でも気にいっている部分は、刑務所から出てきたばかりの被害者の遺族をつかまえて、その場でおこなう死刑執行後のインタビューだった。彼らは決まって感情をすっかりかき乱された状態だ。リーヴァなら、テレビ画面を華やかにいろどってくれるはずだ。

9

二時間ばかりしつこく電話をかけて頼みこんだのち、ようやくデイナは過去の記録を掘りかえして確かめてもいいという書記官助手を見つけることができた。その結果、一九九九年一月六日、テキサス州スローンにおいて、トラヴィス・ボイエットなる男が飲酒運転で逮捕されていた事実が確かめられた。拘置所に収監されたあと、さらに重い罪での起訴が追加された。ボイエットは保釈金を納め、そのまま街から姿をくらました。そののちボイエットがカンザス州で逮捕されて懲役十年の刑を宣告されると、スローンでの起訴はとりさげられ、事件ファイルは閉じられた。書記官はデイナに、スローンで起訴がとりさげられたのは、もう手続を進めないし、そもそも進められなくなった訴訟を処理するためだ、と説明した。少なくともスローンとチェスター郡内では、現在も有効なボイエットの逮捕状は存在しなかった。

キースは結局眠ることができず、夜中の三時半に最初のコーヒーを淹《い》れ、夜が明けるとまず七時半にフラック弁護人の法律事務所に電話をかけた。いざ弁護士本人が電話口に出てきた場合、なにをどう話せばいいかはわからなかったが、キースもデイナも座して傍観しているべきではないという意見だった。フラックの受付係にきっぱりと電話をはねつけられると、キースはほかの法律の専門家に電話をかけた。

その相手、マシュー・バーンズは検事補であり、セント・マークス教会の活発なメンバーのひとりでもあった。キースとは同い年であり、それぞれの息子が所属するTボールのチームではいっしょにコーチをつとめてもいる。この火曜日の朝、運よくマシューが出廷する公判の予定はなかったが、それでも被告人が最初に判事の前に出頭する手続をはじめとする定例の仕事でかなり多忙の身だった。キースは裁判所にいくつかある法廷のうち目指す法廷にたどりつくと、傍聴席の最後列に腰をおろして法律の川の流れを見まもった。一時間もするとどうにも落ち着かなくなって、そろそろ引きあげようかとも思ったが、どこにも行くあてはない。やがてマシューが被告人の最初の出頭手続をおえて、書類をブリーフケースに詰めこみ、ドアをめざして歩きはじめた。その途中でマシューはキースにうなずきかけ、キースはあとにつづいた。ごったがえす廊下に出たふたりは、階段の近くにある、よくつかいこまれた木のベンチという静かな場所を見つけた。

「なんとひどい顔色をしているんだ」マシューは楽しげな口調でそう切りだした。

「ありたいお言葉だね。それが、教区牧師を迎えるときの挨拶だとは恐れいった。ゆうべは眠れなくてね。一睡もできなかった。で、例のウェブサイトは見てくれたかい？」

「ああ、オフィスで十分ばかり。ドラムの名前はきいたことがなかったが、いまじゃこの手の裁判が頭のなかでごっちゃになってしまってね。向こうでは、珍しくもないことのようじゃないか」

「ドンテ・ドラムは無実だよ、マシュー」キースがあまりにもきっぱりと断言したことに、友人のマシューは驚いた顔を見せた。

「まあ、たしかにあのサイトはそう主張しているな。しかし、無実を主張した殺人犯はドラムが初めてではないぞ」

　ふたりのあいだで、法律や死刑制度の話題が出たことはほとんどなかった。しかし検察官という立場上、マシューは死刑を支持しているのだろう。「本当の殺人犯は、ここトピーカにいるんだよ。日曜の午前中、うちの教会にも来ていたんだ――ひょっとすると、きみやご家族からもあまり遠くない席にすわっていたのかも」

「きき捨てならない話だな」

「その男は仮釈放になった、いまは社会復帰訓練所での九十日間を過ごしているところで、おまけに脳腫瘍《のうしゅよう》で余命いくばくもない。その男がきのうの月曜日の朝、教会に相談しにきたんだ。性的暴行の長い前歴もある。この男と二回にわたって話をしてね、話のなかで男は——もちろん秘密で——例の娘を強姦《ごうかん》して殺害したことを認めた。遺体を埋めた場所も知っている。男はドンテ・ドラムの死刑を防ぎたいが、自分が名乗りでるのはいやだといっているんだ。とにかく人間の屑《くず》のような男だ。本物の不気味ないかれ野郎で、数カ月後には死んでいるときてる」

マシューは吐息をつき、いましがた頬をひっぱたかれたかのように頭を左右にふった。「どうしてきみがこの件に巻きこまれているのか、話してもらえるか?」

「わからない。気がついたらこうなっていた。ぼくは事件の真相を知っている。そこで問題は……死刑を中止させるにはどうすればいいか、ということだ」

「こいつは神もびっくりだ」

「ああ、神にも話したよ。いまもまだ、神のお導きを待っている。しかしそれまでは、きみに導いてほしい。テキサスの弁護士の事務所に電話をかけたんだが、どうにもならなかった」

「これに関係する話は秘密にする義務があるんじゃないのか?」

「そのとおり。秘密は守るつもりだ。しかし、もし殺人の真犯人が正直に真実を打ち明けて、ドンテ・ドラムを死刑から救いたいと思ったら？　なにをすればいい？　わたしたちはどうすればいいんだ？」

「わたしたち？　そう先走るなよ」

「頼むから力を貸してくれ。ぼくは法律に疎《うと》いんだ。寄り目になるほどあのサイトを読んだが、読めば読むほど頭が混乱した。だいたい死体もないまま、どうしてひとりの人間を殺人罪で有罪にできる？　警察がでっちあげたことがあそこまで明らかな自供を、いったいどうすれば信じられる？　刑を軽くしてやることと引き換えに、刑務所の密告屋を証人席につかせるなんてどういう料簡《りょうけん》だ？　被告人が黒人なのに、なぜ全員白人の陪審なんかがついた？　どうして陪審にはなにも見えていなかった？　上訴裁判所はどこにある？　とにかく、わからないことが多すぎる」

「その疑問のすべてには答えられないな。ただし、重要なのはいちばん最初の疑問だけのようだ——どうすれば死刑執行を中止させられるのか？」

「こっちが質問しているんだよ。きみは法律の専門家だ」

「オーケイ、わかった。ちょっと考えさせてくれ。コーヒーを飲みたくはないか？」

「いいね。まだ四リットル弱しか飲んでない」

ふたりは階段を降りて小さな喫茶室にはいっていき、隅のテーブル席についた。コーヒーを買ってきたキースがテーブルにカップを置くと、マシューがいった。

「まず死体を見つける必要がある。問題の男が死体を出せれば、ドラムの担当弁護士が法廷から執行停止命令をとりつけられるかもしれない。それが無理でも、州知事なら執行延期命令を出せる。ただ、テキサスでの仕組みはよく知らなくてね。州ごとにちがうんだ。ともあれ死体が出てこないことには、その男は世間の注目をあつめたいだけの珍しくもない変人に見られても仕方ない。忘れないでほしいのは、執行直前には定番の書類提出があることだ。死刑専門の弁護士は司法制度のつかいかたを心得ているし、多くの死刑が執行延期になっているのも事実だ。だから、きみが考えているよりも時間の余裕があるんだよ」

「テキサスではきわめて効率的に動くらしい」

「たしかに」

「二年前にドンテ・ドラムはあと一週間で死刑になるところまでいったそうだ。しかし連邦裁判所に提出された書類のなにかが〝かちり〟と鳴ったんだな。いや、くわしい話はきかないでくれ。ゆうべ読んだんだが、まだよくわからない。ともあれあのウェブサイトによれば、いまではもう執行直前の奇跡はほとんど期待できないらしい。ドラムにはすでに奇跡が起こった。だから運が底をついたわけだ」

「いちばん大事なのは死体を見つけることだ。それこそ、男が真実を口にしているという明らかな唯一《ゆいいつ》の証拠だ。死体のありかを知ってるのか？　知っていても、いまここで口にしないでくれよ。知っているか知らないか、それだけを教えてくれ」

「いや、ぼくは知らない。ただし州名と近くの街の名前とおおざっぱな場所は教えてくれた。ただ、かなり巧みに隠したので、いまでは自分でも見つけられる自信がないとも話していたよ」

「テキサス州内か？」

「ミズーリだ」

マシューはかぶりをふり、ゆっくりと時間をかけてコーヒーを飲んだ。「もしその男が、珍しくもない嘘《うそ》つき野郎だったらどうなる？　ぼくはこの仕事で、一日十人は嘘つきを見てる。連中はおよそどんな嘘でもつくぞ。嘘が習い性になってるんだ。真実を口にしたほうが自分にとって何倍も有利な場合ですら嘘をつく。証人席でも嘘、自分の弁護士にも嘘をつく。おまけに刑務所にいる期間が長くなれば、それだけ嘘も増えるのさ」

「その男は被害者のクラスリングをもってるんだよ。安っぽいチェーンにつけて、首飾り代わりにしてる。この男は被害者のストーカーだった——とり憑《つ》かれていたんだ。ぼくにそのクラスリングを見せてくれた。現物をこの手にもって調べたんだ」

「たしかに本物なのか？」

「きみも現物を見れば、本物だというと思う」

マシューはまたしても時間をかけてコーヒーを飲んだ。ついで、腕時計にちらりと目をむける。

「もう時間がないのか？」キースはたずねた。

「あと五分。その男にはテキサスまで足を運んで、真実を口にする気があるのか？」

「わからない。ただし、ここの司法管轄《かんかつ》区の外に出たら、仮釈放の規則違反をすることになると話していた」

「その点は嘘ではないな。しかし余命がないも同然なら、なぜそんなことを気にする道理がある？」

「その点も問いただした。答えは曖昧《あいまい》だった。そもそもこの男には金がないから、向こうに行くこともできない。だいたい人に信じてもらえる要素がまったくない男だ。あんな男の話に耳を貸す人間がいるものか」

「どうして弁護士に電話を？」

「藁《わら》でもなんでもつかみたい気分だからさ。ぼくはこの男の言葉を信じたし、ドンテ・ドラムの無実を信じている。ドンテの弁護士なら、なにをすればいいかを知っているかもしれないじゃないか。あいにく、こっちはなにも知らないんだ」

会話が途切れた。マシューは隣のテーブルにいるふたりの弁護士に話しかけ、ふたたび腕時計を見やった。

「最後にひとつだけ質問させてくれ」キースはいった。「もしぼくがこの男を説得し、一刻でも早くテキサスに行って真実を口にすることに同意させたらどうなる？」

「さっき、それは無理だと話していたじゃないか」

「たしかに。でも、ぼくが連れていったら？」

「だめだ、ぜったいにやめておけ。仮釈放規則違反に手を貸すことになる。断じてそんなことはするな」

「どの程度の重い罪なんだ？」

「さあ、わからん。ただし、きみが不面目な思いをさせられるかもしれないし、最悪の場合、聖職を追われることになるかもしれないぞ。刑務所に入れられることはないと思うが、それにしても、ずいぶんいやな思いをするはずだ」

「その男がテキサスまで行きたがったら、どうすればいい？」

「たしか、その男は行かないと心に決めているという話だったぞ」

「しかし、仮に行くことに決めたら？」

「とにかく、一歩ずつ進むんだ」三回めに腕時計に目をむける。「さて、もう行かないと。つづきは、どこかで簡単な昼食をとりがてら話そう」

「名案だな」

「裁判所の前の道を行くと、七番ストリートとの交差点にデリカテッセンがある。〈エピーズ〉という店だ。あの店の奥のボックス席なら、静かに話もできる」

「あの店なら知ってるよ」

「よし、正午にあの店で」

〈アンカーハウス〉の受付デスクについていたのは、きのうと同様、しかめ面《つら》が永遠に顔に貼《は》りついてしまった例の元受刑者の男だった。男はクロスワードパズルに忙しく、中断されるのを歓迎してはいなかった。ボイエットはここにはいない――男はぶっきらぼうに答えた。キースはなごやかに重ねてたずねた。「仕事に行ったのかな？」

「病院だよ。ゆうべ運ばれてった」

「なにがあった？」

「ひどい痙攣《けいれん》の発作を起こしたことしか知らないね。あいつは、いろんな意味で目茶苦茶な状態だよ」

「どこの病院だ？」

「さあ、救急車を運転したわけじゃないんでね」その言葉を最後に、男はまたクロスワードパズルを再開し、会話はおわった。

キースがボイエットを見つけたのはセント・フランシス病院の三階、窓の近くにある半個室の病室だった。薄っぺらいカーテンがふたつのベッドを仕切っていた。ひとりの牧師が朝の巡回中だったほか、見知った顔を目にしたキースはそのナースに話しかけ、入院中のミスター・ボイエットは自分の教会に来ていたので、見舞いをしたいと申しでた。それ以上の言葉は必要なかった。

ボイエットは目を覚ましていた。左腕に点滴のチューブがとりつけてある。キースの姿を目にすると微笑《ほほえ》み、力なく右手を差しだして、そっけなく握手をする。

「来てくれてうれしいよ、牧師さん」ボイエットはかすれがちな弱々しい声でいった。

「気分はどうだ、トラヴィス？」

五秒が経過した。やがてボイエットは左手をわずかにもちあげていった。「ずいぶんいい薬をもらった。おかげで楽になったよ」

「なにがあったんだ?」キースはたずねたが、答えはわかっている気がした。

ボイエットは窓に目をむけたが、そこから見えるのは灰色の空ばかりだった。十秒経過。「あんたが帰ったあと、気分がかなり不安定になってね。そこにもってきて激しい頭痛で、ぜんぜんおさまらなかった。それで意識をなくして、ここに運びこまれた。全身ががたがた震えて痙攣してたときいたよ」

「大変だったんだな」

「あんたのせいだといえるぞ、牧師さん。そう、あんたのせいだ。あんたがおれに圧力をかけたからだ」

「その点は心からすまないと思ってる。だが、最初きみがぼくに会いにきたことは忘れないでほしいな。きみはぼくの助けを求めた。きみは、ぼくがこれまで名前も知らなかったドンテ・ドラムとニコル・ヤーバーの話をぼくにきかせ、自分がなにをしたのかも話した。ぼくがきみに接触したわけではないんだよ」

「ああ、たしかに」ボイエットは目を閉じた。呼吸は重く苦しげだった。

長い間があった。キースは身を乗りだし、ささやき同然の小声で話しかけた。「起きてるか、トラヴィス?」

「ああ」

「だったら話をきいてくれ。考えがある。ききたいか?」

「もちろん」

「まず、きみが話をしているところをビデオに録《と》る。きみは自分がニコルにしたことを認める。ニコルの誘拐や殺害に、ドンテ・ドラムがいっさい関係していないことも説明する。すべてを打ち明けるんだ。それからニコルを埋めた場所も話す。それもできるかぎり、くわしく話す。そうすれば、運さえよければだれかがニコルを見つけるかもしれない。ビデオはいま撮影する。この病室で。完成したら、急いでテキサスに送る。ドンテの弁護士や担当の検事、判事、警察、上訴裁判所、州知事、向こうのあらゆる新聞社やテレビ局に送って知らせるんだ。全員に知らせてやる。電子メールで送るから、あっというまに届けられる。さて、次が計画の第二段階だ。きみはあの指輪をぼくにわたす。ぼくは指輪を写真に撮って、いまあげた人や会社のすべてに写真を送る。やっぱりインターネット経由でね。そのあと、翌朝配達の宅配便で指輪をドンテの弁護士に送る。これで向こうは物的証拠を手にいれるわけだ。どうかな、トラヴィス? これなら病院のベッドから外に出ることなく、話をすることができるぞ」

両目はずっと閉ざされたままだった。

「きこえてるのか、トラヴィス?」

生返事。「ああ」

「これならうまくいく。もう無駄にしている時間はないんだ」

「時間の無駄さ」

「うしなうものがあるのか？　なにもしなければ無実の人間の命がうしなわれるぞ」

「ゆうべ、おれを嘘つきといったじゃないか」

「きみが嘘をついたからだ」

「スローンでのおれの逮捕記録を見つけたかい？」

「見つけた」

「だったら、おれは嘘なんかいってなかった」

「その点についてはね。ドンテ・ドラムの話も嘘じゃなかった」

「ありがとよ。さて、そろそろ寝たいんだが」

「頼む、トラヴィス。ビデオの撮影には十五分もかからない。きみが首を縦にふってくれれば、ぼくの携帯でいま動画を撮影してもいい」

「あんたがいると頭痛がぶりかえしてくる。発作が起きそうだ。だから、帰ってくれないと困る。二度とおれの前に顔を見せないでくれ」

キースはすっくと背を伸ばすと、深々と息を吸いこんだ。自分の意思が相手に通じたことを念押しするように、トラヴィスはおなじ言葉を、前よりも大きな声でくりかえした。

「帰ってくれないと困る。二度とおれの前に顔を見せないでくれ」

ふたりはビーフシチューの大きなボウルを前にして、〈エピーズ〉の奥のボックス席に陣どっていた。マシュー・バーンズはポケットから紙をとりだし、口のなかをシチューでいっぱいにしたまま話しはじめた。「例の件をはっきり規定した法律はなかったが、きみは司法妨害罪で起訴されることになりそうだ。だから、その男をテキサスに連れていこうなんて考えるな」

「いましがた、われわれの男と話をしてきた。本人はいま――」

「われわれの男？　スカウトされた記憶はないな」

「本人はいま入院中だ。ゆうべ発作を起こしてね。脳腫瘍《のうしゅよう》がどんどん命を蝕《むしば》んでる。いまでは無実の人を助ける気もなくしてるよ。不気味きわまる頭のおかしな男さ。腫瘍に脳味噌《のうみそ》を乗っ取られる前から、正気じゃなかったんだろうな」

「そんな男がどうして教会に？」

「数時間ばかり、訓練所の外に出ていたかったんだろうな。いや、ぼくの口からそんな言葉はまずい。あの男の本物の感情を目にしたよ——本物の罪悪感や、正しいことをしたいという一瞬の思いもね。デイナは、以前アーカンソーであの男の保護観察官をつとめた男を見つけた。あまり話をしてくれなかったが、それでも刑務所内では白人至上主義のギャングの一員だったことは教えてくれた。もちろんドンテ・ドラムは黒人だ。だからいままでは、どのくらい本気で同情しているかは疑わしいと思ってる」

「なにも食べてないじゃないか」マシューはまたシチューを口に入れながらいった。

「食欲がないんだ。で、また思いついたことがある」

「テキサスには行くなよ。あんな土地柄だ、銃で撃ち殺されるかもしれない」

「わかった、わかったよ。つまり、こういうことだ。きみからドンテ・ドラムの弁護士に電話をかけてもらったらどうかな？　ぼくでは受付係から先には進めなかった。しがない教会の牧師でしかないからね。でもきみは法律家、検察官だ。その道の言葉で話もできる」

「で、ぼくが弁護士になにを話せばいい？」

「殺人の真犯人がここ、カンザス州トピーカにいると信じる確たる根拠があると話してくれ」

マシューは口のなかの食べ物を噛《か》みながら待っていたのち、こういった。「それで全部かい？ そういうことか。つまり向こうの弁護士は、ぼくからの悪戯《いたずら》電話を受けるわけだ。ぼくがいうべきことを――といっても、たいした話もないが――口にする。すると弁護士のもとには、法廷に提出して死刑執行を阻《はば》むための材料がひとつ増えると、そういうことか？ なにかまちがったことをいってるだろうか？」

「きみなら、もっと説得力のある話ができるのはわかっているよ」

「こんなふうに考えてみろよ。この男は珍しくもない病的な嘘つきで、もうじき死ぬ――かわいそうな男だ。そこでこの男はでかい花火を打ち上げて退場しようと考え、いざ死ぬ前に、自分をさんざんな目にあわせたこの社会に復讐《ふくしゅう》してやろうと決める。それから男はテキサスのこの事件のことをどこかで知り、調べていくうちに死体がまだ見つかっていないことを知り……やったぜ、とばかりにつくり話を思いつく。ウェブサイトも見つけて、事実関係を口からすらすら出せるまで頭に叩《たた》きこみ、いまはきみを弄《もてあそ》んでいるわけだ。この男がどれだけ注目をあつめるか、想像できるかい？ しかし、健康状態のせいで思うにまかせなくなった。ほっておけよ、キース。どうせ、犯人のふりをしているだけだ」

「あの男がどうやって事件のことを知ったんだ？」

「新聞に記事が出ていたよ」

「どうやってウェブサイトを見つけた？」

「グーグルを知らないのか？」

「あの男はコンピューターを利用できなかった。過去六年間はランシング刑務所にいたからね。収監者はインターネットを利用できない。知ってるはずだぞ。刑務所の囚人がインターネットを利用できたらどんなことになるか、きみには想像できるか？利用できるだけじゃない、あいつらには時間の余裕がたっぷりある。そうなれば、世界じゅうで安全なソフトウエアはひとつもなくなるな。いや、社会復帰訓練所でもコンピューターは利用できない。この男はいま四十四歳で、成人してからの期間の大部分を刑務所で過ごしてきた。コンピューターを怖がってるんじゃないかな」

「ドンテ・ドラムが自供した件は？　あれにはひっかかりを感じないのか？」

「そりゃひっかかってる。しかし、ウェブサイトによれば――」

「キース、勘弁してくれ。あのサイトはドラムの弁護士が運営してるんだぞ。偏向報道というやつだな。あそこまで一方的だと信憑性《しんぴょう》を欠くというしかないね」

「指輪はどうなんだ？」

「たかがハイスクールの指輪だろう？　何十億もあるに決まってる。でっちあげるのも、レプリカをつくるのもむずかしいことじゃない」

キースはがくりと肩を落として背を丸めた。急に疲れが襲ってきた気分だった。これ以上の議論をつづけるエネルギーはなかった。

「少し寝たほうがいい」マシュー・バーンズはいった。「この事件のことも忘れろ」

「それがいいのかも」

「いいに決まってる。死刑が予定どおり木曜に執行されても、自分を責めるな。真犯人をきちんとつかまえている可能性のほうがずっと高いんだから」

「筋金いりの検察官の口ぶりだな」

「その検察官は、たまたまきみの友人でね」

10

有罪評決から二週間後の一九九九年十月二十九日、ドンテ・ドラムは人口三万五千人、ヒューストンのダウンタウンの北方、約百五十キロのハンツヴィルの街にある州刑務所のエリス・ユニット内の死刑囚舎房に到着した。収監手続をおえると標準的な衣類が支給された——ワイシャツとスラックスが二着ずつ、白いジャンプスーツが二着、トランクス四枚、白いTシャツが二枚、ゴムのシャワーサンダル一足、薄い毛布一枚、小さな枕《まくら》ひとつ。そのほか歯ブラシと歯磨き粉、プラスティックの櫛《くし》、それにトイレットペーパー一ロールも支給された。そののちドンテは、コンクリートづくりの寝棚とステンレススチールの便器とシンクがあるだけの狭い独房を割りふられた。こうしてドンテは、死刑囚舎房に四百五十二人いる男性収監者のひとりになった。ここ以外にもテキサス州ゲイツヴィル近郊の別の刑務所に、二十二人の女性死刑囚が収監されていた。

拘置所内での問題行動の記録がなかったので、ドンテはレベル１の囚人に分類された。多少の特権が許されるという意味である。死刑囚舎房内にある縫製工場で、一日四時間の勤務が許された。運動時間を、ほかの収監者数名ともども庭で過ごすことも許可された。また監視なしに、日に一度のシャワーも許された。宗教行事や手工芸のワークショップ、教育プログラムへの参加も許された。外部からはひと月七十五ドルまでの差入れが許された。その金で、テレビやラジオや筆記用具、多少の食べ物を売店で買うこともできた。さらに週二回の面会が認められた。規則を破ったものは、特権が制限されるレベル２に格下げされた。さらに不品行が重なると、特権のすべてが剝奪《はくだつ》されるレベル３に落とされた。

それまで約一年間を郡拘置所で過ごしていたとはいえ、死刑囚舎房に入れられたショックでドンテは押しつぶされそうになった。喧噪《けんそう》がいっときもやまなかった——大音量のラジオとテレビ、ほかの死刑囚からのひっきりなしの揶揄《やゆ》の言葉、看守の怒鳴り声、古くなった配管がたてる口笛やうがいめいた音、独房のドアがあけられては閉じられるときの金属音。母親にあてた手紙のひとつで、ドンテはこう書いている。

《ずっと騒がしさがつづいてる。決して静かにならない。無視しようとして、一時間くらいは無視できても、だれかが大声でわめいたり、下手くそな歌を歌いだしたりして、看守が怒鳴り、みんながげらげら笑う。これが一日じゅうつづくんだ。ラジオとテレビは十時には消される。そうすると、おしゃべり屋どもが馬鹿《ばか》なことをわめきだす。動物みたいに檻《おり》に閉じこめられているだけでもつらいのに、この騒がしさには頭がおかしくなりそうだ》

しかしドンテはほどなく、監禁や日課に耐えられることに気づきはじめた。しかし、家族や友人から切り離されても生きていけるかどうかはさだかではなかった。兄や妹や父親のことも恋しかったが、母親と永遠に切り離されたと思うと、それだけで目に涙がこみあげてきた。ドンテはいつも闇《やみ》のなか、顔を伏せたまま、何時間も静かに静かに泣きつづけた。

死刑囚舎房は、連続殺人犯や斧《おの》による殺人鬼にとっても悪夢そのままの場所である。無実の人間にとっては心理的な拷問《ごうもん》の場であり、人間の精神はこれを生き抜くようにつくられてはいない。

十一月十六日、ドラッグ取引の失敗を理由にふたりの人間を殺害したデズモンド・ジェニングズの死刑が執行され、ドンテにとって死刑判決が新たな意味をそなえてきた。その翌日、ジョン・ラムの死刑が執行された。ラムは刑務所から仮釈放された翌日、出張中のセールスマンを殺害したのだ。さらに翌日の十八日には、ホセ・グティエレスが兄とともにおこなった武装強盗と殺人の罪で処刑された。兄は五年前に死刑にされていた。ジェニングズが死刑囚舎房にいたのは四年、ラムは十六年、そしてグティエレスは十年。ある看守がドンテに教えてくれたが、死刑囚は平均して十年をここで過ごしたのち死刑に処せられるという。さらに看守は誇らしげな口調で、これは全国での最短記録だと教えてくれた。ここでもまた、テキサスは全国第一位だ。

「でも、心配するな」看守はいった。「おまえの人生でいちばん長い十年になる——もちろん最後の十年にもだ」ははは。

　その三週間後の十二月八日、ダラス郊外において三人の女性を手斧《ちょうな》で殺害したデイヴィッド・ロングが処刑された。公判でロングは陪審に、自分に死刑判決をくださなかったら、また人殺しをやってやると発言した。陪審はその要請に従った。十二月九日、やはり三人を殺害したジェイムズ・ビーサードが処刑された。五日後、死刑囚舎房で三年しか過ごしていなかったロバート・アトワースが処刑された。翌日、今度は死刑囚舎房で二十三年も待たされていたサミー・フェルダーの死刑が執行された。

　フェルダーの死ののち、ドンテは弁護士ロビー・フラックにこんな手紙を書いた。

《やあ、どうも。ここの連中はみんなえらく深刻になってる。四週間で七人が殺された。数年前に死刑が復活して以来、サミーが百九十九人め。おまけに今年になってか

ら三十五人めで、なんでも来年は五十人の処刑を目指しているらしい。頼む、なにか手を打ってくれ》

ただでさえかんばしくなかった生活環境が劣悪といえるレベルになった。TDCJ（テキサス州刑事司法局）の官僚たちは、死刑囚舎房をハンツヴィルから六十五キロ弱離れたリヴィングストンの近郊にあるポランスキー・ユニットに移動させている最中だった。公式には移転理由は明らかにされていなかったが、計画が実現する直前、五人の死刑囚による刑務所からの脱走未遂事件があった。そのうち四人が刑務所の敷地内でつかまった。残るひとりは、死体になって川に浮かんでいるところを発見されたが、死因は不明のままだった。それからほどなく、警備態勢の強化と死刑囚のポランスキーへの移送が決まった。ハンツヴィルで四カ月過ごしたのち、ドンテはほかの約二十人の死刑囚ともども、足枷《あしかせ》をつけられた姿でバスに乗せられた。

ポランスキーでドンテに割り当てられたのは、一・八メートル×三メートルの独房だった。窓はなかった。ドアは強固な金属製で、看守が房内をのぞくための四角い小さな穴があり、その下には食事のトレイをさしいれるための小窓があった。独房は周囲をすべて壁に囲まれていたため、隙間《すきま》から外がのぞける鉄格子《てつごうし》もなく、それゆえほかの人間の姿を見ることもまったくなかった。コンクリートとスチールでできた、狭苦しい掩蔽壕《えんぺいごう》のような場所だった。

刑務所の運営陣は、囚人を一日のうち二十三時間にわたって独房に閉じこめておくことこそ、彼らを管理し、脱走と暴力沙汰《ざた》を避けるための適切な手段だと考えていた。囚人同士の交流は事実上まったくなくなった。労働プログラムも宗教行事もグループ・レクリエーションも、とにかく人間同士の交流を基盤にする活動はいっさいなくなった。テレビは禁止された。ドンテは一日に一時間だけ、〝デイルーム〟という名前のついた部屋に連れていかれた——ドンテ自身が入れられている独房と大差ない、白壁に囲まれた狭苦しい部屋だった。ここでは看守に見張られながら、どんなものであれ、空想でつくりあげたレクリエーションを楽しむことを許された。また二週間に一度——それも天候が許した場合にのみ——〝ドッグケンネル〟という通称で呼ばれる、ちらほらと芝が生えているだけの、狭苦しい戸外の場所に連れだされた。ここでは一時間、空を見ることができた。

驚いたことにドンテはほどなく、ハンツヴィルであれほど忌《い》みきらっていた絶え間ない喧噪を懐《なつ》かしむようになっていた。

ポランスキーに移されて一カ月後、ドンテはロビー・フラックにあてた手紙でこう書いている。

《一日二十三時間はクロゼットに閉じこめられたままだ。他人と話ができるのは看守が食事を——というか、ここで食事と呼ばれているしろものを——運んでくるときだけ。つまり看守の顔しか見られないけど、選べるものなら看守族の顔なんか見たくない。看守と話すくらいなら、まわりにいる殺人犯たち、それも本物の殺人犯たちと話をしたほうがましだ。とにかくここでは、あらゆることが暮らしを少しでも苦しくさせることを目的に考えられている。たとえば食事時間。ここでは朝食が午前三時に出される。なぜか？　だれも知らないし質問もしない。看守はぼくたちを叩き起こし、たいていの犬なら逃げていくようなしろものを食べさせようとする。昼食は午後三時。夕食は夜十時だ。朝食は冷めた卵料理と食パンで、アップルソースをかけたパンケーキのこともある。昼食はピーナツバター・サンドイッチ。たまにソーセージ、それもまずいソーセージが出る。夕食はゴムみたいなチキンと、インスタントのマッシュポテト。昔どこぞの判事が、囚人には一日二千二百キロカロリーを摂取する権利があるといったらしいが——先生なら知ってるだろうけど——ここではその最低限に少し足りないと思えると、食パンの枚数を増やすだけだ。しかもパンはいつだって黴《かび》くさい。きのうの昼食は、食パン五枚、冷えきったポークビーンズと黴が生えたチェダーチーズひと切れだった。食事の件で訴えを起こせるかい？　いや、もう前例があるのかも。

でも食事は我慢できる。昼夜問わない独房検査も我慢できる。どんなことにも対処はできると思う。でも、ロビー。独房監禁だけはわからない。お願いだから、なにか手を打ってくれ》

ドンテはどんどんふさぎこみ、沈みがちになって、一日十二時間も眠るようになった。退屈をまぎらすために、ドンテはハイスクール時代のフットボールの全試合を頭のなかで再生した。そんなときドンテはラジオの実況アナウンサーになった気分で選手たちの動きを描写し、さらに脚色して、つねに偉大なるドンテ・ドラムを花形選手に仕立てた。チームメイト全員——といってもジョーイ・ギャンブルだけは除いて——ならべたて、相手チームの選手の名前は空想ででっちあげた。二年生時のシーズンは十二試合、三年生時は十三試合。ただしどちらの年も、プレーオフでスローンはマーシャルに敗北を喫したが、そういった試合を刑務所でそのまま再現することはしなかった。スローン・ウォリアーズが勝ってカウボーイ・スタジアムでの優勝決定戦に進出、七万五千人のファンに見まもられるなかでオデッサ・パーミアンを破った試合になった。ドンテは最優秀選手になる。さらに二年連続でミスター・テキサス・フットボールに選ばれるという、前人未到の快挙をなしとげた。

試合がおわって実況の任からも解放されると、ドンテは手紙を書いた。目標は最少でも一日五通。何時間も聖書を読み、何節も何節も暗記した。ロビーが別の裁判所にぶあつい摘要書を新たに提出すれば、ドンテは一語残らず目を通した。そしてそれを証明するため、ロビーに長い感謝の手紙を書き送った。

しかし独房監禁されてから一年もたつと、ドンテは自分が記憶力をなくしているのではないかと怯《おび》えるようになった。昔の試合のスコアを度忘れした。チームメイトの名前も忘れていた。新約聖書の全二十七巻の題名をすらすら口に出せなくなった。ドンテは無気力になり、沈んだ気持ちを晴らすことができなくなった。精神が崩壊しつつあった。一日十六時間も眠り、運ばれてきた食事は半分しか手をつけなかった。

二〇〇一年三月十四日、この日あったふたつの出来事が、あやうくドンテを正気のへりから突き落としそうになった。最初は母親からの手紙だった。長さは三ページ、ドンテが愛してやまない手書き文字がならんでいたが、一ページだけで読むのをやめた。最後まで読みとおせなかった。読み進めたいのは山々だったし、読まなくてはいけないこともわかっていたが目が焦点を結ばず、頭は母親の言葉を理解しようとしなかった。その二時間後、今度はテキサス州刑事上訴裁判所が一審の有罪判決を支持したことを知らされた。ドンテは長いこと泣きつづけたあげく、寝棚に横たわり、半昏《はんこん》睡《すい》状態で天井をただ見あげていた。何時間も身じろぎひとつせず、昼食は断わった。

三年生のときの最後の試合、マーシャルと対戦したプレーオフ中の試合で、ドンテは体重百三十五キロのオフェンスにタックルされ、左手を踏まれた。たちどころに三本の指の骨がへし折れた。即座に激しい痛みが襲いかかり、あやうく気をうしないかけた。トレーナーが骨の折れた指にテープを巻いて固定し、ドンテは翌日には試合に復帰した。セカンドハーフのほぼすべてにわたって、ドンテは頭のいかれた男のようにプレーした。激痛が正気を完全に吹き飛ばしていた。プレーのあいまには超然と立ったまま、攻撃側のハドルを見まもり、決して手をふらず、手に触れもせず、ともすれば目が潤《うる》みそうになるほどの痛みを意識しているそぶりはいっさい見せなかった。あのときドンテは、どことも知れぬところから鉄の意志と信じがたいほどの強靭《きょうじん》さを見つけだして、試合を最後までやりおおせたのだ。

その試合のスコアは忘れてしまったが、ドンテはいまふたたび腹の底の深みや、ドンテ本人を裏切りつつある脳の無意識のレベルをつかさどる部分に手を伸ばして、狂気へと滑りおちていくおのれを押しとどめる意志の力を見つけだそうとしていた。なんとか自分をベッドから起きあがらせることに成功すると、ドンテは床に身を横たえ、腕立て伏せを二十回おこなった。そのあと腹が痛くなるまで腹筋運動もした。つづいて足があがらなくなるまで、ランニングの要領で足踏みをした。スクワット、腿《もも》あげ、ふたたび腕立て伏せと腹筋。全身が汗まみれになると、ドンテは腰をすえて一日のスケジュールを作成した。朝の五時からノンストップで一時間、きっちりとエクササイズやトレーニングのメニューをこなす。六時半からは手紙を二通。七時からは、聖書の新しい節の暗記。そんな調子だ。目標は、一日に腕立て伏せと腹筋を各千回。また手紙は十通。それも家族や親友たちあての手紙ではない。新しく文通相手を見つけるつもりだった。さらに、一日に少なくとも一冊は本を読む。睡眠時間を半分に減らす。日記を書きはじめる。

こうした目標を几帳面《きちょうめん》に書きつけると、ドンテは《日課》という標題をつけ、金属製の鏡の横に貼《は》りだした。気がつくと、日々の予定を崩すまいという熱気が生まれていた。ドンテは毎朝、日課に挑んだ。ひと月もすると、それぞれ千二百回の腕立て伏せと腹筋運動ができるようになり、固く引き締まった筋肉が気持ちよかった。運動のおかげで、血液がふたたび脳味噌《のうみそ》にまわるようになった。本を読むことや文章を書くことで、新しい世界がひらけた。ニュージーランドの少女から手紙をもらうと、ドンテは即座に返信した。少女の名前はミリー。十五歳の少女で、両親はドンテとの文通を許可してはいたが、ドンテの手紙には目を通していた。ミリーから小さな写真を送られるなり、ドンテはこの少女に恋をした。ミリーと会える日を夢見る気持ちに追いたてられ、ドンテはまもなく腕立て伏せと腹筋運動を各二千回こなすようになった。日記には、世界各地を旅してまわるカップルを描いた写実的でエロティックな絵があふれた。ミリーは月に一通の手紙を送り、その一通につき最低でも三通の返信を受けとった。

ドンテの父親は心臓疾患で死にかけていたが、母親のロバータはその事実をドンテには告げまいと決めていた。そして、足しげく通っていた定例の面会のおり、ロバータは父親が世を去ったことをドンテに話した。ドンテのもろい世界は一瞬にしてふたたび砕け散った。晴れて完全な無実が認められて刑務所をあとにできる前に、父親が死んでしまったという事実を知らされたことが、ドンテにとっては耐えきれない重荷だった。ドンテは一日だけ、厳格な日課を守らないことをおのれに許した。一日だけ休むつもりが、二日めも休んだ。ドンテは抑えようもなく泣きつづけ、体を震わせつづけた。

ついで、ミリーがドンテを見すてた。ミリーの手紙はかれこれ二年以上も、毎月十五日前後に届いていたし、誕生日とクリスマスにはカードも送られてきていた。しかし、ドンテには理由はわからなかったが、手紙がふっつりと来なくなった。ドンテが何通の手紙を送っても、返事は一通も来なかった。ドンテは刑務所の看守が自分あての手紙を妨害していると責め、さらにはロビーに頼んで看守たちを脅すようなことまでさせた。しかし一方でドンテは、しだいにミリーがいなくなったという事実を受け入れるようになっていた。ドンテは暗く長期にわたる気鬱《きうつ》の状態に落ちこみ、《日課》にもまるで興味をもてなくなった。ハンガーストライキをはじめて十日のあいだ絶食したが、だれにも気にもとめてもらえないとわかってあきらめた。そのあと何週間もエクササイズもせず、本も読まず、日記もつけず、母親とロビー以外のだれにも手紙を書かなかった。ほどなくドンテはまた昔のフットボール試合のスコアを忘れてしまい、聖書の詩句も有名ないくつかの例外をのぞいて忘れ去ってしまった。何時間もずっと天井を見あげては、「まずいぞ、おれは正気をなくしかけてる」とくりかえしつぶやくだけの毎日だった。

ポランスキー・ユニットの面会室は広々とした部屋でテーブルや椅子《いす》がふんだんに配され、壁に沿って自動販売機がならんでいた。部屋の中央にはいくつもの小部屋が横一列にならんでいた。どこの小部屋もガラスで区切ってある。囚人はそのガラスの片側に、面会者は反対側にすわる。会話はすべて電話経由だ。囚人たちの背後にはいつでも看守がうろつき、目を光らせている。片側にならぶ三つの小部屋は弁護士の接見用だ。こちらでも部屋はガラスでふたつにわけられ、相談はすべて電話を通じておこなわれた。

収監されて最初の何年かは、ドンテもガラスの反対側にある狭いカウンターにいるロビー・フラックの姿を目にするとうれしくなったものだ。ロビーは担当弁護士で友人、熱心な代弁者であり、この信じがたい不正を糺《ただ》す者がいるとすればロビーをおいてほかにはいない。ロビーは大声をあげて本気で戦い、依頼人に非道なことをする者がいれば、どんな相手であっても猛烈に脅しつけた。死刑囚の大部分は外部に弁護士がいてもお粗末きわまりない者か、そもそも弁護士がついていなかった。彼らの上訴の道はすでに尽き、制度を利用することはもうできない。彼らの代弁をする者は外の世界にひとりもいない。しかしドンテには、ミスター・ロビー・フラックがついている。ロビーが一日のいつをとっても自分のことを考え、自分を釈放させるための新しい作戦を練っていることを、ドンテは知っていた。

しかし死刑囚舎房に入れられて八年もたつと、ドンテは希望をうしなった。ロビーへの信頼をうしなったのではない。テキサスの法律制度が、ひとりの弁護士では太刀打ちできない強大な力をそなえていることを認めただけだった。奇跡が起こらないかぎり、この不正は進むべきコースを進むだけ。ロビーからは最後の土壇場《どたんば》にいたるまで書類を出しつづけると説明されていたが、同時にドンテは現実的にもなっていた。

ふたりは電話を通じて話をした。どちらもおたがいの顔を見られたことを喜んだ。ロビーはドラム家全員の気持ちをドンテに伝えた。ゆうべドラム家を訪ねて、一切合財をつぶさに説明してきたのだ。ドンテは笑みをたたえて話をきいていたが、口をきくことはほとんどなかった。会話のテクニックも、ほかのすべてと歩調をあわせて退化してしまっていた。肉体的には、痩《や》せ衰えた猫背の男、二十七歳にして老《ふ》けこんだ男だ。精神面は壊滅的だった。もはやいまが昼か夜かもわからないほど時間の感覚をうしない、食事やシャワーを省き、日々のレクリエーションをサボることも珍しくなかった。看守たちに言葉をかけることを拒み、看守たちのもっとも基本的な命令でさえ、理解に困難をきたしていた。看守たちもドンテにはいくぶん同情していた。ドンテが脅威ではないとわかっていたからだ。日によっては一日十八時間から二十時間も眠り、起きていても、なにもできない状態だった。エクササイズはもう何年もしていなかった。本はまったく読まず、週に一、二通は手紙を書いたが、家族とロビーに宛《あ》てたものばかり。しかも文面は短く、支離滅裂であることも珍しくはなかったし、単語の綴《つづ》りまちがいや目を覆《おお》わんばかりの文法のミスにあふれていた。お粗末すぎる書きぶりは痛ましかった。いまではドンテの手紙は、楽しい期待で封を切るものではなくなっていた。

ドクター・クリスティ・ヒンジーは、ドンテがこれまでの八年間に死刑囚舎房で書いた数百通の手紙に目を通して、分析していた。その結果、独房監禁によってドンテの精神が現実から遠く引き離されてしまったという意見をもつにいたった。いわく——ドンテは鬱状態、無気力、幻覚症状があり、偏執病であり、統合失調症であり、自殺志向がある。またドンテには、さまざまな声がきこえてもいる——いまは亡《な》き父親や、ハイスクール時代のフットボールのコーチの声だ。一般の人間にもわかる言葉でいうなら、ドンテの脳はエンジンがとまった状態である。つまりは正気ではない。

執行まぎわの上訴についての現状をざっと話し、このあと二日間のスケジュールについて説明したのち、ロビーはドクター・クリスティ・ヒンジーを紹介した。クリスティは椅子に腰をおろして、受話器を手にとった。ロビーは法律用箋《ようせん》とペンを手にして、そのすぐうしろに立っていた。それからクリスティは一時間以上にわたって、ドンテの一日の日課や習慣、夢、考え、欲望についてたずね、死をどう思うかについて質問していった。ドンテは、自分が死刑囚舎房に入れられてからいままでに二百十三人が死刑になったという話を口にして、クリスティを驚かせた。ロビーが正確な数字であることを認めた。しかしそれ以上の驚きもなければ、詳細な話も出てこなかった。

またクリスティは、ここに入れられている理由や死刑にされる理由をドンテにたずねた。ドンテは、自分がなぜこんな目にあわされているのかは知らないし、理解もできないと答えた。ただし、自分がまもなく死刑に処せられることはまちがいないと思う——ドンテはそうも答えた。自分以外の二百十三人を見ればいい。

ドクター・ヒンジーには、一時間の質疑応答で充分だった。ドクターから受話器をわたされると、ロビーはふたたび椅子に腰をおろし、木曜日の詳細について話しはじめた。まずドンテに、母親が死刑に立ちあう件で譲る気はないという話をしたが、ドンテはこれに動揺して泣きはじめ、ついには受話器をおろして顔をぬぐった。それっきりドンテはもう受話器を手にしようとせず、ようやく泣きやんでも、腕組みをして床に目を落としているばかりだった。やがてドンテは立ちあがり、背後のドアに近づいていった。

弁護チームのほかの面々は外にとめたヴァンのなかで待っていた。すぐ近くに看守が立って、さりげなく見張っていた。ロビーとクリスティがもどってくると、アーロン・レイは看守に手をふって合図し、ヴァンを発進させた。一行は途中で街はずれのピザ屋に寄り、手早く昼食をすませた。そのあと一行がふたたびヴァンの車内に落ち着いて、リヴィングストンの街をあとにしようとしたそのとき、電話が鳴った。かけてきたのは調査員のフレッド・プライアー。ジョーイ・ギャンブルから電話で、仕事のあと顔をあわせて一杯飲みたいと誘われたとのことだった。

11

ふだんの週の火曜日なら、キース・シュローダー牧師は午後ずっとオフィスにこもって電話にも出ずに、次の説教の話題さがしをしていたはずだった。最新のニュースをいろいろ調べ、信徒たちにいま必要なのはなにかを考え、たくさんの祈りを捧《ささ》げ、それでもなにも思いつかなかったらファイルをひらいて昔の説教に目を通す。ようやくアイデアに恵まれたら、まずアウトラインを手早く書きとめたのち、中身を肉付けして、完全な原稿をつくる。その段階に達すれば、もうプレッシャーは消えるし、あとは日曜まで練習やリハーサルに打ちこめばいい。日曜日になにを話せばいいのかもわからないまま水曜の朝に目を覚ますことほど、気分が重くなることはほとんどなかった。

しかしトラヴィス・ボイエットのことが頭を占めているいま、キースはほかのどんなことにも集中できなかった。火曜日は昼食のあと、ゆっくりと昼寝をしたが、目が覚めたあとも頭が重く、足もともおぼつかなかった。デイナはオフィスを出て、子どもたちの世話をしていた。キースは教会をうろうろ歩きまわるだけで、実のあることはなにもできなかった。しまいには教会の外に出た。車を走らせて病院に行き、ボイエットのようすを確かめようと思わないでもなかった――ひょっとしたら腫瘍《しゅよう》が移動して、それで考えが変わったかもしれない。いや、ありそうもない話だ。

デイナが夕食をつくり、息子たちが宿題で忙しくしているあいだ、キースはひとりになりたくてガレージに足を運んだ。いまとりかかっている仕事は、まずここを整理してペンキを塗りなおし、さらに整理整頓《せいとん》された状態をいつまでも維持しておくことだった。ふだんなら頭をつかわずにすむ掃除の仕事を楽しめたが、その楽しみさえボイエットに奪われていた。キースは三十分ほど作業をしただけであきらめ、ノートパソコンを寝室にもちこんで室内から鍵《かぎ》をかけた。ドンテ・ドラムのウェブサイトは磁石のようであり、残りのページがまだたっぷりとある、ぶ厚くておもしろい小説のようでもあった。

〈コーフィーとグレイルのスキャンダル〉

ドンテ・ドラム裁判で検察側の指揮をとったのは、スローンおよびチェスター郡の地区首席検事をつとめるポール・コーフィーだった。ドンテの公判の指揮をとったのはヴィヴィアン・グレイル判事。コーフィーもグレイルもともに選挙で選ばれた公職者である。公判の時点でコーフィーは検事局につとめて十三年、グレイルは判事職について五年だった。コーフィーには当時サラという妻がいて、三人の子どもがいた。また当時のグレイルはフランクという夫のいる身で、ふたりの子どもがいた。コーフィー夫妻はすでに離婚している。グレイル夫妻もやはり離婚している。

被告側の各種申立てのなかで、グレイル判事が認めた重要な申立てはただひとつ、裁判地変更を求める申立てだった。事件のセンセーショナルな性質やマスコミの大々的な報道を考えるなら、スローンで公平な裁判をひらくことは不可能だった。それゆえドンテの弁護団は、裁判地をかなり遠い土地に移すことを求めた。たとえば、どちらもスローンから八百キロばかり離れているアマリロかラボックである。グレイル判事は被告側の申立てを認めた——そのままスローンで公判をつづければ、上訴審が一審判決を破棄して再審理を命じる根拠となるような誤謬《ごびゅう》をおかすことになったのだから、グレイル判事には選択の余地がなかったという点で専門家の意見は一致している。しかしグレイルが変更先に選んだのは、テキサス州パリだった。パリの裁判所は、スローンの裁判所から八十キロ弱しか離れていない。有罪判決ののちの上訴の場で、ドンテの弁護団はパリで公判をひらくのもスローンで公判をひらくのも事実上おなじだと強く主張した。じっさい陪審選任手続では、陪審員候補者としてあつめられた人々のじつに半数以上が、事件のことをすでに知っていると認めたほどである。

この裁判地変更だけを例外として、グレイル判事は被告側に容赦なく接した。いちばん大きな意味をもつグレイル判事の裁定は、捏造《ねつぞう》されたドンテの自供を証拠として採用したことである。自供がなければ、検察にはいかなる根拠も、いかなる証拠も、とにかくなにもなくなってしまう。自供は検察側主張の唯一《ゆいいつ》の根拠だった。

しかし、被告側にとって致命的だったグレイル判事の裁定は、それだけにとどまらない。警察と検察がリッキー・ストーンという拘置所内密告屋を法廷に引きだして、お気にいりの術策をもちいたのだ。ストーンはドラッグ関係の容疑で拘置所に収監中に、カーバー刑事とスローン警察に協力することに同意した。そして四日間ドンテとおなじ房に入れられたのち、そこから出された。次にドンテがこの男の姿を目にしたのは公判の場だった。ストーンは、ドンテがニコル・ヤーバーを強姦《ごうかん》して殺したことを隠しだてせずに話していた、ニコルから別れ話を切りだされて半狂乱になったとも話していた、と証言した。ふたりは数カ月にわたって人知れずデートを重ねていた……ふたりは愛しあっていた……しかしニコルは、黒人男とつきあっていることを裕福な実父に知られたら金銭的援助を打ち切られるのではないかと怯《おび》え、心配するようになった。また、証言と引き換えに検察側からなにかを約束された事実はないとも証言した。ドンテの有罪判決から二カ月後、ストーンは有罪答弁取引で軽罪容疑での有罪を認め、拘置所をあとにした。

ストーンには数多くの犯罪歴があり、信憑《しんぴょう》性はゼロだった。この男は昔ながらの拘置所内の密告屋——すなわち量刑を軽くしてもらうことと引き換えに、証言をでっちあげる男だったのである。そしてグレイル判事は、そんな男の証言を許可したのだ。

ストーンはのちに証言を撤回、自分はカーバー刑事とポール・コーフィーから嘘《うそ》をつくように説得された、と話した。

グレイル判事はまた、長年にわたってあまたの裁判区で信頼性なしとされてきた証言も許可した。ニコルの捜索がつづいているあいだ、警察は警察犬をもちいて手がかりとなる嗅跡《しゅうせき》をさがさせた。警察犬は、ニコルのＢＭＷの車内やそこに残っていた若干の品のにおいを嗅《か》がされたのち、解き放たれた。有力な手がかりはひとつも得られなかった——しかし、ドンテ逮捕とともにそれが一変する。警察はドラム家が所有する緑色のフォードのヴァン車内を警察犬に嗅がせる許可を得た。警察犬訓練士の証言によれば、犬たちはヴァン車内で激しく昂奮《こうふん》し、ニコルのにおいを嗅ぎあてたことを示すあらゆる徴候を見せたという。とうてい信頼できないこの証言は、最初に公判前審理の席で披露された。ドンテの弁護チームは疑義を呈し、被告側が警察犬を反対尋問する方法を知っているとでも思っているのか、と主張した。ロビー・フラックにいたっては激昂のあまり、ヨギという名前の警察犬を〝雌犬の馬鹿息子《ステューピッド・サン・オブ・ア・ビッチ》〟呼ばわりした。グレイル判事はフラックに法廷侮辱罪を科し、罰金百ドルを命じた。驚いたことにこの主任警察犬訓練士は公判で証言を許され、警察犬との三十年間の経験をもとにして、ヨギが緑のヴァン車内でニコルのにおいを嗅ぎつけたことには〝絶対の確信〟がある、と陪審の前で証言した。この訓練士は、反対尋問でロビー・フラックにずたずたに切り裂かれた。反対尋問中、ロビーは問題の警察犬を出廷させ、宣誓のうえ証人席につけてみろ、と要求した。

グレイル判事は、被告人の弁護士たちへの——なかでもロビー・フラックへの——激しい憎悪《ぞうお》をいだいていた。一方では、ポール・コーフィーの意見に同調することがずっと多かった。

それには充分な理由があった。公判の六年後、グレイル判事とコーフィー検事が長年にわたる不倫関係にあったことが暴露された。ふたりの関係が明るみに出たきっかけは、コーフィー検事のオフィスでの勤務経験があり、不満をかかえていた元秘書が起こしたセクシャルハラスメント裁判だった。元秘書は証拠として電子メールや電話の通話記録を提出、さらには元上司がグレイル判事と関係を結んでいたことを示す通話の録音までも提出したのだった。つづいて訴訟が起こされ、二件の離婚がつづいた。

グレイル判事は不面目なまま判事職を辞し、離婚裁判がおわらないうちにスローンを去った。ポール・コーフィーは二〇〇六年の選挙で対立候補なしに地区首席検事に再選されたが、あくまでも、この任期かぎりで引退すると公約したからだった。

ドンテの弁護団は、担当の判事と検事に明白な〝公私混同〟があったとして、訴訟上の救済を求めた。テキサス州刑事上訴裁判所は、ふたりの関係が〝遺憾なもの〟であり、〝不適切と見られる可能性は否定できない〟が、公平な裁判を受ける被告人の権利が侵害されたとまではいえない、と発表した。救済申立てへの連邦裁判所の回答も、おなじく巧みに逃げをうったものだった。

二〇〇五年、ポール・コーフィーはロビー・フラックを相手どって名誉毀損《きそん》訴訟を起こした。フラックがあるインタビューで述べた、コーフィーと判事の親密な関係についての発言を問題視したものだった。ロビーはただちに無数の罪状で逆にコーフィーを訴えた。この訴訟はなおも係属中である。

その数時間後、家の明かりが消えて、すっかり静まりかえったころ、キースとデイナはともに天井を見あげたまま、睡眠導入剤に頼るべきかどうかを話しあっていた。ふたりとも疲れきってはいたが、とても眠れなかった。裁判について読んだり議論したりするのにも飽き、きのう初めて名前をきいたばかりで、いまは死刑囚舎房にいる黒人の若者の身を案じることにもうんざりしていた。自分たちの生活にいちばん最近あらわれた人間、つまりトラヴィス・ボイエットにも苛立《いらだ》ちを禁じえなかった。ボイエットが真実を口にしていることに、キースは確信をもっていた。デイナもおなじ意見に傾いてはいたが、ぞっとするほどの犯罪歴を理由に、なお一抹の疑念をいだいていた。その件についての議論にも、ふたりはうんざりしていた。

ボイエットが真実を口にしていると仮定するなら、テキサス州がもうすぐ無実の人間を処刑することを確実に知っているのは、世界でも自分たちふたりだけだ。だとしたら、自分たちになにができるだろう？　もしボイエットが真実を認めることを拒んだら、どうすればいいというのか？　またボイエットが心変わりして真実を認める決心をつけたら、その場合自分たちはどうすればいいのか？　スローンはここトピーカから六百五十キロ近く離れているし、向こうには知りあいもいない。なぜなにかする必要がある？　スローンという地名にしても、きのうまでは耳にしたこともなかった。

夜のあいだじゅう、さまざまな疑問が渦を巻いて荒れ狂い、しかも答えはどこにも見つからなかった。ふたりはとりあえずデジタル時計を見つめて十二時の訪れを待ち、そのときもまだ眠れていなかったら薬をとりにいくことにした。

午後十一時四分、電話が鳴りはじめてふたりを驚かせた。デイナが明かりのスイッチを入れた。発信者表示には《セント・フランシス病院》とあった。

「あの男よ」デイナがいった。

キースは受話器をとりあげていった。「もしもし」

「夜分遅くにすまないね、牧師さん」ボイエットが張りつめた低い声でいった。

「かまわないよ、トラヴィス。わたしたちも起きていたからね」

「ちっちゃなかわいい奥さんは元気かい？」

「ああ、元気だ。さて、電話をしてきたからには、なにか理由があるんだろう？」

「ああ、すまない、牧師さん。それが、あの娘っ子にまた会いたくなったんだよ……なにをいってるかはわかるな？」

キースはデイナが左の耳を近づけられるよう、受話器を自分の耳からわずかに離していた。電話を切ったあとで会話の一部始終をくりかえしたくなかったのだ。

「なにがいいたいのか、よくわからないな」キースは答えた。

「あの娘っ子、ニコル、おれのかわいいニッキだよ。もうじき、この世ともおさらばだ。まだ入院中で、腕には点滴の針が刺さり、血にはあらゆる種類の薬が流れこんで、医者からはもう長くないといわれてる。もう半分死んでる——それなのに、最後にもう一度だけニッキのもとを訪ねることもせず、あの世に旅立つっていうのがどうにも気にくわなくてね」

白「ニコルは死んで九年になるぞ」

「わかってる。行ったことがあるんだから。恐ろしいことさ……おれがあの子にしたのは、それはもう恐ろしいことだった。前にも何度かは、ちゃんと顔をつきあわせて謝ったさ。でも、もういっぺん足を運び、あんなことになっちまって、おれがどれだけ後悔しているかを伝えないではいられないんだ。わかるだろ、牧師さん？」

白「わからない。きみがなにをいいたいのか、ぼくにはさっぱりわからない」

「ニコルはまだあそこにいるよ、いいな？　おれが残してきたところにいるんだ」

自「自分でも見つけられないかもしれないと話していたじゃないか」

いまの話をボイエットが思い出しているあいだ、長い沈黙がつづいた。ついで、

「ニコルの居場所はわかってる」

「いい話だな、トラヴィス。だったら見つけにいこう。ニコルを掘りかえして骨を見

ながら、すまなかったと謝ればいい。それからどうする？　すっかり気がすむのか？　その一方では、無実の男がきみの犯罪の濡《ぬ》れ衣《ぎぬ》を着せられたまま、毒薬を注射されるんだぞ。ぼくに考えがある。最後にもう一度だけニコルに謝ったら、その足でスローンに行って墓地に立ち寄り、ドンテの墓を見つけて、そっちにも謝るんだ」

デイナが顔をめぐらせ、渋面をキースにむけてきた。ボイエットはここでもしばし黙ってから、こういった。「あの男に死んでほしくないんだよ、牧師さん」

「信じられないね。ドンテが起訴され、迫害されているあいだ、きみは九年間もじっと黙っていた。そのうえ、きのうときょう二日も時間を無駄にした。そんなふうに何度も心変わりを起こしていたら、たちまち時間切れになって、ドンテは死んでるだろうね」

「おれなら死刑をとめられるぞ」

「やってみるといい。スローンに行って、当局の人間に遺体のありかを話すんだ。きみは真実を認め、当局の人に指輪を見せて、精いっぱい大騒ぎしろ。リポーターもカメラも、きっときみを愛するだろうね。そうだ、ひょっとしたら判事か州知事あたりが気づいてくれるかもしれない。なにぶん、ぼくはこの手の経験が少ないものでね。それでもきみがテレビに出演して、ニコルを殺したのは自分だ、自分ひとりの犯行だと主張すれば、ドンテ・ドラムの死刑を執行しようとしている連中は、さぞや仕事がやりにくくなるだろうということくらいは想像できる」

「おれは車をもってない」

「レンタカーがある」

「この十年は運転免許だってもってない」

「バスに乗れ」

「バスの切符を買う金がないんだよ、牧師さん」

「金なら貸そう。いや、スローン行きのバスの片道切符が買えるだけの金をやる」

「もしバスに乗っているあいだに発作が起こったら？　意識をなくしたら？　オクラホマの田舎町で、バスから蹴《け》り出されちまうかもしれないぞ」

「きみは駆引きをしているんだな」

「おれを連れていってくれるかい、牧師さん？　あんたとおれのふたりだけだ。あっちまで車で連れてってくれたら、本当はなにがあったのかを話そう。そのあとで死体のところに案内する。おれたちなら死刑をとめられる——でもそのためには、牧師さんがおれを向こうに連れてく必要があるね」

「なぜぼくに？」

「ほかに頼むあてがなくてさ」

「もっといい考えがあるぞ。あしたの朝、ぼくといっしょにダウンタウンの検事局に行こう。友人がいる。その友人に話をきかせるんだ。うまく友人を説得できれば、スローンの検事に電話をかけてもらえるかもしれないし、警察署長や被告人の弁護士にも話をしてくれるかもしれない。ぼくにはなんともいえないが、どこかの判事にもだ。刑事司法制度のことをなにも知らないルター派の牧師が話すより、検事局の友人を通じて話をしたほうが、そういった人たちもずっと真面目《まじめ》にきいてくれるはずさ。その場できみの供述をビデオにとって、すぐテキサス州の当局に送ろう。マスコミ各社にもだ。どうだ、トラヴィス？　これなら仮釈放規則を破らずにすむ。ぼくも、きみを助けたことでトラブルに巻きこまれたりしない」

デイナはしきりにうなずいて、賛成の意を示していた。五秒。十秒。ようやくトラヴィスが返事をした。「うまくいくかもしれないな、牧師さん。それなら死刑の執行をとめられるかもしれない。だけど、連中だけじゃニコルを見つけられっこない。そのためには、おれがあの場に行かないと」

「とりあえず、死刑をとめることだけに集中しよう」

「おれはあしたの九時に、ここを退院になるんだ」

「迎えにいくよ、トラヴィス。検事局は病院から遠くないし」

五秒。十秒。「気にいったよ、牧師さん。その線でいこうじゃないか」

午前一時になると、デイナは市販の睡眠導入剤の瓶をもってきた。しかし一時間たっても、ふたりは眠っていなかった。どちらの頭もテキサスへの旅の件でいっぱいだった。前にもちょっとだけ話題に出たことはあったが、どちらも恐ろしくて話を先に進められなかった。考えただけでも滑稽《こっけい》そのものだ――キースが、およそ信用のかけらもない常習性犯罪者とふたりでテキサス州スローンに行き、街じゅうがドンテ・ドラムの人生最後のカウントダウンをしているさなかに、突拍子もない話に耳を貸してくれそうな人をさがすというのだから。牧師と犯罪者という不釣り合いなふたり組ではとりあってもらえず、わるくすれば銃で撃たれるかもしれない。おまけにカンザス州に帰れば帰ったで、およそ弁解の余地のない犯罪で告発されても不思議はない。聖職者という仕事もキャリアも、不安定な状態に追いこまれかねなかった。それもこれも、すべてはトラヴィス・ボイエットという人間の屑《くず》のせいで。

12

水曜日の朝。前夜十二時過ぎに事務所をあとにしたロビー・フラックは、六時間後にふたたび会議室にやってきて、またもや大忙しになるはずの一日にそなえはじめた。夜のあいだの事態の展開は思わしくなかった。調査員フレッド・プライアーとジョーイ・ギャンブルの酒場での話では、コーフィー検事から電話で偽証罪の刑罰について警告されたことをジョーイが認めたものの、それ以外に成果はなかった。ロビーはふたりの会話の一部始終をきいた。長い経験から録音テクニックにかけては匠《たくみ》のわざを身につけたプライアーは、今回も前回と同様に万年筆形のマイクをつかい、携帯電話を通じて音声をリアルタイムで転送してきた。驚くほどの高音質だった。酒場にいるふたりにつきあって、ロビーもオフィスで会話をききながら数杯の酒を楽しんだ。同席していたマーサ・ハンドラーはバーボンをちびちびと飲み、補助職員のカーロスはビールを飲みながら、やはりスピーカーフォンの会話に耳をかたむけていた。全員がほぼ二時間のあいだ、それぞれの酒を楽しんだ――ジョーイとプライアーはヒューストン郊外のどこやらにある英国風を模した酒場で、〈フラック法律事務所〉の面々は鉄道駅舎を改装した事務所で仕事をしながら。それでも二時間もすると、ジョーイは――ビールを飲んでいたにもかかわらず――酒はもう限界だし、やいのやいのと追いたてられるのにはうんざりした、といいはじめた。土壇場《どたんば》で宣誓供述書にサインをすれば、公判での自分の証言を否定できるというが、そんなことが現実になるとは、どうしても考えられない。いったんは自分の嘘《うそ》を認める寸前までいったものの、いまジョーイは思いとどまって、やはり自分で自分を嘘つき呼ばわりしたくはない、といった。

「だいたい、ドンテは自供なんかするべきじゃなかったのさ」ジョーイは数回にわたってそう口にした――虚偽自白だけでも、ひとりの人間を死刑にするのに充分な根拠になる、といわんばかりに。

しかしプライアーは水曜も、そして必要さえあれば木曜日にもジョーイにずっとつきまとうつもりだった。プライアーはいまもなおわずかながらチャンスが残されており、しかもそのチャンスは一時間ごとに増えていると考えていた。

午前七時、事務所の面々が毎日恒例のブリーフィングのために会議室に集合した。

全員が顔をそろえていた。だれもが目をしょぼつかせ、疲れきってはいたが、最後の努力にむけての気がまえは充分だった。ドクター・クリスティ・ヒンジーは夜を徹して報告書を完成させていた。ほかの面々がペストリーを食べてコーヒーをがぶ飲みしているあいだに、クリスティは報告書の内容をおおまかに要約して説明した。報告書は四十五ページ――裁判所に読む気を起こさせるには長すぎるが、この厚さならだれかが目をとめてくれるかもしれない。クリスティの分析結果に驚かされた者は――少なくとも〈フラック法律事務所〉には――ひとりもいなかった。クリスティはドンテ・ドラムの精神鑑定について述べた。また刑務所に収監されてからのドンテの医療記録や心理学的な記録を調べた。死刑囚舎房に収監されている八年のあいだにドンテが書いた計二百六十通の手紙すべてに目を通しもした。ドンテは統合失調症であり、精神障害を負っており、幻覚症状があって鬱《うつ》状態、自分の身になにが起こっているかを理解してはいない。その結論を述べたのち、クリスティは懲役刑の手段としての独房監禁を非難し、あらためてこれを〝残酷な形態の拷問《ごうもん》〟だと断定した。

ロビーは、救済を求める請願書にドクター・ヒンジーの報告書の全文を添えて、オースティンの共同弁護人へ送るようシニア・アソシエイトのサミー・トーマスに指示した。八年におよぶ上訴の期間のすべてを通して、ロビーの事務所は〈テキサス死刑囚弁護グループ〉の協力を得ていた。一般に〈弁護グループ〉の通称で知られているこの非営利団体は、現在死刑囚舎房に収監されている死刑囚のおおよそ二十五パーセントの代理をつとめていた。〈弁護グループ〉が手がけるのは死刑事件のみ、しかも豊富な経験と熱意とをもって仕事にあたっていた。サミーが電子メールで請願書と報告書を送れば、〈弁護グループ〉が朝の九時に、プリントアウトをテキサス州刑事上訴裁判所に提出する手はずになっていた。

死刑執行が間近に迫ると、上訴裁判所はいつもよりも目を光らせて、執行まぎわに提出される書類にも迅速な裁定をくだす準備をととのえている。こうした請願が却下されれば——それが毎度のことだったが——ロビーと〈弁護グループ〉は連邦裁判所に大急ぎで駆けつけ、いつか奇跡が到来することを願いながら、山頂をめざして登りはじめる。

ロビーはすでにこうした作戦を話しあい、やるべきことを事務所の全員に周知徹底させていた。カーロスは翌日のドラム一家の世話係をする予定だったが、スローンにとどまることになっていた。カーロスのつとめは、一家が最後の面会の時間に遅れずにポランスキーに到着するよう、確実を期すことだった。ロビーもポランスキーに行って、依頼人の最後の歩みに付き添い、そののち死刑執行に立ちあうことになっている。サミー・トーマスをはじめとするアソシエイトたちはオフィスに残り、〈弁護グループ〉と連繫《れんけい》して書類の提出にあたる予定。また補助職員のボニーは、州知事室や州司法長官室との連絡を絶やさないようにする係だった。

すでに州知事室には刑の延期をもとめる請願書を提出してあり、いまは却下を待っている段階だった。ドクター・クリスティ・ヒンジーの報告書つきの請願書も、いつでも州知事室に提出できる準備がととのっていた。この先ジョーイ・ギャンブルが心変わりを起こさないかぎり、騒ぎを起こすための新しい証拠はひとつもない。事務所の会議が長びくにつれ、いまの段階で打てる手は実質的にはないに等しいことが明らかになってきた。会話はとどこおりがちだった。狂躁《きょうそう》の雰囲気がおさまりはじめた。だれもが唐突に疲れを感じていた。待つだけの時間がはじまった。

一九九四年に選挙で判事職に選ばれたさい、ヴィヴィアン・グレイルは道徳基準を高めることや、人間の法よりも神の法をまず重視すること、犯罪者を従来よりも刑務所に長く収監することをかかげたほか、当然のことだが、ハンツヴィルの刑務所内にある処刑室をこれまで以上に活用することを公約としてかかげた。その結果、三十票差で選挙に勝った。グレイルが倒したのは、賢明で経験も豊富なエライアス・ヘンリー判事だった。グレイルはヘンリーを倒すにあたって、ヘンリーが被告人に同情を示した刑事裁判のいくつかを慎重に選びぬき、自分の選挙広告に大々的に掲載することで、まんまと判事を小児性愛者の味方に見せかけた。

やがてポール・コーフィーとのダブル不倫が露見して辞職、さらには離婚したグレイルが不面目のうちにスローンの街を出ていくと、有権者たちは悔い改め、ふたたびヘンリー判事を支持するようになった。そしてヘンリーは、対立候補のないままふたたび判事職に選ばれた。そのヘンリーもいまでは八十一歳、健康面で衰えを見せてきていた。このままだと任期をまっとうできないという噂《うわさ》も流れていた。

ヘンリー判事は、二〇〇一年に死去したロビーの父親の親友だった。その友情のおかげもあり、ヘンリーはロビーが法廷にはいっていっても血圧が急上昇しない、テキサス州東部では数少ない判事のひとりだった。ロビーにとっても、エライアス・ヘンリーは信頼しているただひとりの判事といってよかった。そのヘンリー判事の誘いで、ロビーは水曜日の朝九時に判事の執務室を訪問することにした。会談の目的は、電話では明かされなかった。

「この事件が気がかりでならなくてね」

お決まりの挨拶《あいさつ》のやりとりをすませるなり、ヘンリー判事はそう切りだした。古い執務室にはふたりしかいない——ロビーがここを訪ねるようになってから四十年になるが、そのあいだ部屋のたたずまいはほとんど変わっていなかった。隣は法廷で、いまは無人だった。

「気がかりになって当然ですよ」ロビーは答えた。

作業テーブルについているふたりの前には、キャップをあけていないボトルいりの水が置いてあった。ヘンリー判事はいつものように、ダークスーツにオレンジ色のネクタイをあわせた姿。判事はいかにも元気そうで、眼光は人を射るかのように鋭い。どちらの顔にも笑みはなかった。

「公判の速記録を読んだよ」ヘンリーはつづけた。「先週から読みはじめて、すべてに目を通した。上訴関係の書面の大半も読んだ。法壇にすわる者としていわせてもらえば、グレイル判事があの自白調書を証拠として採用したのが信じられん。威迫によって無理に引きだした供述だし、そもそもがまぎれもなく憲法違反だ」

「憲法違反でしたし、いまも変わらず憲法違反のままですね。グレイル判事の肩をもつ気はありませんが、あの時点でグレイルには選択の余地がないも同然だった。ほかに信用のおける証拠がなかったんです。かりにグレイルが自白調書を証拠から排除すれば、コーフィーにはもう行き場がなかった。有罪判決が消え、被告人が消え、容疑者も消えて、おまけに死体は出てこない。ドンテは拘置所から釈放されて、そのニュースが新聞の一面を飾ってしまう。ご存じのように、グレイル判事としては有権者の顔色をうかがう必要もあった。テキサス州東部では、法律を政治に優先させる判事が再選されることは決してありませんからね」

「くわしい話をきかせてくれ」

「自白調書が陪審の目にふれることになるとわかった時点で、コーフィーはほかの証拠をつなぎあわせることができる立場になった。あの男は法廷を足音高く、肩肘《かたひじ》はって歩きまわり、ドンテが殺人犯だと陪審に信じこませた。ドンテに指をつきつけ、ニコルの名前を口にするときには泣いて見せた。一世一代の名演技でしたね。古くからある格言はなんでしたっけね？　そうそう、『手もとに事実がなければ、とにかく声を張りあげろ』です。コーフィーはその格言どおり、やたらに大声を張りあげました。陪審のほうも、コーフィーの言葉を信じたい一心だった。それであの男は勝ったんです」

「きみの戦いぶりも見事だったぞ」

「もっと本気で戦うべきでした」

「それで、きみはドンテ・ドラムが無罪だと確信しているんだな？　きみの心には一点の疑いもないんだね？」

「どうしてそんな話をしているんですか、判事？　いまとなっては、なんの役にも立たない話だと思いますが」

「なぜならね、これから州知事に電話をかけて、刑の執行延期を要請してみようと思っているからだよ。なんともいえないが、ひょっとして耳を貸してくれないともかぎらない。わたしは一審担当の判事ではなかった。だれもが知ってのとおり、あのころは引退した身だった。しかしテキサーカーナに住んでいるわたしのいとこが、いまの州知事に莫大《ばくだい》な献金をしたんだよ。見こみの薄い賭《か》けだが、やってみて損はあるまい？　執行を三十日間延期させられれば、それだけでも御の字ではないか？」

「たしかに。判事は、ドンテの有罪判決に疑いの念をおもちなんですか？」

「ああ、心底から疑わしく思っているよ。わたしが裁判長だったら、あの自白調書を証拠採用しなかったはずだ。拘置所の密告屋を嘘つきと断じて、法廷から叩《たた》きだしたはずだ。警察犬とその訓練士とかいうピエロを法廷に入れることも許さなかったはずだ。そしてあの若者……なんという名前だったか……」

「ジョーイ・ギャンブル」

「そう、あの白人のボーイフレンドだ。あの男の証言なら陪審にきかせることにしたかもしれないが、あれだけ首尾一貫していない以上、なんの重みもない。きみ自身が摘要書のなかでそう見事に主張していたようにな。これは虚偽自白とヨギという名前の犬、あとで証言を撤回した嘘つきの密告屋、復讐《ふくしゅう》の念にこり固まった怒れる元恋人の上に成りたった有罪判決だ。こんなごみだけで、ひとりの人間を有罪にしていいわけがない。グレイル判事は明らかに検察側に肩入れをしていた——その理由もわかっているといえるね。ポール・コーフィー検事は視野が狭くなっていたことにくわえ、自分がまちがっているかもしれないという恐怖心で、まわりが見えていなかった。お粗末きわまりない裁判だよ、ロビー」

「うれしいお言葉ですね、判事。そのひどい裁判と、かれこれ九年もつきあってます」

「おまけに危険な裁判でもある。きのう、ふたりの黒人弁護士と会った——どちらもきみの知りあいで、まっとうな連中だよ。ふたりともいまの法制度に怒っていたが、それだけじゃない、反動でなにかが起こりかねないと懸念《けねん》していた。どちらも、ドラムが処刑された場合には騒ぎが起こると予想していたな」

「ええ、そんな話をきいてます」

「なにか打つ手はないのか、ロビー？　死刑をとめる手だては？　いやわたしは死刑専門の弁護士ではないし、きみの上訴がいまどこの段階かも知らないのだが」

「もう矢弾は尽きかけています。いまは、心神喪失を理由にした請願を提出中です」

「勝ち目は？」

「ごくわずか。ドンテには精神疾患の病歴がありません。こちらは、八年間の死刑囚舎房での生活がドンテの正気をうしなわせたと主張しています。ご存じのように、上訴裁判所は死刑直前の土壇場になっていきなり出てきた理屈には、決まっていい顔をしませんし」

「つまり、ドンテ・ドラムは頭がいかれている？」

「たしかに問題をかかえてはいますが、いまなにが起こっているかを正しく把握していると思いますよ」

「つまり、楽観してはいないわけだ」

「判事、わたしは刑事事件専門の弁護士です。楽観主義は、わたしのDNAにはありません」

ヘンリー判事はようやくプラスティックのキャップをあけて、ボトルから水をひと口飲んだ。そのあいだも、目は片時もロビーから離れなかった。「ともあれ、わたしはこれから州知事に電話をかけるつもりだ」

その口調は、この電話が瀬戸ぎわでの勝利を確約するといっているかのようだった。しかし、そんなことにはなるまい。いま州知事のもとには、ひきもきらずに電話がかかっている。そしてその多くが、ロビーとそのチームがかけている電話だった。

「感謝します、判事。しかし、あまり期待しないでいただきたい。あの知事が死刑執行を延期させた前例はありません。それどころか、逆に執行ペースを速めたがっている。いずれは上院議員の椅子《いす》を狙《ねら》っていますし、朝食のメニューを選ぶのにも、まず票数を勘定するような男ですからね。あの男は裏表のある人でなしで下衆《げす》の腰ぬけ、ケチくさい狡猾《こうかつ》なごろつきです……だからこそ、政界での輝かしい未来が待っているわけですが」

「では、きみは選挙であの男に投票しないんだな?」

「ええ、したことはありません。でも、お願いです、電話をかけてください」

「そのつもりだよ。三十分後にはここでポール・コーフィーと会って、この件を話しあう予定だしね。あの男を驚かせたくはないんだよ。新聞社の知りあいとも話をしよう。この死刑に反対していることを記録にとどめておきたくてね」

「ありがとうございます、判事。しかし、なぜいまになって? その気になればこうした会話を一年前、いや、五年前にもできたはずです。この件にかかわっていただくには、正直いって遅すぎますよ」

「一年前、ドンテ・ドラムのことを考えている人間はいないも同然だった。死刑執行が迫ってもいなかった。連邦裁判所が訴訟上の救済措置をくだす可能性もあった。いや、ひょっとしたら一審判決を破棄したかもしれない。わたしにもわからないよ、ロビー。もっと深くかかわるべきだったのかもしれないが、わたしの担当裁判ではないしね。わたしもまた、自分自身のあれこれで手いっぱいだったんだ」

「お察しします」

ふたりは握手をかわし、別れの挨拶をすませた。世間話を求めてくる法律関係者や書記官と出くわすのを避けるため、ロビーは裏の階段をつかった。人けのない廊下を早足で歩きながら、ロビーはスローンで――いや、それをいうならチェスター郡全域で――せめてひとりでもドンテ・ドラム支持を表明している、選挙でえらばれた公人はいないかと頭を働かせた。ひとりだけ思いついた――スローン市議会にひとりきりの黒人議員である。

かれこれ九年間、ロビーは長く孤独な戦いをつづけてきた。そしていま、敗北は目前だった。大口献金者のいとこが州知事に電話一本かけたくらいでは、テキサスの死刑はとめられない。制度という機械には充分な油が差され、効率よく働いている。その機械が動きだしている以上、とめるすべはなかった。

裁判所前の芝生では、市の職員たちが仮設の演壇を設置していた。数人の警官があたりをうろつき、最初の教会のバスが乗客たちをおろすのを見ながら、不安顔で話をしていた。バスからおりた十人ほどの黒人たちは芝生を横切って、戦歿者《せんぼつしゃ》記念碑の前を通りすぎた。やがて彼らは場所を見つけて折りたたみ椅子をひらき、待ちはじめた。デモ――あるいは抗議行動でもなんでもいいが――は正午開始の予定だった。

ロビーはスピーチの依頼を断わっていた。どう考えても煽情《せんじょう》的な言葉しか思いうかばず、かといって群衆をそそのかした人物として糾弾されるのは避けたかった。どうせここには、トラブルメーカーたちが掃いて捨てるほどあつまるはずだ。

ウェブサイトやコメント、外部のブログのモニタリングという仕事を割り当てられたカーロスによれば、アクセス数がうなぎのぼりだという。木曜日にはオースティンとハンツヴィル、およびスローンで抗議行動が予定されているほか、テキサス州内の少なくともふたつの黒人系大学でも抗議行動の予定があった。

どいつもこいつも知ったことか――ロビーはそう思いながら、車で裁判所をあとにした。

13

キース・シュローダー牧師は早めに病院を訪ねて、ひととおり巡回をすませた。現在この病院に入院中で、治療や回復のさまざまな段階にある教会信徒は六人。キースはその全員に挨拶《あいさつ》をし、手短に見舞いの言葉をかけ、手をとってともに祈りを捧《ささ》げると、多事多難が予想される一日をともに過ごす予定のボイエットを迎えにいった。

なるほど、はなから予想外の多事多難ぶりだった。ボイエットが姿を消していたのだ。ナースに話をきいたところ、午前六時に巡回した時点ですでにベッドはもぬけのから、シーツなどは整えられ、入院患者用のガウンは折りたたんで枕《まくら》の横に置いてあり、点滴のチューブはベッド横の可動スタンドに丁寧に巻きつけてあったという。その一時間後、〈アンカーハウス〉のスタッフという人物から、トラヴィス・ボイエットはこちらに帰っており、問題はなにもないことを担当医に伝えてほしいという電話があったとのこと。キースは〈アンカーハウス〉に車を走らせたが、ボイエットはそこにもいなかった。所長によると、ボイエットは水曜日には出勤予定ではないということだ。ボイエットがいまどこにいるのか、いつ帰ってくるのか、だれも知らなかった。そのあとセント・マークス教会へ車で引き返しながら、キースは心配するな、パニックを起こすな、ボイエットはいずれ姿をあらわすと自分にいいきかせた。しかしすぐに、犯行を自供した殺人犯にして連続強姦《ごうかん》犯人にして病的な嘘《うそ》の常習犯をわずかでも信用したおのれの馬鹿《ばか》さかげんを罵《ののし》りたくなった。また、知りあいであれ初対面の人であれ、相手の美点を見つけようとする習慣があったせいだろう、いまさらながらキースは自分がボイエットに親切に接しすぎていたことに思いあたり、パニックがこみあげてくるのを感じた。そう、理解ある人間になろうとしたばかりか、ボイエットに同情を示そうという過度の努力をしてしまったのだ。しかしあの男は、おのれの肉欲を満たすために十七歳の少女を殺しただけではなく、自分の犯行が原因で他人が死んでいくのを見ることに満足を覚えもするような手あいだ。あの男がほかにあと何人の女を毒牙《どくが》にかけたのかは神のみぞ知る。

　教会に帰りついたとき、キースは怒りの虫がおさまっていなかった。インフルエンザから回復したシャーロット・ユンガーが明るい声で、「おはようございます、牧師さん」と声をかけてきたが、それにもまっとうに応対できないありさまだった。

「ぼくはしばらくオフィスにこもる。いいね？　トラヴィス・ボイエットという男からでないかぎり、電話はいっさいつながないでくれ」

「わかりました」

キースはドアを閉め、体から剝《は》ぎとるようにしてコートを脱ぐと、妻デイナに内線電話で最新の情況を伝えた。

「じゃ、あの男は街なかを勝手にうろつきまわっているわけ？」デイナはたずねた。

「たしかにそうだが、あの男はいま仮釈放中だ。刑期をつとめ、まもなく自由の身になる。だから、勝手にうろついているといえるね」

「あの男に脳腫瘍《のうしゅよう》があってよかった」

「きみがそんなことをいうとはね」

「ごめんなさい。いいすぎたわ。これからどうするの？」

「いまは待つしかないな。いずれボイエットが姿を見せるかもしれないし」

「またなにかわかったら、そのつど教えて」

ついでキースは検事局のマシュー・バーンズに電話をかけて、予定が遅れていることを告げた。最初マシューはボイエットと会って証言をビデオに撮影する件には気乗りしないようすだったが、結局は折れてくれた。さらにボイエットの証言をみずからきいて、その内容が事実どおりであると信じられる場合にかぎっては、テキサスに一、二本の電話をかけてもいい、とまでいっていた。しかしボイエットが姿をくらました話を耳にしたいま、マシューは失望したようすだった。

キースはまた、ドンテ・ドラム支持のウェブサイトにアクセスして更新記事の有無を確かめた。月曜日の朝からこっち、起きているあいだは一時間に一回はこうしてアクセスしていた。そのあとファイリングキャビネットに歩みより、昔の説教の原稿をおさめたファイルをとりだすと、あらためてデイナに内線電話をかけた。しかしデイナは若い女たちとコーヒーを飲んでいるところだった。

午前十時半きっかりに、キースはロビー・フラックの法律事務所に電話をかけた。電話に出た若い女性は、ミスター・フラックはいま不在だといってよこした。キースは事情はわかるといったのち、自分はきのうの火曜日にも事務所に電話をかけて番号もメッセージに残したが、返事をもらっていないと話した。

「というのも、ぼくはニコル・ヤーバーが殺害された件で情報をつかんでいるんです」キースはいった。

「どのような情報ですか？」女性はそうたずねた。

「それについては、ミスター・フラックに直接お話しするしかありません」キースはきっぱりといった。

「わたしからミスター・フラックにメッセージをお伝えします」相手の女性も、おなじくきっぱりといった。

「お願いです。ぼくは決して頭の変な人間ではない。とにかく重要な件なんです」

「わかりました。お電話ありがとうございます」

キースはついに、守秘義務を破ることを決意した。その結果、考えられる今後の展開は以下の二通りだ。まずボイエットが損害賠償を求めてキースを訴えるかもしれない、しかし、もうその心配はしていなかった。将来、裁判沙汰《ざた》が起こったとしても、脳腫瘍が解決してくれる。またなんらかの理由で生きのびたにしても、ボイエットにはキースが守秘義務を破ったことでどのような損害をこうむったかを立証する必要がある。キースには法律知識がないも同然だったが、あのような卑《いや》しむべき男に同情する判事や陪審は世界じゅうさがしてもいないにちがいない。

もうひとつ予想できる展開といえば、教会本部からなんらかの懲戒処分を受けることだった。しかし現実に照らしあわせれば——とりわけ、ルーテル派のこの地区の教会会議がリベラル派寄りの傾向をそなえている点に照らせば——軽い処分以上のお仕置きをされるとは思えなかった。

知ったことか——キースはひとりごとをいった。全部話してやろう。

そこでキースは、ロビー・フラックあてのメールを書きはじめた。自己紹介をし、連絡先として考えられるかぎりの電話番号と住所を列挙した。ついで、かつて——それもニコルが行方不明になった当時——スローンに住んでいたことがあり、いまは仮釈放中のある匿名《とくめい》の男と出会ったいきさつを書き記した。この仮釈放中の男には多数の凶悪犯罪の前科があり、スローンでも逮捕されて投獄された経験をもっているし、自分はその話が事実であることをすでに確かめた。そしてこの男はニコル・ヤーバーを強姦して殺害したことを認めたばかりか、詳細な話を多々きかせてくれた。ニコルの遺体は、この仮釈放中の男が少年時代を過ごしたミズーリ州ジョプリンの南の山中に埋められているという。遺体を発見できる人間は、この仮釈放中の男以外にいない。お願いだから電話をかけてほしい。キース・シュローダー。

一時間後、キースはオフィスから出て、ふたたび車で〈アンカーハウス〉にむかった。だれもボイエットを見かけていなかった。ついでダウンタウンに車を走らせ、きょうもマシュー・バーンズとふたりで簡単な昼食をとった。多少の話しあいののちにキースが若干の甘言を弄《ろう》すると、マシューは携帯をとりだしてロビー・フラックの法律事務所に電話をかけた。マシューがこう話しているのが、キースにもきこえた。

「もしもし、こちらはマシュー・バーンズといって、カンザス州トピーカの検察官だ。ミスター・ロビー・フラックに話をしたいのだが」

ミスター・フラックは多忙だった。

「じつはわたしは、ドンテ・ドラム事件について多少の情報を把握している——とりわけ、真犯人の身元についての情報をね」

これでもまだミスター・フラックは多忙だった。マシューは携帯電話の番号と自分のオフィスの番号を伝え、電話に出た受付係にトピーカ市の公式サイトやトピーカ市法曹協会のウェブサイトを参照して、自分の身分を確認することをすすめた。受付係はその言葉に従うと答えた。

「わたしは変人のたぐいではない。わかったね？　お願いだから、大至急ミスター・フラックからの電話が欲しい。では、失礼」

ふたりは昼食をおえ、テキサスから電話がありしだい教えあうことを約束した。車で教会に引き返しながら、キースはこうして力を貸してくれる友人が——この場合には法律家が——いてよかったとの思いを噛《か》みしめていた。

正午にはスローン市内のダウンタウンの道路はバリケードで封鎖され、車は迂回《うかい》を求められた。裁判所周辺のいたるところに教会のバスやヴァンが二重駐車をしていたが、警官は違反チケットを切らずに黙認していた。警官たちにはその場にいることを周囲に示して治安を守り、なにはともあれ、だれかを挑発するような行動はぜったいにとるな、と命令されていた。人々は感情を昂《たか》ぶらせていた。一触即発の雰囲気だった。周囲の商店はあらかた早めに店じまいし、白人の大半はこのあたりから姿を消していた。

あつまっている人々は全員が黒人で、しかもその数は刻々と増えていた。スローン・ハイスクールの生徒たちが数百人も学校をサボって集団でやってきたばかりか、早くも騒々しく自分たちの主張を他人にきかせたがっていた。工場労働者たちが弁当持参でやってきて、裁判所の芝生をうろつきながら昼食をとっていた。新聞記者たちは写真を撮影し、メモを走り書きしていた。スローンとタイラー、それぞれの街のテレビ局の撮影クルーは裁判所の正面階段につくられた仮設の演壇のすぐ前にあつまっていた。十二時十五分になると、全米有色人種地位向上協会の地元支部の支部長をつとめているオスカー・ベッツが登壇してマイクロフォンに近づき、あつまった人々にひとこと礼を述べ、すぐ本題にとりかかった。ベッツはドンテ・ドラムは無実だと断言し、ドンテの処刑は司法によるリンチ以外のなにものでもないと非難した。また痛烈きわまる非難の言葉を警察に容赦なく浴びせかけ、警察を〝人種差別主義者〟であり、〝無実の人間を殺そうという一念にこり固まっている〟と形容した。返す刀でベッツは、陪審の全員が白人になることを看過し、その陪審に無実の黒人を裁かせた司法制度をあざけり笑った。ベッツは衝動をこらえきれず、聴衆にむかってこんな問いかけを発した。

「検事が判事と寝ていて、はたして公平な裁判が期待できるのか？」……「おまけに上訴裁判所は、問題なかったと裁定をくだした！」……「そんなことが起こるのはテキサスだけだ！」

ベッツは死刑を州の恥だと述べた——そもそも時代遅れの復讐《ふくしゅう》の手段であり、犯罪の抑止力にならないばかりか、公平な運用もなされておらず、あらゆる文明国家がすでに廃止している刑罰だ。ほぼ一センテンスごとに拍手喝采《かっさい》の声があがり、聴衆はしだいに騒がしくなってきた。ベッツは裁判所に、この狂気の愚行をいますぐやめるよう呼びかけた。また、テキサス州の恩赦・仮釈放審査委員会を嘲弄《ちょうろう》した。州知事を、死刑をとめさせる勇気のない腰ぬけだと断じた。また、このまま州が無実の黒人男性の処刑を強行するのなら、スローンやテキサス州東部はいうにおよばず、おそらくは全国に不穏な空気が広がるだろう、と警告した。

人々の感情を煽《あお》りたてて緊張を高める点で、ベッツは名人芸を遺憾なく発揮した。やがてベッツは演説の調子をやわらげると同時に話題を変え、あつまった人々に冷静な行動を呼びかけると同時に、きょうとあしたの夜には外出を控えるように要請した。「暴力に訴えても、われわれに得るところはない」ベッツはそう懇願した。演説をおえると、ベッツはドラム一家がもう二十年の長きにわたって通っている教会、ベセル・アフリカン・メソジスト教会のジョニー・キャンティ牧師を紹介した。キャンティ牧師はまず、一家からのメッセージを紹介した。一家の人々はみなさんの支援に深く感謝している。一家はいまもみずからの信念をいだきつづけ、奇跡の到来を祈っている。またロバータ・ドラムは、それなりに元気でやっているとのこと。あしたは死刑囚舎房を訪れて、そのままますべてがおわるまで滞在予定。つづいてキャンティ牧師は一同の静粛を求め、長く雄弁な祈りにとりかかり、まず被害者ニコル・ヤーバーの遺族への同情を求めた。ニコルの家族は、なんの罪もない子どもの死という悪夢を強いられた。その意味では、ドラム家と変わらない。キャンティ牧師はつづけて、あらゆる人間に生命と永遠の約束という贈り物をさずけてくれた神に感謝を述べた。法をつくったことでも、神に感謝を捧《ささ》げた。神がつくった法のなかでも、その基盤をなすもっとも重要な法が十戒であり、そのひとつが「汝《なんじ》殺すなかれ」という禁令だ。キヤンティは〝ほかのキリスト教徒たち〟、すなわちおなじ聖書を信奉しながらも内容を曲解しているばかりか、他人を殺す道具として聖書を悪用している人々のためにも祈った。

「彼らをお赦《ゆる》しください。彼らは自分たちがなにをしているかを知らないのです」

キャンティはこの祈りをかなり前から準備していた。いまもゆっくりと、完璧《かんぺき》なタイミングで、しかも原稿をいっさい見ないで祈りをとなえていた。聴衆はハミングし、体を揺らしてききいり、祈りのおわりもいっこうに見えぬまま牧師にうながされると、いっせいに「アーメン」ととなえた。祈りというよりは演説であり、キャンティはこの瞬間がもたらす滋味を味わっていた。正義を求める祈りののちは、平和を求める祈りだった。といっても、暴力を避けるという意味での平和を求めたのではない。記録的な人数の若い黒人男性が刑務所に収容されている社会、処刑される若い黒人男性がほかの人種の若い男性よりも圧倒的に多い社会、黒人による犯罪は、中身がおなじでも白人による犯罪よりもはるかに悪質だと断じられる社会では、いまなお見いだされていない種類の平和だ。キャンティはさらに慈悲と赦しと力を乞《こ》う祈りを捧げた。おおかたの聖職者の例に洩《も》れず、キャンティ牧師も切り上げ時を逸したまま話しつづけ、聴衆の関心をうしないはじめていた。しかし牧師は、ふたたび人々の関心を引き寄せた――ドンテのための祈りを、〝われらが迫害されているブラザー〟、九年前にいきなり家族から引き離され、それ以来だれも生きて出られたことのない〝この世の地獄〟に投げこまれたままの若者のための祈りを捧げはじめたからだ。家族も友人もいない九年間、檻《おり》に閉じこめられたけもののように獄につながれたままの九年間。身に覚えのない罪で刑務所に閉じこめられていた九年間。

エライアス・ヘンリー判事は、裁判所三階にある小さな法律図書館の窓から、そのようすをながめ、演説をきいていた。牧師の祈りのあいだ群衆は秩序をたもっていたが、不穏なことに変わりはなく、ヘンリー判事は憂慮していた。

スローンでは、もう何十年も人種間の不和が問題になったことはなかったし、ヘンリー判事はその功績のほとんどが自分に帰するものだと思っていた――ただし他人の前でそう口にしたことはない。五十年ばかり前、請求書の支払にも苦労する貧乏暮らしを送っていた若き法律家のヘンリーは、アルバイトとしてスローン・デイリーニューズ紙に記事や論評を書いていた。当時この週刊新聞は大いに景気がよく、だれもが読んでいた。いまでは読者数が激減して、経営は青息吐息だ。そしてこの新聞は、一九六〇年代初頭のテキサス州東部において、人口のかなりの部分が黒人であるという現実を正面から見すえている唯一《ゆいいつ》の新聞でもあった。エライアス・ヘンリーは黒人のスポーツチームや黒人の歴史にまつわる記事をおりおりに寄稿した。記事は決して好意的にうけとめられてはいなかったが、おおっぴらに糾弾されることもなかった。しかしヘンリーが書いた社説は、白人層を苛立《いらだ》たせた。ヘンリーは一般の人にもわかる言葉で、〈ブラウン対教育委員会事件〉で連邦最高裁がくだした判決――公立学校における黒人差別を禁止した判決――の意味をわかりやすく説明し、スローンとチェスター郡の公立学校が白人と黒人を別学としていることを批判した。スローン・デイリーニューズ紙は――ヘンリーの影響力がしだいに強まり、オーナーの健康状態は次第に悪化していくなかで――黒人の選挙権を支持、さらには人種間の給与格差の撤廃や、住宅の売買や賃借における人種差別の撤廃を主張するという大胆な立場をとっていった。ヘンリーの主張には説得力があり、確固とした論拠があって、記事を読んだ人々はみなヘンリーが自分たちよりも賢明だと認めざるをえなかった。ヘンリーは一九六六年に新聞社を買いとり、そののち十年間にわたって会社のオーナーをつとめた。同時にヘンリーは卓越した法律家にして政治家となり、地域社会のリーダー的存在になっていった。白人の大半はヘンリーの意見に反対だったが、おおっぴらに反論してくる者はいなかった。連邦最高裁判所の判決という銃をつきつけられて、ようやく公立学校における分離措置が撤廃されるころには、何年にもわたるエライアス・ヘンリーによる巧妙な世論誘導のおかげで、スローンの白人たちの抵抗心はかなりやわらげられていた。

　選挙で判事にえらばれたのちも、ヘンリーは新聞を売りつづけ、高い地位をたもちつづけた。その地位からヘンリーは静かに、しかし決然とした姿勢で、暴力的な者には断固たる態度をとり、指導を必要としている者には厳格に接し、いま一度のチャンスを必要とする者には同情をもって接することで知られる司法制度を指揮していった。選挙でヴィヴィアン・グレイルに敗北したときには、ヘンリーは神経をやられてしまった。

　ヘンリーが目を光らせていれば、ドンテ・ドラムに有罪判決がくだされることはなかったはずだ。そもそも逮捕された時点ですぐ事実をつかんでいただろう。さらには自白の内容や調書をとりまく情況を精査し、ポール・コーフィー地区首席検事を非公式の会談に招き、鍵《かぎ》のかかった部屋でふたりだけになったら、検察側の主張は腐りきっていると申しわたしたはずだ。自白調書そのものが、救いがたいほどの憲法違反だ。陪審の目にふれさせてはならない。捜査をつづけろ、コーフィー、きみたちはまだ殺人の真犯人を見つけていないぞ。

そしていまヘンリー判事は、裁判所前にぎっしりと詰めかけている大群衆を見わたした。取材陣以外、白人の顔はひとつたりとも見つからなかった。怒れる黒人集団。白人たちは姿を隠して、この黒人たちに同情してはいない。自分の街がまっぷたつに割れている。こんな光景を見るとは夢にも思っていなかった。

「神よ、われらを助けたまえ」ヘンリーは低くひとりごとをつぶやいた。

次に演壇に立ったのは、ハイスクールの四年生で生徒会の副会長をつとめるパロマー・リードだった。パロマーは、まず定石の死刑批判からスピーチをはじめ、専門的かつ激しい調子で極刑としての死刑を――テキサス州の死刑を中心に――攻撃していった。演説に慣れた者のような劇的効果こそ欠けていたが、パロマーのスピーチは聴衆をとらえた。しかもパロマーは、劇的表現の天才的な勘をそなえていることをたちまち実証した。まず用意した紙を見ながら、スローン・ハイスクールのフットボール・チームに所属する黒人選手の名前を読みあげた。名前を呼ばれた選手は早足で演壇に近づき、階段のいちばん上に横ならびになっていった。全員がスローン・ウォリアーズのロイヤルブルーのユニフォーム姿だった。二十八人の選手が肩を寄せあってぎっしりならぶと、パロマーは衝撃的な発言をした。

「いまここに立っている選手たちは、ブラザーであるドンテ・ドラムと心をひとつにしています。ドンテはスローン・ウォリアーズの一員です。アフリカ人の戦士《ウォリアー》です。この街とこの郡、そしてこの州の人々があしたの夜ドンテ・ドラムを処刑するために、不法かつ憲法違反の努力をこの先も継続するのであれば、ここにならんだ戦士たちは金曜の夜に予定されているロングヴュー校との試合に出場しません」

群衆は一斉に大歓声をあげた。その声が裁判所の窓ガラスをびりびりと振動させた。パロマーが選手たちに目をむけた。この合図をうけとるなり、二十八人の選手はいっせいにジャージの裾《すそ》に手をかけて手早く脱ぎ去り、足もとに投げ落とした。選手全員がジャージの下におなじ白いTシャツを着ていた。Tシャツには、見まちがえようのないドンテの顔がプリントされており、その下には目だつ太い文字でひとこと、**《無実》**と書かれていた。選手たちは肩をいからせ、両の拳《こぶし》を突きあげた。聴衆は賞賛の声を彼らに浴びせた。

「あしたの授業もボイコットするぞ！」パロマーはマイクにむかって声をはりあげた。

「金曜日の授業もだ！
金曜夜のフットボール試合もなくなるぞ！」

集会のもようは地元テレビ局を通じて中継され、スローン在住の白人のほぼ全員がテレビにかじりついて見ていた。銀行や学校や自宅やオフィスで、声を殺したおなじような会話がきこえていた。

「いくらなんでも、あいつらにあんなことはできないだろう？」

「できるに決まってる。どうやってとめればいい？」

「連中はやりすぎだ」

「いや、やりすぎたのはおれたちだよ」

「じゃ、あいつは無実だと思ってるのか？」

「はっきりはわからん。わかるやつはいない。問題はそこだ。疑いの余地がたくさんあるってことが」

「あいつは自白したぞ」

「死体が見つかってない」

「せめてあと数日、執行停止だかなんだかで先延ばしにしてくれないかな」

「どうして？」

「フットボールのシーズンがおわるまで待っていてほしいんだよ」

「それよりは暴動が起こらないことを願うね」

「暴動を起こせば、連中はみんな起訴されるさ」

「あてにしないほうがいい」

「街が爆発するぞ」

「あんな連中はチームから蹴《け》りだせ」

「なにさまだと思ってるんだ、試合に出ないといいだすなんてな」

「試合に出られる白人選手が四十人もいるんだぞ」

「ああ、そのとおり」

「コーチがあいつらをチームから蹴りだせばいいんだよ」

「連中が学校をサボったら逮捕しちまえ」

「名案だね。充満したガスに点火するようなものだ」

ハイスクールでは、フットボールのコーチが校長室でテレビ中継を見ていた。コーチは白人、校長は黒人。ともにテレビの画面を見つめたきり、無言だった。

裁判所からメイン・ストリートを三ブロックいったところの警察署では、ジョー・ラドフォード署長が副署長とともにテレビを見ていた。所属する制服警官は総勢四十余名。そのうちの三十名が、不安を感じながら集会の場をとりまいて見まもっていた。

「死刑は執行されるんだろうね？」副署長がたずねた。

「わたしの知るかぎりは」ラドフォード署長は答えた。「一時間前にポール・コーフィーと話をしたんだが、執行されるだろうという意見だった」

「応援要員が必要になるかもしれないね」

「まさか。まあ、二、三人は石を投げるだろうが、その程度でおわるはずさ」

ポール・コーフィーはデスクでサンドイッチとチップスを食べながら、ひとり中継を見ていた。裁判所の裏手から二ブロック離れたオフィスからは、群衆のどよめきをきくことができた。コーフィーにとってこうしたデモ行動は、権利章典を重んじる国ならではの必要悪だった。人々には――もちろん許可を得たうえで――自由に集会をひらいて、おのれの感情を表明する権利がある。そういった権利を守っている法律が、司法の秩序ある動きを御《ぎょ》してもいるのだ。コーフィーの仕事は犯罪者たちを訴追し、有罪の者を追いはらうことである。それが由々しき犯罪である場合には、州の法律にのっとって復讐《ふくしゅう》を要求し、死刑の求刑が求められる身だ。ドラム裁判でコーフィーがやったのは、つまりはそういうことである。みずからの決断や法廷でとった戦略にも、ドラムが有罪とされたことにも後悔や疑念はなかったし、一片の不安も感じてはいなかった。コーフィーの仕事は、上訴裁判所の経験豊富な判事たちによって何度も何度も検証されてきた。何十人もの学識ゆたかな法律家がドラム裁判におけるすべての発言を一語残らず精読して、有罪判決を肯定してくれたのだ。その意味でコーフィーは自信をもっていた。ヴィヴィアン・グレイル判事と関係を結んだことや、ふたりの不倫が引き起こした苦しみや不面目こそ悔やまれるものの、判事の裁定の数々が正しかったことには疑いひとついだいていなかった。

　グレイル判事が恋しかった。ふたりのロマンスは、当然の結果ともいうべき負の反応すべての重みで押しつぶされた。グレイル判事は街から逃げ、あらゆる連絡をこばんでいた。コーフィーの検事としてのキャリアもまもなくおわる。恥をさらして検事局を去ることを認めるのはたまらなく癪《しゃく》だった。しかし、ドンテ・ドラムの死刑執行は自分のクライマックスになる――みずからの正しさが証明される輝かしい瞬間だ。スローンの住民たちからも――少なくとも白人住民からは――賞賛されるだろう。

　あすはコーフィーにとって、人生最良の一日になるはずだった。

〈フラック法律事務所〉の面々は、主会議室にある大画面テレビで抗議集会の中継を見まもっていた。ようやく中継がおわると、ロビーは半分のサンドイッチとダイエットコーラを手にして自分のオフィスに引っこんだ。デスクの中央に、受付係が十枚ほどの電話メッセージのメモを丁寧にならべていた。なかでも、トピーカからの電話に注意を引かれた。なにか響くものを感じたのだ。ロビーはサンドイッチを無視して受話器をとりあげ、キース・シュローダー牧師の携帯電話の番号を押しはじめた。

「キース・シュローダーと話がしたい」電話が通じて、相手の挨拶《あいさつ》の声がきこえると、ロビーはそういった。

「わたしです」

「こちらはロビー・フラック、テキサス州スローンの弁護士だ。そちらからメッセージをいただいてね。そういえば、数時間ほど前にメールも拝見したように思う」

「ええ、お電話ありがとうございます、ミスター・フラック」

「ただロビーと呼んでくれ」

「オーケイ。では、こちらのことはキースと」

「わかった。で、死体はどこにあるんだ？」

「ミズーリです」

「あいにく時間を無駄にできる身ではないんだよ。この電話も、完璧《かんぺき》な時間の無駄ではないかという気がしてならないんだ」

「そうかもしれません。とりあえず五分だけ時間をください」

「手短に頼む」

キースはひととおり事実を述べていった——匿名《とくめい》の仮釈放者との出会い、人物情報の調査、問題の男の犯罪歴、現在の深刻な病状など、さえぎられることのない五分という時間に詰めこめるかぎりの情報を詰めこんで話した。

「そちらは守秘義務を破ることを気にかけてはいないようだ」ロビーはいった。

「気にかからないといえば嘘《うそ》になりますが、あまりにも重大な件ですのでね。それに、ぼくはまだこの男の名前を明かしていません」

「いま、その男はどこに？」

「ゆうべは病院にいましたが、けさ勝手に退院して、それ以来なんの連絡もありません。ただし、施設には午後六時までにもどる決まりなので、その時間に向こうに行って会うつもりです」

「その男は性犯罪で有罪判決を受けたことが四回あるという話だったね？」

「少なくとも四回です」

「牧師さん、この男には信用性がまったくない。だから、なにもできないな。とにかく材料がゼロだ。わかってほしいが、こういった死刑の執行が近づくと、どこからともなく頭のおかしい連中が湧《わ》いて出てくるんだよ。先週だけでも、ふたりの変人があらわれた。ひとりめは、ニコルがいま住んでいる場所を教えるといってきた——ちなみにニコルはいま、ストリッパーになっているらしい。もうひとりは、悪魔崇拝の儀式でニコルを殺害したと主張していた。ただし死体の所在は不明だそうだ。ひとりめの変人は多少の金を要求し、ふたりめはアリゾナの刑務所からの釈放を求めてきた。それにどこの裁判所も、死刑執行のまぎわになってからのこの手の空想話をいやがるものでね」

「この男は、ニコルの遺体をミズーリ州ジョプリンの南の山中に埋めたと話しています。ジョプリンは、この男が生まれ育った土地です」

「遺体発見には、どのくらいの時間がかかる？」

「わかりません」

「頼むよ、キース。わたしがつかえる材料が欲しい」

「この男はニコルのクラスリングをもっていました。ぼくがこの目で見て、触れて、調べました。《ＳＨＳ１９９９》という文字と、ニコルの頭文字の《ＡＮＹ》が刻まれていました。青い石が嵌《は》まっていて、サイズは十二号くらいです」

「それはいい。気にいった。その指輪はいまどこに？」

「いまもその男の首にかかっていると思います」

「で、男のいまの居場所はわからないんだね？」

「ああ、はい。現時点でいえば、男の居場所はわかりません」

「マシュー・バーンズというのは何者かな？」

「わたしの友人の検察官です」

「ともあれ、気にかけてもらったことには感謝するよ。そちらは電話を二回、メールを一通送ってくれたうえに、友人にも頼んで電話をかけてもらっている。たいへんありがたく思う。ただ、いまわたしはかなり多忙な身でね。頼むから、これ以上の連絡は控えてくれ」

ロビーは受話器をもどしながら、同時にサンドイッチに手を伸ばした。

14

ギル・ニュートンはテキサス州知事になってすでに五年、有権者を対象とした各種の世論調査では人もうらやむ高い支持率が出ていたが、自分が当然だと考えている支持率からすると、まだまだ低い数字としか思えなかった。出身はテキサス州南部のラレド。ニュートンは、かつて保安官をつとめていた祖父が所有する牧場屋敷で育てられた。そののち自分で学費を稼ぎつつ大学とロースクールを卒業した。どこの法律事務所からも勧誘の声がかからなかったので、エルパソで検事補の職についた。そして二十九歳のとき、選挙で州の地区首席検事に選出され、これがその後いくたびも成功をおさめた選挙の皮切りになった。選挙で負けたことは一回もなかった。四十歳のときには、五人の男を死刑囚舎房送りにした。のちに州知事として、そのうちふたりの処刑に立ちあったときには、起訴の責任者である以上、その死を見とどけるのが自分の義務だと説明した。完全な記録が残っているわけではないが、現職の州知事が処刑に立ちあったのはニュートンが初めてだと広く信じられていた。現代にかぎっていえば、これは事実だった。インタビューでニュートンは、処刑に立ちあうことで終結感が得られると語っていた。

「被害者たちのことを思い出します」ニュートンはそう語っていた。「わたしはいつも被害者のことを思っています。どれもみな、恐るべき犯罪なのです」

ニュートンがインタビューの機会をみずから見おくることはめったになかった。傲岸不遜《ごうがんふそん》な性格であり、(私生活では) 好色なニュートンは、反政府的なレトリックや揺らがぬ信念、決して謝罪しない問題発言の数々、そしてなによりテキサスとテキサス州の独立不羈《ふき》の歴史を愛している点で、大衆の人気を勝ちえていた。投票者のかなりの部分が、ニュートン本人と同様に死刑を熱く支持してもいた。

二期めの、つまり最後の任期を確実に手中におさめたニュートンは、早くもテキサスの州境よりも先を視界に入れつつ、もっと大きな舞台やもっとスケールの大きなことを夢想しはじめていた。そう、自分は必要とされている人材だ。

水曜日の夕方、ニュートンはふたりの側近と顔をあわせた。どちらもロースクール時代からの旧友で、重大な政治的決断にあたっては毎回助力してくれたばかりか、それほど重大な決断ではない場合も、おおむね知恵を貸してくれた。ウェイン・ウォルコットは顧問弁護士――いや、本人の便箋《びんせん》のレターヘッドを引用すれば〝首席法務顧問〟――だった。バリー・リングフィールドはスポークスマン、あるいは〝広報責任者〟である。オースティンでの大過ない一日であれば、三人は午後五時十五分きっかりに州知事室にあつまる。上着を脱ぎ、秘書たちを帰し、ドアに鍵《かぎ》をかけ、五時半を合図にバーボンをグラスにそそぐ。それから三人はおもむろに本題にとりかかった。

「ドラムがらみの件で、あしたは面倒な事態になりそうだな」リングフィールドが話していた。「黒人が怒っているし、あしたは州内の全域でデモ行動が予定されているよ」

「どこで？」ニュートン州知事がたずねた。

「まずは、ここだ。議事堂の南の芝生だね。噂《うわさ》の域を出ないが、ジェレマイア・メイズ牧師が高級自家用ジェット機をわざわざ飛ばして、州民感情をぞんぶんに煽《あお》りたてにやってくるらしい」

「それはいい話だ」ニュートンはいった。

「執行延期の請願書が提出され、記録にとどめられているな」ウォルコットが書類を見ながら話した。グラスからひと口。そのたびにバーボン――銘柄は〈ノブクリーク〉――が、州の紋章の刻印があるウォーターフォード製のずっしりしたクリスタルグラスに注がれた。

「今回の死刑執行には、いつも以上の関心が寄せられているのはまちがいない」リングフィールドはいった。「電話や手紙やメールの量が多いからね」

「だれから電話があった？」州知事はたずねた。

「いつもの面々だよ。ローマ教皇。フランスの大統領。オランダ議会の議員ふたり。ケニア首相、ジミー・カーター、アムネスティ・インターナショナル、それにカリフォルニア州選出の大口野郎で、いまはワシントンで黒人市民権運動の代表をしている議員。とにかく、たくさんの電話がかかってる」

「とりたてて重要な人物は？」

「いや、ひとりもいない。ただチェスター郡の巡回裁判所のエライアス・ヘンリー判事が電話を二回よこして、そのあとメールを一通送ってきてる。執行延期に賛成で、陪審評決に深刻な疑念をいだかざるをえない、といってるな。ただしスローンからきこえてくる雑音の大半は、今回の死刑に賛成する威勢のいいかけ声だ。連中はドラムが有罪だと思ってる。スローン市長からも電話があって、あしたの夜スローンで騒ぎが起こるのではないかと心配なので、ひょっとしたらわれわれに支援を仰ぐかもしれないという話だった」

「州軍出動の要請ということか？」ニュートン州知事はいった。

「たぶんね」

「それもいい話だ」

三人全員がグラスに口をつけた。州知事はリングフィールドに目をむけた。この男はただのスポークスマンではない。ニュートンにとってはもっとも信頼できる——そしてもっとも悪知恵のまわる——参謀役だった。「なにか腹案があるのかね？」

リングフィールドには、つねに腹案があった。「もちろん。しかし、いまはまだ作成中でね。あしたの抗議集会に期待している——それもジェレマイア牧師が火をつけてくれる事態を。多数の参加者。アフリカ系の連中がどっさりあつまる。まさに一触即発の雰囲気。そんななかであんたが演壇にあがって群衆をにらみおろし、この州における司法の秩序ある流れだのなんだの、その手のお決まりの言葉を階段の上からならべる。カメラがまわっている……聴衆はブーイングをあげ、わめき、なかには石を投げてくる者もいるかもしれない。まさにそのなかで、あんたは死刑執行の延期要請を拒否すると発表する。聴衆は大噴火、あんたはすばやくその場を逃げる。勇気がなければできないことだが、はかりしれない価値があるね」

「そりゃすごい」ニュートンはいった。

ウォルコットにいたっては、笑い声をあげていた。

リングフィールドがつづけた。「あの男が処刑されてから三時間しかたっていなくても、朝刊の一面は怒れる黒人の暴徒に占拠される。念のためにいっておけば、黒人有権者であんたに投票したのは四パーセント。四パーセントだ」間をおいて、バーボンをひと口。しかし、話はおわったわけではなかった。「州軍の件も気にいったよ。午後の遅い時間に――ただし死刑執行よりも前に――緊急記者会見をひらいて、スローンでの騒擾《そうじょう》鎮圧のために州軍の派遣を決定したと発表したらいい」

「チェスター郡でのわたしの得票率は？」

「七十一パーセント、ギル。あっちの連中はあんたが大好きだ。州軍を派遣することで、あんたは向こうの住民を保護できるわけさ」

「しかし、州軍が必要かな？」ウォルコットはいった。「万一こちらの過剰反応となったら、不首尾におわる可能性もあるぞ」

「事態は流動的だ。慎重に推移を見まもって、決定はあとでくだせばいい」

「よし、そうしよう」州知事がいい、これで決定がくだされた。「土壇場《どたんば》で、裁判所が執行停止命令を出す可能性は？」

ウォルコットが州知事のデスクに書類を投げ落とした。「それはなさそうだね。きょうの朝、ドラムの弁護士から請願書が提出された――ドラムが正気をうしなっていて、これから起こる事の重大さを認識できない状態だと主張してる。たわごともいいところだ。一時間前に州司法省のベイカーと電話で話をしたが、向こうも執行をさまたげる障害物はないという意見だったよ。ずらりと青信号がならんでるんだな」

「さぞや楽しいことになるな」州知事はいった。

リーヴァのたっての願い――というよりも強い主張――をうけて、ファースト・バプテスト教会で水曜の夜にひらかれるはずだった夜の祈りのつどいは中止になった。このつどいが中止になったことは、教会の歴史をさかのぼっても過去に三回しかない。一回は着氷性暴風雨《アイスストーム》のとき、一回は竜巻のとき、そしてもう一回は停電のときだ。教会のロニー牧師は中止の語をつかうに忍びなかったので、祈りのつどいはあっさりと〝徹夜の祈り〟と名前をつけなおされ、会場が〝変更〟された。天気もこれに協力した。空は晴れわたり、気温は摂氏二十度に近かった。

一同は日没の時刻に、予約していた州立ラッシュポイント公園の四阿《あずまや》に集合した。レッド川の川べりにあるここは、ニコルに精いっぱい近づける場所でもあった。四阿は、眼下に川をのぞむ小さな崖《がけ》の上にあり、百メートルばかり先には川の水位によって見え隠れする砂州があった。ニコルのスポーツクラブの会員証と学生証が見つかった現場だ。ニコルを愛していた人たちにとって、ここはもうずいぶん前からニコルが最後に眠っている地とされていた。

リーヴァはこれまでもラッシュポイントに足しげく通い、そのたびにスローンで連絡のつくマスメディアにはかならずその旨《むね》を連絡していた。しかし何年もたつうちに、地元メディアはしだいに関心をうしなった。毎年ニコルの誕生日とニコルが行方不明になった十二月四日には欠かさずやってきていたが、リーヴァがひとりで——ときには夫のウォリスだけをしたがえて——足を運ぶことも珍しくなかった。しかし、今回の〝徹夜の祈り〟は、まったくようすがちがった。祝うべきことがあったからだ。

〈フォーダイス——突撃取材！〉は、一台の小型カメラを用意したふたりの撮影スタッフを派遣してきた——この二日間、リーヴァとその疲れきった夫ウォリスにつきまとって密着取材をしていたふたりだった。さらにふたつのテレビ局の撮影スタッフと、五、六人の活字メディアの記者がやってきていた。多大な注目を浴びて教会の信者たちの意気はあがり、ロニー牧師はこれほど大勢が出席したことを喜んでいた。故郷の町から六十五キロほども離れているのに！

太陽の光が翳《かげ》りゆくなかで、一同は讃美《さんび》歌《か》をいくつか歌い、小さなキャンドルに火をともしてまわしあった。最前列のリーヴァは、たえまなく嗚咽《おえつ》の声を洩《も》らしつづけていた。ロニー牧師は誘惑にこらえきれずに説教をはじめた。急いで帰りたがる信徒もいなかった。牧師は正義について長々と話し、法律を遵守《じゅんしゅ》する市民として生きるべしという神の定めを支持する手紙が、洪水のように寄せられることを期待した。

教会執事たちによる祈りが捧《ささ》げられ、ニコルの友人たちによる感謝の言葉があり、さらにはウォリスまでもが——あばらを肘《ひじ》でつつかれてようやく——立ちあがり、短い挨拶《あいさつ》を口にした。そしてロニー牧師が同情と慈悲と力をもとめる冗長な願いの言葉を口にして、この場をしめくくった。牧師は、死刑執行という試練を耐えぬこうとしているリーヴァとウォリスとその家族が最後の道のりを歩むあいだ、どうかそのかたわらに寄りそってくれと神に頼んだ。

一同は四阿をあとにして沈鬱《ちんうつ》な雰囲気で行列をつくり、この日のためにつくられた川べりの祭壇にむかった。参列者たちが、白い十字架の根もとに花をたむけた。ひざまずいて、ふたたび祈りを捧げる者もいた。だれもがたっぷりと泣いていた。

水曜日の午後六時、キース・シュローダー牧師は今度こそトラヴィス・ボイエットの首に縄をかけて逃げられないようにし、こんこんと本気で諭してやろうという決意をみなぎらせて、〈アンカーハウス〉の玄関をくぐった。死刑執行はきっかり二十四時間後。執行をとめるためなら、なんでもする気がまえだった。どこからどう見ても不可能事に思えたが、少なくとも努力はするつもりだった。セント・マークス教会の水曜の夜恒例の夕食会は、牧師助手が仕切っていた。

　ボイエットは駆引きをしているか、あるいはすでに死んでいるのかもしれない。昼間、保護観察官のところに出頭することもなく、〈アンカーハウス〉でふたたび姿を見られてもいなかった。どちらも義務ではなかったが、ボイエットが姿を消したように思えることが不安でならなかった。ただし特段の許可がないかぎり、午後六時までに〈アンカーハウス〉に帰り、翌朝八時まで外出しないことは、ボイエットの義務だ。午後六時になっても、ボイエットは帰ってこなかった。キースはさらに一時間待ったが、それでも姿はいっこうに見えない。入口のデスクに詰めていたのはルーディという名前の元受刑者だった。そのルーディが低い声でキースにいった。「やつを見つけにいったほうがいいな」

「そういわれても、どこからさがせばいいのか見当もつかないよ」キースはそう答えてからルーディに携帯電話の番号を教え、まずあちこちの病院からさがしはじめた。時間をつぶすため、病院から病院へ移動するときには車をゆっくり走らせながら、ルーディからの連絡を待ち、杖《つえ》をついて足を引きずっている四十代の奇妙な白人男が見あたらないかと街路に目を走らせる。ダウンタウンのどの病院も、トラヴィス・ボイエットという患者を受け入れてはいなかった。バスターミナル周辺にも見あたらなかったし、川べりにたむろするアル中のホームレスと酒を飲んでもいなかった。午後九時、キースは〈アンカーハウス〉に引き返し、入口の受付デスクの椅子《いす》に腰をおろした。

「やつなら、もどってないよ」ルーディがいった。

「次はどうなる？」キースはたずねた。

「もし今夜遅くにでもここに帰ってくれば、きついお小言を食らうだけで水に流してもらえる。ただし、酒を飲んでいたりドラッグをやっていたりしたら、ちょっと面倒なことになるな。上の連中は、一回だけは大目に見てくれる。とはいえ、ひと晩じゅう外をほっつき歩いていたとなったら、仮釈放が取り消されて刑務所にもどされてもおかしくない。上の連中はかなり厳しいんだよ。ボイエットはなにをやらかした？」

「うまくいえないな。真実とのあいだに揉《も》めごとを起こしてね」

「その話はきいた。あんたの携帯の番号は教えてもらった。やつが帰ってきたら連絡しよう」

「ありがたい」キースはさらに三十分ほどとどまったのち、車で帰宅した。デイナがラザニヤを温め、ふたりは居間の小さなテーブルをはさんで夕食をとった。息子たちはすでに寝ていた。テレビは音を消してあった。ふたりはほとんど話をしなかった。もう三日のあいだ、ふたりの暮らしはトラヴィス・ボイエット一色に塗りつぶされている。ふたりとも、ボイエットにはいい加減うんざりしていた。

暗くなっても、鉄道の駅舎を改装したオフィスから引きあげたがっている者がひとりもいないことは明らかだった。やらなくてはいけない法律仕事はもうないも同然であり、この時間にドンテ・ドラムを助ける力になるような仕事の成果は、もはやひとつもなかった。テキサス州刑事上訴裁判所は、心神喪失を理由とする請願書への裁定をまだくだしていなかった。調査員のフレッド・プライアーはいまなお、ジョーイ・ギャンブルと酒を一、二杯飲んで話をききだす希望を捨てきれずにヒューストン郊外をうろついていたが、これは望み薄だった。今夜は、ドンテ・ドラムがこの世で過ごす最後の夜になっても不思議はない。そんなわけで、ドンテの弁護チームの面々はおたがいに慰めあうことを必要としていた。

ピザとビールの調達のために、カーロスが送りだされた。カーロスがもどってくると、会議室の細長いテーブルが食卓に転用された。そのあとでオリーがやってくると、ポーカーがはじまった。オリー・タフトンはスローンに数えるほどしかいない黒人弁護士のひとりであり、ロビー・フラックの親しい友人でもあった。オリーはボウリングのボールのような体形で、体重は百八十キロを越えているとつねづね公言しているが、なぜそんな自慢をするのかはさだかではない。騒々しく陽気、どんなものにも食欲旺盛《おうせい》な男だった——食べ物、ウイスキー、ポーカー、そして悲しむべきことにコカインにまで。危うく法曹資格を剝奪《はくだつ》されそうになったところを、ロビーが救出したことがこれまで二回ある。オリーが交通事故案件で稼ぐこともあるにはあったが、稼いだ金は決まってどこかに消えていた。オリーが部屋にいれば、やかましい声の大半の出どころになった。オリーはポーカーの仕切り役を買って出ると、カーロスをディーラーに指名してルールを制定し、最新の下品なジョークを飛ばしつつ、ビールをちびちび飲みながら冷めたピザをたいらげていった。ゲームに参加したのは連戦連勝のマーサ・ハンドラー、法律家補助職員のひとりであるボニー、それにいまもまだポーカーを恐れ、それ以上にオリーのことを恐れているクリスティ・ヒンジー、アルバイトで調査や使い走りの仕事をしているベン・シューツだった。

シューツは、壁に吊《つ》るしてあるジャケットに拳銃《けんじゅう》を忍ばせていた。ロビーは自分のオフィスに弾薬を装塡《そうてん》したショットガンを二挺《ちょう》用意していた。アーロン・レイはいついかなるときでも武器を帯びていたし、いまも静かに元駅舎のまわりを歩いては窓や駐車場に目を光らせていた。昼間、事務所に脅迫の電話が数件寄せられていたため、一同は万全の警戒体勢をとっていた。

ロビーはビールを手にしてオフィスにはいっていくと、ドアをあけはなしたまま、同棲《どうせい》しているパートナーのディーディーに電話をかけた。ディーディーは、迫りくる死刑執行のことなど気にとめずお気楽にもヨガのトレーニングの最中だった。ふたりが同棲をはじめてからすでに三年、ロビーはふたりに未来があるものとなかば本気で信じかけていた。ディーディーはロビーがオフィスでどんな仕事をしていようとも、まったく興味を示さない。ロビーにはこれがありがたかった。真実の愛を探し求めるロビーの過去の道筋には、ロビーとの生活がこの男の嗜好《しこう》に大きく傾いているという事実を受け入れられなかった女たちが点々と散らばっていた。いまの同棲相手は基本的にはわが道を行くタイプであり、ふたりの道がまじわるのはベッドだけだ。ディーディーは二十歳も年下、いまもロビーはこの女に首ったけだった。

ついでロビーはオースティンの新聞記者に電話をかけたが、紙面に引用されそうな発言は控えた。エライアス・ヘンリー判事にも電話をかけて、州知事に電話をしてくれた件の礼を述べた。おたがいの幸運を祈りあったが、ふたりともこれから二十四時間がこの先長いあいだ忘れられない時間になることを心得ていた。壁の時計の針は、九時十分のところに貼《は》りついてしまったかのようだった。ロビーはこの先も、九時十分という時刻を忘れられそうもなかった——というのも、ちょうどそのときアーロン・レイがオフィスにやってきて、こういったからだ。「ファースト・バプテスト教会が燃えてるぞ」

〈スローンの戦い〉の火蓋《ひぶた》が切られたのだ。

15

いつのまにか寝入ってしまったらしいが、キースにはその記憶はなかった。過去三日間はかなりの寝不足で生活時間もずいぶん不規則だったせいで、キースの毎日のスケジュールも生活のリズムも目茶苦茶になっていた。電話が鳴ったとき、キースは目をぱっちりと覚ましていたと主張したい気分だった。しかし最初に呼出音で目をさましたのは妻のデイナだったし、デイナは夫の体をつついて起こしてやらなくてはならなかった。キースは四回めか五回めの呼出音ののち、ようやく受話器をつかみあげ、眠気の残る声で「もしもし」といった。デイナがナイトスタンドをつけた。十一時四十分だった。ふたりがベッドにはいってから、まだ一時間もたっていなかった。

「やあ、牧師さん、おれだ、トラヴィスだよ」電話の声はいった。

「やあ、トラヴィス」キースは答えた。デイナがあわててバスローブに手を伸ばした。

キースはたずねた。「いまどこにいる？」

「ここ、トピーカだよ。ダウンタウンのどこか、〈アンカーハウス〉からも遠くない軽食堂《ダイナー》にいる」話しぶりはのろくさく、舌がもつれている。キースの頭に二番めか三番めに浮かんできたのは、ボイエットは酒を飲んでいる、という思いだった。

「どうして〈アンカーハウス〉に帰らない？」

「そんなことはどうだっていい。いいか、牧師さん、朝からなんにも食ってないんで腹ぺこなのに、目の前にあるのはコーヒー一杯だけ。文なしだからさ。空腹で死にそうだよ。なにか名案はあるかな？」

「酒を飲んでいたのか？」

「ビールを一、二杯だけさ。なに、酔っちゃいないさ」

「ビールにつかう金はあっても、食事の金はないのか」

「あんたと喧嘩《けんか》をするために電話をしたんじゃない。どうかな、おれに食べ物をおごっちゃくれないか？」

「いいとも。ただし、まず〈アンカーハウス〉に帰ってもらわなくては困る。あそこの人たちがきみを待っているんだ。ルーディに話をきいたが、今回のことは記録にとどめられるだけで、厳しく罰せられることはないそうだ。とりあえず食べるものを調達したら、ぼくがきみをいるべき場所に連れていこう」

「あそこにもどる気はないね、牧師さん。あしからず。いいか、おれはテキサスに行きたい。それもいますぐにだ。本気で行きたいんだよ。みんなに真実を打ち明けたいし、死体のありかからなにから、すっかり話したいんだ。とにかく、おれたちであの若者を死刑から救わなくては」

「おれたち？」

「ほかにだれがいるんだよ、牧師さん？　おれたちはどっちも真実を知ってる。あんたとおれがいっしょにあっちに行けば、ふたりで死刑をやめさせられるんだ」

「いますぐテキサスに連れていけといってるのか？」キースは妻デイナの目をじっとのぞきこみながら、ボイエットにたずねた。デイナは頭を左右にふりはじめた。

「ほかに頼るあてはないんだ。イリノイ州に兄貴がいるが、話をする仲じゃない。担当の保護観察官なら電話をしてもいいとは思ったが、あいにくテキサスまでつきあってくれるとは思えないしな。〈アンカーハウス〉には知りあいが何人かいる。でも、だれも車をもってない。一生のほとんどを刑務所で過ごしているとね、牧師さん、外の世界にはあまり友だちをつくれないもんなんだ」

「で、いまはどこにいる？」

「話しただろ。ダイナーだよ。腹がへってるんだ」

「店の名前は？」

「〈ブルームーン〉。わかるか？」

「ああ、わかる。なにか料理を注文しておけ。ぼくは十五分後に行くから」

「恩に着るぜ、牧師さん」

キースは電話を切ると、ベッドに腰をおろしているデイナの隣にすわった。ふたりとも数分間は黙っていた。喧嘩をするのは、どちらも本意ではなかった。

「ボイエットは酔ってるの？」やがてデイナが先に口をひらいて質問した。

「いや、そうは思わない。多少は飲んだかもしれないが、いまは酒が抜けているね。まあ、わからないけど」

「これからどうするつもり？」

「夕食だか朝食だかはわからないが、とにかくボイエットになにか食べさせる。そのうえで、あいつがまた心変わりするのを待つ。あいつが本気だったら、あとは車であいつをテキサスまで連れていくほかはないだろうな」

「ほかにやりようがあるに決まってるわ、キース。あなたには、あの変態をテキサスまで車で連れていく義理はないのよ」

「死刑囚舎房にいるあの若者はどうなるんだ？　いまこの瞬間、ドンテ・ドラムのお母さんがどんな気持ちかを考えてみてくれ。息子の顔を見られるのも、あしたが最後になるかもしれないんだぞ」

「ボイエットはあなたを騙《だま》そうとしてるのよ。あの男は嘘《うそ》つきなんだし」

「騙そうとしているのかもしれないし、そんな気はないのかもしれない。しかし、いまなにが危険にさらされているのかを考えてくれ」

「なにが危険にさらされているかですって？　あなたの仕事よ。あなたの名声やこれまでのキャリア、とにかく一切合財が危険にさらされてる。わたしたち、三人の息子のことを考えなくてはいけないのよ」

「自分のキャリアや家族を危険にさらすような真似《まね》はしないよ。ちょっとしたお小言を食らうかもしれないが、せいぜいそれだけだ。自分がなにをしているかはわかってるさ」

「断言できる？」

「いや」キースは手早くパジャマを脱ぐと、ジーンズとシャツを身につけてスニーカーを履き、カーディナルスの赤い野球帽をかぶった。デイナは身じたくをするキースを無言でただ見ていた。キースはデイナのひたいにキスをして、家をあとにした。

キースが向かいの椅子《いす》に腰をおろしたとき、ボイエットはたっぷりと料理が盛りつけられた皿を検分している最中だった。ダイナーは半分のテーブルが客で埋まっていた。なかには制服警官がすわっているテーブルもある。その全員がパイを食べていて、平均体重は百十キロというところか。キースはコーヒーを注文しながら、警官の小集団から三メートルと離れていない場所で、起訴されていない殺人者にして仮釈放規則の違反者が量のある食事をとっていることの皮肉に気づかされた。

「きょう一日、いったいどこにいた？」キースはたずねた。

チック。スクランブルエッグをたっぷりひと口。口を動かしながら、ボイエットは答えた。「ほんとに思い出せないんだ」

「おかげで丸々一日が無駄になった。きょうはビデオできみの証言を撮影したら、その動画をテキサス州の当局の人たちやマスコミに送って、あとは奇跡の到来を待つという計画だった。それなのに、きみは姿をくらまして、計画を台なしにしたんだ」

「もうおわった一日じゃないか。いまさらとやかくいうな。で、おれをテキサスまで連れていってくれるのかい？」

「つまり、仮釈放を足蹴《あしげ》にしていくんだな？」

チック。コーヒーをひと口飲んで、ボイエットは頭を左右にふり動かした。声も指も目も、とにかくボイエットのなにもかもが、たえず小刻みに震えているように見えた。「仮釈放なんか、いまのおれのいちばんちっぽけな心配ごとだよ、牧師さん。いまのおれは、死を待つだけだ。テキサスの若者のことだって気がかりだし。忘れようとしても忘れられない。女の子のこともだ。死ぬ前に、ひと目あの子にまた会いたいんだよ」

白 「どうして？」

「謝らずにはいられない。おれはたくさんの人を傷つけてきた。でも、殺したのはひとりだけさ」ボイエットはちらりと警官たちに目を走らせると、いくぶん声を低くして話をつづけた。「おまけに殺した理由が自分でもわからない。あの子はいちばんのお気にいりだった。だから永遠に手もとに置いておきたかった。でも、それが無理だとわかると……おれは……その――」

自 「わかったよ。それより移動手段について話しあおう。テキサス州スローンまでは、鳥が飛ぶようにまっすぐ行けば六百四十キロだが、車で行くとなると八百八十キロは見ておく必要がある。大部分が上下各一車線の道で、しかも真夜中だ。あと一時間後かそこらに出発し、なりふりかまわずがんがん飛ばせば、あしたの昼までには着けるかもしれない。つまり処刑六時間前だ。向こうに着いたらなにをすればいいか、そのあたりの考えは？」

ボイエットはソーセージを嚙《か》みながら、キースの質問に考えこんでいた。急いでいるようすはいっさいうかがえなかった。さらにキースはボイエットが、ほんの少しの食べ物しか口に入れず、ゆっくりと時間をかけて嚙み、飲みこんだあとはフォークを下に置いて、コーヒーか水をひと口飲んでいることにも気がついていた。どう見ても、激しい空腹に苛《さいな》まれているようには見えなかった。食べ物は重要ではないのだ。

さらにコーヒーを飲んだのちに、ボイエットはいった。「おれが考えていたのは地元のテレビ局に行くことだ。おれが番組に出て話をして、真犯人であることを認め、あっちの馬鹿《ばか》どもに、おまえたちは無関係の男に人殺しの濡《ぬ》れ衣《ぎぬ》を着せてるんだ、とはっきりいってやれば、死刑はとりやめになるだろうさ」

「そんなに簡単にいくかな？」

「わからないよ、牧師さん。こんなことをするのは生まれて初めてだ。あんたはどうなんだ？　なにか心づもりでも？」

「いまの段階では、きみの自供よりも遺体を発見するほうがずっと重要だと思う。率直にいわせてもらうと、大量の前科や犯罪の忌《い》むべき性質を考えると、やはりきみの信用性には疑問が投げかけられると思う。月曜の朝、きみと初めて会ってから、ぼくもいろいろ調べたよ。死刑執行が近づくと、いきなり名乗りをあげて、あらゆる主張をわめきたてる頭のおかしい連中にまつわる話も、たくさん目にしたよ」

「おれは頭がおかしいとでも？」

「いや、そうじゃない。しかし、テキサス州スローンにいけば、きみがあらゆる悪口を浴びせかけられることは予想できる。話をするだけでは、信じてはもらえないね」

「あんたはおれを信じてくれてるのかい？」

「もちろん」

「ベーコンエッグを食べないか？　どうせ牧師さんが払うんだし」

「いや、遠慮する」

チック。またもや警官たちを一瞥《いちべつ》。ついでボイエットは両手の人差し指を伸ばして左右のこめかみにあてがうと、指先で小さな輪を描くように動かして揉《も》みはじめた。顔は、いまにも悲鳴をあげそうなほど歪《ゆが》んでいる。ようやく痛みが過ぎ去っていった。

キースは腕時計を確かめた。

「ボイエットは頭を小さく左右にふりながらいった。「死体を見つけるほうが時間がかかるぞ、牧師さん。きょうじゅうには無理だ」

もとよりこのような場面に立たされたことのないキースは、あっさり肩をすくめただけで無言のままだった。

「道はふたつ――ふたりでテキサスに行くか、そうでなければおれが〈アンカーハウス〉に帰って、怒鳴って怒られるかだ。あとは牧師さん、あんたが決めてくれ」

「なぜぼくがその決断をくださなくてはならないのか、理解に苦しむな」

「単純なことさ。あんたには車とガソリンと運転免許がある。ところが、おれには真実以外なにもない」

車はスバルの四輪駆動車だった。走行距離はそろそろ三十万キロ、最後にオイル交換をしてから少なくとも二万キロ近く走っている。いつもはデイナが息子たちをトピーカのあちこちに連れていくために乗っており、市街地の道路をそれだけ走ってきたことによる傷やへこみがあった。もう一台のホンダ・アコードは、オイル洩《も》れの警告ライトがずっと消えず、しかも後輪は左右ともに調子がわるい。

「汚い車ですまないね」

ふたりして車内に乗りこんでドアを閉めると、キースは恥じいっているかのような調子でそういった。最初ボイエットはまったくの無言だった。杖《つえ》は両足のあいだに立てていた。

「いまではシートベルトが義務づけられているんだ」キースはいいながら、運転席のシートベルトを締めた。ボイエットは身じろぎひとつしなかった。ひとときの沈黙が流れ、キースはそのあいだにいよいよ旅がはじまったのだという思いを嚙みしめていた。問題の男を自分の車に乗せている。何時間も、ことによったら何日もかかる車での旅に出るために。しかも、このささやかな旅路の果てになにが待っているのか、ふたりのどちらにもわからない。

車が動きはじめると同時に、ボイエットはのろのろとシートベルトを締めた。ふたりの肘《ひじ》は、ほんの十数センチしか離れていない。キースはこのとき初めて、かすかなビールくささを嗅《か》ぎとった。「で、トラヴィス、きみの酒とのつきあいにはどんな歴史がある？」

ボイエットは深々とため息をついた――車に乗ってドアをロックしたことで安全が確保され、それで初めて安心できたかのように。いつものことだが、ボイエットは質問に答える前に少なくとも五秒は間をおいた。「歴史という言葉で考えたことはなかったね。おれは大酒飲みじゃない。いいか、おれはいま四十四歳だ。そのうち二十三年間はいろいろな施設に閉じこめられていたが、酒場や飲み屋、ジュークボックスつきの居酒屋やストリップクラブや終夜営業のドライブスルーなんてものは一軒もなかった。刑務所じゃ酒は飲めないんだよ」

「きょうは飲んでいたんだな?」

「数ドルばかりもっていたんでね、ホテルのバーでビールを二、三杯飲んだ。バーにはテレビがあって、テキサスでのドラムの死刑執行についてのニュースをやってた。ドラムという若者の顔写真も出てきた。これだけはいっておくが、それがおれにはショックでね。ほら、ほろ酔いで……なんというか、センチな気分になってたからね。そんなときにあの若者の顔を見せられて、胸が詰まりそうになっちまった。そのあとまたビールを飲んで、時計がじりじりと午後六時に近づくのをただじっと見つめていたよ。そのあげく、やっと仮釈放規則なんか踏んづけて、テキサスへ行こう、正しいことをしようと決心がついたわけさ」

キースは携帯電話を手にしていた。「妻に電話で連絡しないと」

「奥さんは元気かい?」

「元気だ。気にかけてくれてありがとう」

「なにせ、かわいい奥さんだからね」

「とにかく妻のことは忘れてくれ」キースはぼそぼそとした小声でぎこちなく数語ばかり電話にむかって話しかけると、携帯電話を閉じた。ついでスピードをあげて、トピーカ中心部の人も車も見あたらない道路を走っていった。「さて、ぼくたちはいま、テキサスを目指して車での長旅をしようとしているわけだし、テキサスできみは当局の人間にすべてを打ち明けて、死刑の執行をやめさせようとしている。しかもその途中で、それもごく近い時期に、きみは当局の人間をニコルの遺体がある場所へ案内することになると思う。もちろんそのすべてを実行すれば、きみは逮捕され、テキサスの拘置所に叩《たた》きこまれるはずだ。向こうできみはありとあらゆる罪状で起訴され、二度と外には出られない。そうなると考えていいんだな？　きみもおなじ考えなんだろうね？」

チック。間。「ああ、牧師さん、おれもおなじ考えだよ。どうだっていいさ。どうせ、連中がおれを大陪審にかけて正式起訴にもっていく前に死んでるね」

「それは、あえて口にしなかったんだが」

「わざわざ言葉にする必要はないさ。わかりきった話なんだから。ただしテキサスの連中には、腫瘍《しゅよう》のことを知られたくない。向こうはおれを起訴できれば満足するんだから、それだけでいい。どのみち起訴されて当然の身だ。いまはもう争う気分は消えてるんだよ、牧師さん」

「だれと争う気分が消えたというんだ？」

「自分自身と。ニコルと再会したら謝罪する。それさえすませれば、あとは死ぬことをふくめて、どんなことにも向かいあう覚悟はできてるさ」

キースは無言で車を走らせた。これから十時間、ことによったら十二時間もの長きにわたって、この男と文字どおり肩を接するようにしながらの長いドライブが控えている身だ。キースとしては、いざスローンに到着したとき、自分の頭がボイエットなみにおかしくなっていないことを祈るばかりだった。

キースは自宅のドライブウェイに車を入れてアコードのうしろにとめると、ボイエットにいった。「金も着替えも、なにももっていないいんだな？」痛ましい話だが、それが明白な事実に思えた。

ボイエットはくすくすと笑って両手を高くかかげた。「そうだよ、牧師さん、おれはいまここに全財産持参ですわってるんだ」

「そうだろうと思ったよ。ここで待っていてくれ。すぐにもどるから」キースはエンジンをかけたままにして車を離れ、急いで家のなかに駆けこんだ。

デイナはキッチンでサンドイッチやチップスや果物をはじめ、見つけられるかぎりの食べ物をまとめているところだった。キースがドアからキッチンにはいるなり、デイナはたずねた。

「あの男はいまどこにいるの？」

「車だよ。家には入れない」

「キース、まさか本気でそんなことをする気じゃないでしょうね？」

「ほかにどうしろというんだ？」すでにキースは――不安をかきたてられるものであるにせよ――決断をくだしていた。それゆえ妻との口汚い口論も覚悟していたし、この旅が引き起こすかもしれないリスクも甘受する気がまえだった。「殺人事件の真犯人を知っているのに、ここに腰をすえて手をこまねいているなんて真似《まね》はできっこない。その真犯人は、いま外の車のなかにいるんだ」

デイナはサンドイッチをラップで包み、箱のなかに入れた。キースは折りたたんだ食品用の袋を食品庫からとりだして、寝室へ急いだ。ついで新しい友人トラヴィス・ボイエットのために、古いチノパンツと二枚のTシャツ、靴下、下着、それにだれも着ようとしないグリーンベイ・パッカーズのトレーナーをかきあつめた。それからシャツを着替えて聖職者用のカラーをつけ、紺色のジャケットを羽織り、ジムバッグに自分の品を詰めていく。数分後キースがキッチンにもどると、デイナはシンクによりかかり、挑みかかるように腕組みをしていた。

「これは大きなまちがいよ」デイナはそう断言した。

「そうかもしれない。ぼくだって自分から志願したわけじゃないさ。ボイエットがぼくたちを選んだんだ」

「ぼくたち？」

「口が滑った——ボイエットがぼくを選んだ。あの男には、ぼくを頼る以外にテキサスまで行く手だてがない。というか本人がそう話してて、ぼくはその言葉を信じてる」

デイナはあきれたように目をむいた。キースは電子レンジの時刻表示に目を走らせた。一刻も早く出発したかったが、妻には別れぎわにふたことみこと、言葉を投げつける権利があることも重々承知していた。

「あんな男の言葉をどうすれば信じられるの？」デイナはいった。

「その話は前にもしたじゃないか」

「向こうであなたが逮捕されたらどうするの？」

「なんの罪で？　死刑をとめようとしたことで？　いや、それは犯罪じゃないと思うな——いくらテキサスでもね」

「でも、あなたは仮釈放規則の違反者を助けてるんでしょう？」

「そう、カンザスでね。でもテキサスに行けば、その罪で逮捕されることはない」

「そうはいうけど、断言はできないでしょう?」

「いいかい、デイナ。ぼくがテキサス州で逮捕されることはない。約束する。撃たれることはあっても、逮捕されることはない」

「冗談のつもり?」

「まさか。だれも笑ってないだろう? 頼むよ、デイナ。広い視野で考えてみてくれ。ぼくはボイエットが一九九八年にあの少女を殺したと考えているし、そのあと遺体を隠し、いまも遺体のありかを知っているとにらんでる。それに、テキサスにたどりつけば、奇跡を起こすチャンスもなくはないとも考えてるんだ」

「わたしにいわせれば、いまのあなたは正気じゃないわ」

「そうかもしれない。でも、いまはチャンスに賭《か》けたいんだ」

「リスクにも目をむけてよ」

話をしながらデイナに近づいていたキースは、ここでデイナの両肩に手をかけた。デイナは身をこわばらせ、腕組みをしたままだった。「いいかい、デイナ。ぼくはこれまで、危険もかえりみずチャンスに賭けたためしはないんだよ」

「わかってる。つまり、これは一世一代の晴れ舞台だといいたいのね?」

「ちがうよ。大事なのはぼくじゃない。いざテキサスに到着したら、ぼくは物陰に身をひそめ、頭を低くして目立たないことを心がけ――」

「ついでに銃弾もかわすこと」

「なんだっていい。とにかく裏方に徹するよ。主役はトラヴィス・ボイエット。ぼくはただの運転手さ」

「運転手？　てっきり、妻子ある牧師さんだと思ってた」

「土曜日には帰る。日曜日には礼拝で説教をして、午後は家族でピクニックにいこう。約束だ」

デイナは怒らせていた肩からふっと力を抜いて、組んでいた腕を下に垂らした。キースはデイナを強く抱きしめてキスをした。「頼む、わかってくれ」

デイナは力をこめてうなずいた。「わかった」

「愛してる」

「わたしも。くれぐれも気をつけて」

真夜中の目覚ましコールがロビーにかかってきたのは、十二時半だった。ディーディーとベッドにはいってから一時間もしないうちに、電話がやかましく鳴りはじめた。

アルコールの助けを借りずに眠りについたディーディーが先に飛び起きて、「はい」と電話に答えた。ついでディーディーは、受話器をパートナーに手わたした。パートナーはまだ頭に靄《もや》がかかっていて、必死に目をあけようとしていた。

「どちらさま？」ロビーは不機嫌になった。

「しっかり目を覚ますんだ、ロビー。フレッドだ。こっちでおもしろいことになってきたぞ」

ロビーは目覚めた状態に——やっと一歩とはいえ——自分を近づけると、調査員にたずねた。「なにがあった？」

ディーディーは早くも反対側に寝がえりを打っていた。サテンのシーツに浮かぶ背中側のすばらしいカーブが目にとまり、思わずロビーの口もとがゆるんだ。

プライアーがいった。「ジョーイ・ギャンブルとまた酒を飲んだ。ストリップクラブに連れていったよ。二日連続だ。おれの肝臓がこの仕事に耐えられるかどうかが不安だよ。まあ、ジョーイの肝臓じゃ無理だ。とにかく今夜はやつをぐでんぐでんに酔わせた。で、ようやくすっかり白状させた。緑のヴァンを見たという話は嘘《うそ》、ヴァンを運転していたのが黒人だったという話も嘘、とにかくなにもかもが嘘だってね。ドンテとあの女の子の件で嘘っぱちの密告電話をカーバー刑事にかけたのも自分だと認めた。文句なしだね。やつは涙を流しながら、だらだらしゃべりつづけた。ビールをがぶ飲みしながら、やくたいもない話をストリッパーにきかせてる、でぶの大男そっくりにね。ずっと前、ともにフットボールの花形選手だったハイスクールの一年と二年のときには、自分とドンテは友人同士だったと話してた。それに前からずっと、検事や判事に嘘を見ぬかれるにちがいないと思いこんでた、だから、いまこんなことになっているのが信じられなかった、と話してた。前々から、どうせ死刑は現実になりはしない、ドンテがいつか刑務所から出てくるに決まっていると思いこんでいた、ともね。それでも、いまになってドンテはこのまま殺されるんだとやっと実感できて、心が千々に乱れてどうしようもない、なにもかも自分のせいだと思ってる……というから、そのとおりだと請けあってやった。おまえの両手は血まみれだ、とね。やつを叩きのめしてやったも同然さ。最高の気分だったね」

ロビーはキッチンで水を飲もうとしていた。「よし、いいぞ、フレッド」

「いいのはここまで、この先はいい話じゃない。ジョーイのやつ、宣誓供述書へのサインを拒否したんだ」

「なんだと！」

「いっこうに首を縦にふらない。ふたりでストリップクラブを出てコーヒーハウスに行き、供述書にサインをしてくれと頼みこんだんだが、そのときには木に話しかけてるも同然だったよ」

「どうしてサインを拒む？」

「母親だよ、ロビー。やつの母親や家族のせいだ。自分が嘘つきだと正直に認めるだけの度胸がない。スローンには友人がたくさんいる。と、まあ、そんな具合さ。おれもあらゆる手をつくして説得につとめたが、やつはどうにもこうにもサインしようとしないんだ」

ロビーはグラス一杯の水道の水を一気にあおると、口もとをパジャマの袖口《そでぐち》でぬぐった。「会話は録音したのか？」

「もちろんだ。一回通してきいてみたし、これからもう一回きいてみるつもりだよ。ただし、かなり大きな背景雑音がはいっていてね――ストリップクラブに行った経験は？」

「きくな」

「とにかく、やたらでかい音で音楽が流れてる。ラップだのなんだの、その手のクソみたいな音楽ばっかりだ。それでも、やつの声は録音されてるし、なにをいってるかはわかる。ただ、音質を向上させる処理が必要だな」

「そんな時間はないぞ」

「わかった。これからの予定は？」

「車でこっちまで帰るには、どのくらいかかる？」

「そうだな、こんなすてきな時間帯となれば、ほかの車はろくに走っちゃいないはずだ。だから、まあ五時間でスローンに帰れそうだよ」

「よし、すぐに出発してくれ」

「了解、ボス」

一時間後、ロビーは仰向けでベッドに横たわっていた。闇《やみ》に包まれた天井の光景が、ロビーの思考プロセスに奇妙な影響をおよぼしていた。ディーディーはすっかり熟睡し、いまは子猫のような寝息をたてている。そのゆったりとした息づかいを耳にしながら、ロビーは自分がこれだけ悩んでいるのに、この女はどうして少しも悩まずにいられるのだろうか、と思った。ディーディーがうらやましかった。数時間後に目を覚ましたとき、ディーディーの最優先課題はといえば、数人のおぞましい女友だちといっしょにする一時間のホットヨガだ。一方ロビーは、オフィスで電話にむかって金切り声をあげているだろう。

結局はこういうところに行きつくのだ——酒に酔ったジョーイ・ギャンブルが、ストリップクラブで嘘というおのれの罪を告白して魂の重荷を降ろす。話し相手はマイクを隠しもった男で、そのマイクがつくりだしたのは、文明世界のどこの裁判所にもちこんでも一顧だにされないような雑音だらけの録音だ。

ドンテ・ドラムのいまや風前の灯となった命は、いまやまったく信用性のない証人が死刑執行の土壇場《どたんば》で法廷での証言を撤回するかどうか、その一点にかかっていた。

第二部　罰

16

大混乱のうちにあたふたと出発してきたせいで、金のことをすっかり忘れていた。ダイナー〈ブルームーン〉でトラヴィス・ボイエットの夕食代の六ドルを出したときには、キースは手もちの現金が頼りないことに気づいたが、それっきり忘れてしまった。ふたたびその問題を思い出したのは、すでに出発したあと、給油の必要に迫られたときだった。ふたりを乗せた車が州間高速道路三三五号線のトラックむけドライブインにとまったのは、午前一時十五分。すでに十一月八日の木曜日になっていた。

キースは車にガソリンを入れながら、十七時間後にはハンツヴィルの刑務所でドンテ・ドラムがストレッチャーにベルトで縛りつけられるという事実を意識していた。さらに、本来ならば人生最後の数時間を苦悶《くもん》のうちに過ごしているべき真犯人が、いまこの瞬間、ほんの一、二メートルしか離れていない車内にのんびりすわっていることも痛烈に意識された。ボイエットの青白いスキンヘッドが、上からの蛍光灯の光を反射していた。ふたりはまだ、トピーカのすぐ南に達したばかりだった。テキサスは百万キロの彼方《かなた》。ガソリン代をクレジットカードで払ったのち、左の前ポケットの現金を数えると三十三ドルしかなかった。デイナとふたりでキッチンキャビネットに溜《た》めこんでいる非常用資金を思いつかなかった自分が腹立たしくてならなかった。キャビネットのなかの葉巻の箱には、いつも二百ドル前後の現金が用意してあった。トピーカから南に一時間ばかり走ると、制限速度が時速百十キロになり、キースはスバルのスピードを次第に時速百二十キロに近づけた。これまでのところ、ボイエットはずっと静かにしていた。膝《ひざ》に手を置いてシートにすわり、右の窓から外の光景を見ているだけで満足しているかのようだった。キースもできればボイエットを無視していたかった。無言のままのほうが望ましかった。そもそも十二時間ぶっつづけで赤の他人と隣あわせにすわっていなくてはならないのは、通常の場合でも苦行にほかならない。肩をすりあわせる相手がボイエットのように凶悪で不気味きわまる人間となれば、じっさい以上に長く感じられる緊張に満ちた旅になることはまちがいなかった。

物静かで落ち着いた状態になるなり、キースはなんの前ぶれもなく強烈な眠気の発作に襲われた。いきなり瞼《まぶた》が閉じたが、頭ががくんと揺れると同時に、あわてて瞼をひらいた。視界がぼんやりとかすんでいた。車がじりじりと右の路肩にむかっていたので、ハンドルをまわして左に引きもどした。キースは自分の頰をつねった。精いっぱいの力をこめて激しく目をしばたたいた。もしひとりだったら、自分で自分をひっぱたいていたところだ。ボイエットには、気づいたようすはなかった。

「音楽でもきこうか」キースはいった。脳を刺戟《しげき》するものならなんでもよかった。

ボイエットは承諾のしるしにうなずいた。

「どんな音楽がききたい？」

「これはあんたの車だ」

そのとおり。キースが気にいっているのは、クラシック・ロック専門のラジオ局だった。ラジオをつけて音量をあげると、ほどなくキースはハンドルを軽く叩《たた》き、左足でフロアを踏んでリズムをとりつつ、曲にあわせて歌詞を口ずさんでいた。音楽が頭を澄みわたらせてくれたものの、先ほど自分があっけなく眠りこみそうになったことで感じたショックはまだ抜けていなかった。

あとわずか十一時間のドライブだ。キースはチャールズ・リンドバーグと、そのパリへの単独飛行を思った。三十三時間三十分の連続飛行。しかも、ニューヨークからの出発前夜には一睡もしていなかったという。後年リンドバーグは、六十時間ずっと目を覚ましていたと書いている。キースの兄はパイロットで、そういった話を好んで口にしていた。

キースは兄や姉、両親のことを思った。その次に眠気に襲われそうになったとき、キースはボイエットにこんな質問をした。「きみにはきょうだいが何人いる?」

話すんだ、トラヴィス。ぼくの居眠りを防げるなら、どんな話でもいい。どうせ免許がないんだから運転は手伝えない。保険にだって加入していない。このハンドルには指一本ふれられない。だから、頼むよ、トラヴィス。車をぶつけてしまう前に、ぼくの眠気を追い払ってくれ。

「さあ、知らないね」ボイエットは定番の間を置いたのち、こう答えた。

スプリングスティーンやディランのどんな歌よりも、この答えがキースの頭から眠気の霧を吹き払ってくれた。「どういう意味なんだ、知らないというのは?」

かすかなチック。いつのまにかボイエットは視線を右側の窓から、フロントガラスの先に移動させていた。

「それはな」といって、また間を置く。「おれが生まれてすぐ、親父《おやじ》がおふくろを捨てて出ていったからさ。それっきり、親父に会ったことはない。そのあとおふくろは、ダレルって名前の男といっしょになった。物心ついたころにうちにいたのがダレルだったから、ダレルが父親だと思いこんだ。おふくろからも、ダレルが父親だときかされてたしな。だからダレルを父ちゃんと呼んでたよ。おれには兄貴がいて、兄貴もダレルを父ちゃんと呼んでた。ダレルはまっとうな男だった。暴力をふるったりすることもなくてね。でもダレルの弟がいて、こいつがおれを虐待《ぎゃくたい》した。で、初めて裁判所に連れていかれたとき——たしか十二歳だったと思うが——ダレルが本物の父親じゃないって気づかされたんだ。あれにはぐっさり傷つけられたな。どん底に突き落とされた気分だった。そのあとダレルが姿を消したんだよ」

ボイエットが質問に答えたときの例に洩《も》れず、この返答も謎《なぞ》を解決する以上に新しい謎をかきたてた。さらに答えは、キースの脳を高いギアで回転させる助けにもなった。いきなり目がぱっちりと冴《さ》えてきた。キースは、なんとしてもこの異常者の謎を解き明かそうという気分になった。これから半日以上、ほかにすることがあるだろうか？　ふたりが乗っているのは自分の車だ。だから車内では、なんでも好きなことを質問する権利がある。

「じゃ、お兄さんがひとりいるんだね」

「ほかにもいるな。親父は——実の父親はそのあとフロリダに流れていって、ほかの女といっしょになった。ふたりは家がいっぱいになるほどの子だくさんでね。だから、腹ちがいのきょうだいが何人もいると思う。それに、親父と結婚する以前に、おふくろが子どもを生んだっていう噂《うわさ》が前からあった。あんたはきょうだいの人数を質問した。まあ、好きな数を選ぶがいい」

「そのうち何人と連絡をとった？」

「おれなら連絡なんて言葉はつかわないが、兄貴に手紙を書いたことはある。イリノイ州にいるんだ。刑務所にね」

これはびっくりだ。「なぜ刑務所に？」

白 「そりゃ、刑務所にいるほかの連中とおんなじ理由に決まってる。ドラッグと酒。その習慣のために金が必要になった。で、一軒の家に押しいって、とどのつまりは男をぶちのめしちまった」

自 「返事はもらえたかい？」

「たまにね。兄貴はもう一生出てこられない」

「お兄さんも虐待されていた？」

「それはなかった。おれよりも年上だったし、おれの知るかぎり、叔父も兄貴には手を出さなかった。ま、兄貴とその話をしたことはないが」

「叔父というのは、ダレルの弟だね？」

「ああ」

「つまり、実の叔父ではないんだな？」

「実の叔父だと思ってたよ。ところで、なんでやたらに質問する？」

「時間つぶしだよ、トラヴィス。眠気覚ましの意味もある。月曜の朝、きみが教会に来てからこっち、ろくに寝ていない。だから体力も限界だ。でも、まだ目的地までは長い旅が待ってるんでね」

「その手の質問をされるのは好きじゃないな」

「そうはいっても、もうじきテキサスでどんな言葉をきかされることになると思ってる？　ふたりで向こうに到着して、きみが自分こそ殺人の真犯人だと宣言するのはいいにしても、そのあと〝その手の質問をされるのは好きじゃない〟とでも宣言するつもりか？　よく考えてみろよ、トラヴィス」

そのあと数キロほど走るあいだ、どちらもまったくの無言だった。ボイエットは右の窓から闇《やみ》以外にはなにも見えない車外に目をむけ、指先で軽く杖《つえ》を叩いていた。少なくとも一時間ばかりは、激しい頭痛に見舞われている徴候を見せてはいない。速度計に目をむけたキースは、いつしか時速約百三十キロで走っていたことに気づいて――制限速度を十五キロ以上もオーバーする、カンザスのどこであれ違反切符を切られるスピードだ――アクセルをゆるめた。同時に眠気を近づけないために、州警察に呼びとめられた場面を頭のなかに思い描いてみた。警官はキースの身分証をチェックし、ボイエットの身分証も確かめたのち、増援を要請するだろう。逃亡中の重罪犯。逃亡中の重罪犯を助けている道をはずれたルター派の牧師。道路のいたるところで閃《ひらめ》くパトカーの青いライト。手錠。留置場での一夜。おそらく、この友人といっしょに狭い房に入れられるだろう。この男なら鉄格子《てつごうし》のなかで過ごす夜が一夜増えたところで気にもとめないだろうが、自分は息子たちにどう説明すればいい？

　またしても眠気に襲われはじめた。かけなくてはいけない電話があったのに、これまでタイミングを逸していた。電話をかければ、一時的に眠気を忘れていられるレベルに意識をたもっておけるにちがいない。キースはポケットから携帯をとりだすと、短縮ダイヤルで友人の検察官、マシュー・バーンズに電話をかけた。まもなく午前二時。マシューは熟睡するタイプのようだった。というのも、八回めの呼出音でやっと電話に出たのである。

「いいニュースなんだろうな」マシューは不機嫌な声でうめいた。

「おはよう、マシュー。よく寝られたかい？」

「ああ、たっぷりとね。で、なんで電話をかけてきやがった？」

「おっと、言葉に気をつけてくれよ。いまこっちは、テキサスにむかって車を走らせてる。この前の日曜日にわれらが教会を訪ねてくれた善良なる紳士、トラヴィス・ボイエットといっしょだ。きみも教会で見かけていたかもしれないね。杖をついている紳士だ。ともあれ、ボイエット氏はテキサス州のスローンという小さな街に行って、そこで当局の関係者にぜひとも告白したいことがあるそうでね。そんなわけで、目下ぼくたちは死刑をとめるために急いで現地にむかってる」

マシューの声はたちまちはっきりしてきた。「キース、頭がおかしくなったのか？　あの男を車に乗せてるのか？」

「そのとおり。一時間ばかり前にトピーカを出発した。いまこうして電話をかけているのは、ぜひともきみに力を貸してほしいからなんだ」

「力なら多少は貸すよ。無料のアドバイスだ。いますぐそのクソな車をUターンさせて、こっちに帰ってこい」

「ありがとう、マシュー。それはそれとして、あと数時間ばかりしたら、きみからテキサス州スローンに何本か電話をかけてほしい」

「デイナはなんといってる？」

「わかった、わかったよ。ともかく警察と検事に電話をかけてくれ。弁護人にもだ。ぼくからも連中に電話をかけるけど、きみは検事だから、きみのほうが話をきいてもらえそうだ」

「まだカンザス州内か？」

「ああ。州間高速の三五号線を走ってる」

「州境を越えるなよ、キース。お願いだ」

「それはいいけど、州境を越えずにテキサスまで行くのは至難のわざじゃないかな」

「ぜったいに州境を越えるな！」

「少し寝るといい。また六時ごろ電話をかける。それから、ふたりであちこちに電話をかけはじめよう。いいな？」

キースは電話を切ると、留守電モードに切り替えた。十秒後に着信音が鳴った。マシュー・バーンズが電話をかけてきたのだ。

車はエンポリアを通過、一路ウィチタにむかっていた。

なにかにうながされて、語りはじめたわけではなかった。ボイエットも眠くなっていたのか、ただ退屈をまぎらせたかっただけかもしれない。しかしボイエットの身の上話をきけばきくほど、キースにはそれが死にかけている男の歪《ゆが》んだ自叙伝であり、自分の人生に意味などないと知りながらも意味を探さずにいられない者の自叙伝であることが意識されてきた。

「ダレルの弟のことを、おれたちはチェット叔父さんと呼んでた。チェット叔父は、おれを釣りに連れてってくれた——というか、おれの両親にはそう話してた。でも魚を釣ったことは一回もないし、そもそも釣針を水に垂らしたことさえない。おれたちは、田舎のほうにあった叔父の家に行った。家の裏に池があって、そこにいろんな魚がいるという話だった。でも、池まで行ったこともない。家に行くと、叔父はおれにタバコをくれて、ビールの味見をさせる。最初は、叔父がなにをしてるのかがわからなかった。見当もつかなかった。こっちはただのガキ、八歳だったしな。怖くて身じろぎひとつできず、抵抗なんてはなから無理だった。いまでもあのときの痛さは忘れられない。叔父のところには、雑誌だの映画だの、ありとあらゆる幼児ポルノがあって、胸糞《むなくそ》わるいあの手のしろものを、ご親切にもおれに見せてくれたっけ。あの手のごみくずを年端《としは》もいかぬ男の子の頭にがんがん詰めこんでみろ。男の子はたちまち、そいつを受け入れちまう。それこそ、大人がガキにやることなのかも。あの手のことが、まっとうで普通に思えてくるんだ。叔父はおれに乱暴したりはしなかった——その反対で、アイスクリームでもピザでも、なんでも好きなものを食べさせてくれたよ。釣りに行ったときは、いつも車で家まで送ってくれた。で、あと少しで家に着くころ、決まって叔父はすごく真剣な顔になった。脅しつけるような怖い顔だ。叔父はいつも、ふたりのちょっとした秘密を守ることがとても大事だと話した。ほかの人に知られてはならないことがあるってね。おまけに叔父のトラックには拳銃《けんじゅう》があった。ぴかぴかに輝く拳銃だ。あとになると、拳銃の撃ち方も教えてくれた。でも最初のうちは、拳銃を車のシートに置くだけでね、こう話すんだよ……おれは自分の秘密を愛してる、その秘密がほかの人にばれたら、おれはだれかを傷つけるしかなくなる……たとえおまえでも……とね。おまえがだれかにしゃべったりしたら、おれはおまえを殺し、おまえが話した相手がだれであっても殺すしかない……ダレルやおふくろもだ。この脅しには効き目があった。おれはだれにも話さなかった。

そのあとも、おれたちは釣りをつづけた。おふくろは事実を知ってたかもしれない。でも、おふくろはおふくろで、深刻な問題をいくつもかかえてた。なかでも大きかったのは酒の問題さ。だいたい日がな一日酔っぱらってた。酒が抜けたのは、もっとずっとあとだよ。そのころには、おれにはもう手おくれだった。おれが十歳かそこらになると、叔父はおれにマリファナをくれて、いっしょに吸うようになった。そのあとは薬だ。まあ、わるくなかったね。自分がクールな男の子に思えてた。タバコもマリファナも吸い、ビールを飲んでポルノを見てる、いかした不良のガキだ、ってね。あとひとつ、やってることはあったし、そっちは決して楽しくなかったが、なに、短い時間でおわったしな。そのころはスプリングフィールドに住んでたんだが、ある日おふくろが引っ越すことになったといってきた。親父……というか、おふくろの亭主というか……呼び名はなんだっていいが、あいつが、おれの生まれ故郷のミズーリ州ジョプリン近くで仕事を見つけたっていってね。おれたちは大急ぎで荷づくりをして、ありったけの家財道具を〈ユーホール〉で借りたトラックに積みこむと、夜の夜中に街を出た。未払いの家賃がらみだったにちがいないね。ほかにも理由があったのかもしれん——請求書とか訴訟沙汰《ざた》、逮捕状、起訴状。あってもおかしくない。ともあれ、翌朝はダブルワイドのトレーラーハウスで目を覚ました。高級なトレーラーハウスだったよ。チェット叔父は置き去りさ。さぞかし悲しんだだろうよ。叔父はひと月かそこらあとで、ようやくおれたちのところにやってきて、釣りに行きたくないかとおれを誘った。おれは行きたくないと断わった。叔父はおれをどこにも連れだせず、家のまわりをうろついて、おれから目を離せずにいたね。そのうち連中は……大人たちは酒を飲み、たちまち金をめぐって言い争いをはじめた。チェット叔父は悪態をつきながら帰ってってたよ。それっきり、あいつの顔は見てない。でも、そのときにはもう手おくれさ。もしいま目の前に叔父があらわれたら、おれは野球バットを手にとって、あいつの脳味噌《のうみそ》をあたり一面にまきちらしてやる。昔のおれは、めちゃくちゃに破壊された少年だった。たぶん、おれはあの経験を乗り越えられなかったんだろうな。タバコを吸ってもいいか？」

「断わる」

「だったら、タバコを吸うあいだだけでいいから、ほんのちょっと車をとめてくれ」

「わかった」そこからさらに数キロ進んだところで、キースは車をパーキングエリアに入れて休憩をとった。携帯電話がまたしても着信音を鳴らした。今回もマシュー・バーンズからの電話で、キースは出なかった。ボイエットはぶらぶらと歩いて車から離れていった。最後に姿を目にしたときには、タバコの煙を背後になびかせながら、洗面所裏の木立ちにむかっていた。キースは片目をつねにボイエットから離さず、血行をよくするために駐車場を行きつもどりつした。ボイエットの姿が闇に飲みこまれて視界から消えると、もしや姿をくらますつもりなのではないか、という疑問が頭に浮かんだ。早くも、この旅にうんざりしていたし、いまこの時点でボイエットが脱走しようと、だれが気にかけるというのか？　自分は車で家に引き返し――すばらしいことに、たったひとりで――そのあと妻のデイナから叱《しか》られ、マシュー・バーンズからきつく叱られるだけだ。うまくすれば、失敗したこの計画について、だれにも知られずにすむ。どうせボイエットは、いままでとおなじことをするだけだ——あちこちの街を流れ流れて暮らしつつ、いずれは死ぬか、ふたたび逮捕されるかが関の山だ。しかし、ボイエットがだれかを傷つけたら？　その場合、自分にも責任の一端が生じるのでは？

木立ちになんの動きも見られないまま、数分間が経過した。駐車場の片側には、十台ばかりの十八輪トラックがならんでいた。運転手が車内で寝ているらしく、トラックの発電機がうなりをあげていた。

キースは車に寄りかかって待っていた。気力がくじけ、家に帰りたかった。ボイエットにはできれば木立ちにとどまっていてほしかったし、木立ちのもっと奥深いところ、もはや引き返すこともできず、そのまま姿をくらますしかないところにまで行ってほしかった。しかし、そう思ったところで、キースはドンテ・ドラムのことを思い出した。

木立ちから、ひと筋の煙が流れでてきた。乗客は逃亡してはいなかった。

そのあと何キロものあいだ、どちらも口をひらかなかった。ボイエットはついさっきまで、堰《せき》を切ったようにしゃべっていたくせに、いまは過去をすっかり忘れたような顔をしていた。眠気の最初の気配の訪れとともに、キースはさらに話の先をききだそうとした。

「さっきはジョプリンに引っ越したところまでだったな。チェット叔父がやってきて、去ったところまではきいたぞ」

チック。五秒の間……十秒の間。それから――「ああ、おれたちが住んでたのは街はずれ、貧乏人が多く住んでいる地域のトレーラーハウスだった。住むのはいつも、貧乏人の地域と決まってた。でもトレーラーハウスが高級だったんで、おれは誇らしい気分だったよ。レンタルだったが、当時のおれはそんなことを知らなかった。トレーラーハウス団地の横にアスファルト舗装の細い道があって、何キロも道づたいに行けばニュートン郡ジョプリンの南にある山地に行けた。小川や小さな谷や未舗装の道がいっぱいあってね。子どもたちの楽園だった。何時間も山道を自転車で走ったって、だれにも出会わなかった。ビールや酒をトレーラーハウスから……ときには店からくすねて、大急ぎで山に逃げこみ、ちょっとしたパーティーをひらいたこともあった。あるときダミアンという名前のガキが兄貴のマリファナをくすねてきた。みんながラリっちまって、自転車にもまともに乗れなくなったっけ」

「ニコルの遺体を埋めたのもそこなんだな？」

そのあとキースが十一まで数えたところで、ボイエットは口をひらいた。「たぶんね。あの山地のどこかにいる。ありていにいって、ちゃんと覚えてるとはいえない。かなり酒に酔っていたからね、牧師さん。思い出そうとはしてるし、地図を描こうとしたこともあったが、そうそう簡単に描けるものじゃない。あそこまで行ければいいんだが」

「なんでそんなところにニコルを埋めた？」

「だれにも見つけてほしくなかったからだ。目論見《もくろみ》どおりになったな」

「なぜ目論見どおりになったとわかる？　どうして、これまでだれもニコルの遺体を見つけていないとわかる？　埋めたのは九年も前だ。しかも過去六年は刑務所にいて、ニュースから切り離されていたというのに」

「ニコルはまだ見つかっちゃいない——おれが断言するよ」

キースはその言葉に説得され、ボイエットを信じた——こんな筋金いりの犯罪者の言葉を自分がいろいろと信じたという事実そのものが苛立《いらだ》ちの種だった。車がウィチタに近づいていくあいだ、キースは目をぱっちりと覚ましていた。ボイエットはふたたび、自分ひとりのわびしく小さな殻に閉じこもり、ときおりこめかみを揉《も》んでいた。

「そういえば、十二歳で裁判所に行ったと話していたな？」キースはたずねた。

チック。「ああ、そんな話をしたな。そう、あれは十二歳のときだ。覚えているのは、犯罪者としての道を歩みはじめるのは、十二歳ではいささか早すぎるとかなんとか、判事がその手の話をしてたことだ。ろくになにも知らないくせに」

「どんな罪を犯したんだ？」

「仲間といっしょに商店に忍びこんで、もって帰れるかぎりの商品を盗んだんだよ。ビール、タバコ、菓子、ランチミート、スナック。それで森に行って、いつものパーティーをひらいて、みんなで酔っぱらった。そのままなら問題なかったんだが、だれかが店の防犯ビデオを見てしまってね。おれにとっちゃ初犯だったから、保護観察ですんだ。共犯者はエディ・スチュアート。こいつは十四歳で、しかも初犯じゃなかった。エディは矯正院送りになって、それっきり顔を見てない。まあ、かなり荒れた地域だったから、不良少年が不足することはなかった。みんながみんな、トラブルを引き起こすか、トラブルに巻きこまれるかのどっちかだった。ダレルはおれを怒鳴りつけたが、なに、家にはいたりいなかったりだ。おふくろは懸命に努力しちゃいたが、それでも酒と縁を切れなかった。兄貴は十五のときに施設送りだ。おれが最初に施設送りになったのは十三のときだよ。あんたは矯正院に入れられたことがあるかい？」

「ない」

「そうだろうと思った。あそこにいるのは、だれからも求められてないガキばかりだよ。たいていは、それほどワルなガキじゃない――少なくとも最初に入れられた当座はね。ただ、チャンスに恵まれてなかっただけさ。おれが最初に施設に入れられた矯正院はセントルイス近くにあった。ほかの矯正院とおんなじで、あそこもガキども用の刑務所にほかならない。おれは、セントルイスのストリートからあつめられたガキで満員になっている細長い部屋の、いちばん上の寝棚をあてがわれた。暴力は、そりゃもうひどいもんだった。看守や監督役はいつだって不足してた。おれたちは授業を受けさせられたが、なに、教育なんかお笑いぐさだ。生きのびるためには、ギャング団に仲間入りするしかなかった。で、だれかがおれのファイルを見て、性的虐待《ぎゃくたい》を受けた前歴があるとわかったんだな。だもんで、おれは看守連中の格好の標的になった。そんな地獄で二年間を過ごしたのち、おれは釈放された。さて、牧師さん。二年間も拷問《ごうもん》をうけつづけたあげく、やっと娑婆《しゃば》にもどれた十五歳のガキが、いったいなにをすればいいと思う？」

いいながらボイエットは、本心から答えを期待しているかのようにキースに顔をむけてきた。

キースは目をまっすぐ前にすえたまま、ただ肩をすくめた。

「少年司法制度なんてものは、職業犯罪者を養成してるだけさ。社会はおれたちを閉じこめて、鍵《かぎ》をどこかに投げ捨てたがってる。だけど社会は、おれたちがいずれ外に出るってことを忘れてやがるんだ。いざ外に出てみると、これが楽なものじゃない。おれがいい例だ。十三歳で矯正院にいたときのおれは、自分が手のほどこしようのない屑《くず》だなんて思っていなかった。でも、そんなおれが暴力と憎しみと殴りあいと虐待ばかりの二年間を過ごして十五で外に出たときには、おれは社会の厄介者になってた。刑務所は憎悪《ぞうお》をつくりだす工場だよ、牧師さん。で、社会はもっともっと刑務所をつくりたがっている。そんなのがうまく機能するわけがない」

「つまり、ニコルの身に起こったことの責任は、自分以外の他人にあるといいたいのか？」

ボイエットは吐息をついて顔をそむけた。重い質問だった——その重みに押しつぶされているのだ。しばらくして、ボイエットは口をひらいた。

「あんたには肝心な点がまるっきりわかっちゃいない。いいか、おれがやったことは悪だ。でも、おれには自分をとめられなかった。なぜとめられなかったかって？　そういう人間だからだ。おれだって、生まれたときから、こういう人間だったわけじゃない。おれがどっさり問題をかかえた人間になったのはＤＮＡのせいじゃなく、社会から要求されたことのせいだ。やつらを閉じこめろ。やつらを厳しく罰しろ。そのとおりにして、途中で何匹かの怪物が生まれちまえば、ああ、お気の毒さまってな」

「だったら、残りの五十パーセントについてはどう思う？」

「いったいだれの話をしてる？」

「仮釈放で刑務所から出られた囚人のうち、五十パーセントはそののち犯罪に関係せず、二度と逮捕されないんだよ」

この統計の数字が、ボイエットには気にくわなかったようだ。シートの上で体重を移しかえ、視線を右側のサイドミラーにすえる。それっきりボイエットはふたたび殻に閉じこもって、話すのをやめてしまった。車がウィチタの南を走っているあいだに、ボイエットは眠りこんでいた。

午前三時四十分、携帯電話がふたたび着信音を鳴らした。電話をかけてきたのはマシュー・バーンズだった。

「いまはどこにいる？」マシューはたずねた。

「少し寝ておけよ。マシュー。さっきは起こしてわるかった」

「あれから寝られなくてね。いまどこにいる？」

「オクラホマとの州境の手前、約五十キロというところだね」

「相棒はあいかわらずそこにいるのか？」

「ああ、いるよ。いまは寝ているな。ぼくのほうは、うとうとしては目を覚ましてるような状態だ」

「デイナと話をしたよ。ずいぶん動揺していたぞ。おれも心配してる。おれもデイナも、きみが正気をなくしているという点で意見が一致した」

白
「そうかもしれないな。ともあれ胸が熱くなった。そうかりかりするな。ぼくはいま正しいことをしているし、この先なにがあっても生きのびることはまちがいない。いま、ぼくの頭はドンテ・ドラムのことでいっぱいだ」

「くれぐれも州境を越えるな」

自
「それはさっきの電話できかされたよ」

「よかった。こっちはただ、きみに二回以上警告したことを記録にとどめておきたいだけさ」

「注意は書きとめてる」

「さて、キース。よく話をきいてくれ。きみたちがスローンに到着し、きみの同乗者が話をはじめた場合、向こうでなにが起こるのかはまったく予測できない。ボイエットには、車に撥《は》ねられた動物の死体に群がる禿鷹《はげたか》なみにマスコミのカメラが群がってくるだろう。きみはカメラに姿をとらえられる。頭を低くしていろ。マスコミ関係者にはなにも話すな。これから先の展開は、以下のふたつのうちのどちらかだ。ひとつ――死刑が予定どおり執行された場合。きみは最善を尽くしたことになり、ただちに大至急こっちに帰ってくればいいだけだ。ボイエットはテキサスにとどまっていてもいいし、いっしょに車に乗せて帰ってきてもいい。きみにとってはなんの問題もない。すぐ帰ってこい。テキサス行きというささやかな冒険旅行のことを、だれにも知られずにすむ可能性もかなりある。第二のシナリオは、死刑執行が延期された場合だ。そうなればきみの勝利だ。でも、お祝い気分で浮かれ騒ぐのは禁物だぞ。当局の人間がボイエットの身柄を拘束している隙《すき》に、きみはこっそり街を出てカンザスへもどってこい。いずれにしても、きみは姿を見とがめられてはならない。わかったな？」

「わかったと思う。質問させてくれ。スローンに到着したら、ぼくたちはどこに行けばいい？　検事局か警察、マスコミ、それともドンテの弁護人のところか？」

「ロビー・フラック。話をきいてくれそうな人間はあの弁護士だけだ。警察も検察官も、いまさらボイエットの話に耳を貸す道理はない。連中は真犯人をつかまえていると思いこみ、いまは死刑の執行を待っているだけだからね。きみたちの話を信じてくれそうな人物はロビー・フラックだけだし、それなりに騒ぎを起こす能力もそなえているように見うけられる。もしボイエットが説得力のある話をすれば、マスコミ関係の手配はフラックがやってくれるはずだ」

「そうだろうと思っていたよ。フラックには朝の六時に電話をかけようと思う。たっぷりと寝ているようには思えないのでね」

「ふたりであちこちに電話をかけはじめる前に、もう一度打ちあわせておこう」

「了解」

「ついでにいっておけばね、キース……おれはいまもまだ、きみが正気じゃないと思っているよ」

「ああ、疑いの余地はないとぼくも思うな」

キースは携帯電話をポケットにしまいこんだ。数分後、スバルはカンザス州をあとにしてオクラホマ州にはいった。キースは時速百三十キロで車を走らせていた。聖職者用のカラーをきちんとつけてもいた。たとえ警官に停止を命じられても、それがまっとうな警官なら、スピード違反以外にはなんの罪も犯していない聖職者に穿鑿《せんさく》がましい質問をすることはあるまい――キースは自分にそういいきかせていた。

17

その夜、ドラム一家はリヴィングストン郊外の安モーテルで過ごした。ドンテが七年間閉じこめられていたアラン・B・ポランスキー矯正センターから、六キロ半程度の場所だった。モーテルの得意客はもっぱら囚人の家族たちだったが、それ以外にも海外から来る〝死刑囚の花嫁〟という、いささか不気味な教団の面々もいた。死刑囚舎房ではいつでも二十名前後の死刑囚が、決して手を触れることのできないヨーロッパの女性と結婚していた。決して州が正式に認可した結婚ではなかったが、それぞれのカップルは自分たちを夫婦だとみなし、可能な範囲で精いっぱい夫婦としてふるまいつづけた。妻たちはおなじ境遇の仲間たちと連絡をとりあうほか、それぞれの夫に会うためにグループでテキサス旅行をすることも珍しくなかった。そういった女性たちも、このモーテルに宿をとった。

昨夜はドラム家の近くのテーブルで、そのたぐいの四人の女が食事をとっていた。

訛《なまり》が強く服装も挑発的なので、囚人の妻たちの姿はいやでも目についた。本人たちも目立ちたがっていた。いずれも、故国ではろくに名前を知られていない有名人だった。ドンテは結婚の申しこみをひとつ残らず断わっていた。いよいよ執行が近づいてきたころには、本を書く話を断わり、インタビューの申しこみを断わり、結婚の申しこみを断わり、〈フォーダイス——突撃取材!〉への出演を断わった。刑務所づきの教《きょう》誨師《かいし》との面会や、かつて通っていた教会のジョニー・キャンティ牧師との面会も断わっていた。ドンテは宗教を捨てていた。自分を殺そうという一念に凝り固まっている敬虔《けいけん》なキリスト教徒たちが熱心にあがめている神とは、いっさいかかわりたくなかったのだ。

ロバータ・ドラムは、一〇九号室の暗闇《くらやみ》のなかで目を覚ましていた。過去一カ月のあいだはろくに眠れず、いまでは疲労のあまりかえって寝つけなくなっていた。医者からは睡眠導入剤をもらっていたが、薬の副作用で神経がぴりぴりとしてしまった。

客室は暖かく、ロバータはシーツを体にかけずにいた。ツインの部屋のもうひとつのベッド——ほんの一メートルほどしか離れていない——に横になっている娘のアンドレアは、どうやら眠っているようだった。息子のセドリックとマーヴィンは隣の客室にいる。きょう、つまりドンテの生涯最後の日には、刑務所規則によって午前八時から正午までの面会が認められていた。その時間がおわれば、ドンテはハンツヴィルの刑務所内にある処刑室に身柄を移される。

もうあと数時間で、朝の八時だ。

スケジュールはいっさいの変更をうけつけず、効率性で名高い制度によって、あらゆる動きが指示されていた。午後五時、家族はハンツヴィルの刑務所のオフィスに集合し、そこから処刑室までの短い道のりをヴァンで移動する。目的地に到着したのち、家族は死刑囚に薬剤が注射される時刻の直前に、狭苦しい立会人室に案内される。そこで家族は、ストレッチャーに寝かされているドンテを目にすることになる。家族は、すでにチューブが装着されたドンテの生前最後の言葉をきき、公式の死亡宣告が出されるまで十分待ったのち、その場を迅速にあとにする。そのあと家族は車で地元の葬儀社へ行ってドンテの遺体を引きとり、家に連れ帰る。

これは夢、それも悪夢ではないのか？　いまこうしていること、暗闇のなかで息子の生涯最後の数時間について考えていることは、はたして現実なのか？　もちろん現実だった。かれこれ九年間——ドンテが逮捕されたばかりか自白までしたという話をきかされてからずっと——この悪夢のなかで暮らしてきたのだ。いまや悪夢は愛読する聖書とおなじくらいぶあつい本になっていた——どの章も新たな悲劇であり、どのページにも悲しみと現実を信じられない気持ちとが満ちていた。

アンドレアが寝がえりをうって体を反対にむけると、安物のベッドが軋《きし》んでがたついた。しかしそれっきりアンドレアは静かになり、深い寝息がきこえてきた。

ロバータにとっては、ひとつの恐怖がおわっても、また新しい恐怖が登場してくることのくりかえしの歳月だった。拘置所にいる息子ドンテを初めて見たときの、全身が麻痺《まひ》していくようなショック。あのときドンテはオレンジ色のジャンプスーツを着せられ、見ひらいた目に恐怖を浮かべていた。愛する息子が家族から切り離されて拘置所に閉じこめられ、周囲を犯罪者に囲まれていると思うと、胃がきりきりと痛んだ。公平な裁判がおこなわれるにちがいないという希望をいだいたが、およそ公平とはいえない裁判であることを知らされて、ショックを感じただけにおわった。死刑判決が読みあげられたときには、ロバータの激しい嗚咽《おえつ》の声が途切れることなく法廷に響いた。そのとき最後に見た息子は、偉丈夫の郡警官たちの手で法廷から引きたてられていく姿だった。郡警官たちは、いずれも得意げな薄笑いをのぞかせて仕事をしていた。そのあとは際限もない上訴と、しだいに希望が薄れていく日々。数えきれないほど訪ねた死刑囚舎房。そのたびにロバータは、頑健で健康そのものだった若者がじわじわと衰えていくのを目《ま》のあたりにさせられた。そのあいだに離れていった友人たちもいたが、ロバータは気にもかけなかった。無実の主張に疑いをもつ友人もいた。延々と息子のことばかりを話すロバータに辟易《へきえき》した友人もいた。しかしロバータの頭は息子のことでいっぱい、ほかに話すべき話題はなかった。だいたい、こんな立場の母親がどういう体験を強いられるのか、ほかにだれがわかるというのか？

しかもこの悪夢は、いつおわるともしれなかった。テキサス州がようやく息子を殺しても、悪夢がきょうでおわらないことは確実だ。息子を埋葬する来週になってもおわるまい。いずれ——そんな日が来るとしての話だが——ようやく真実が明らかになっても、それでも悪夢がおわる日は将来訪れることはないだろう。

恐怖がどんどん積み重なっていくばかり。はたしてベッドから起きあがるだけの体力が残っているのかどうか、それさえ疑問に思える日も多かった。強い人間のふりをすることにはもう疲れはてていた。

「起きてるの、母さん？」アンドレアが静かな声でたずねてきた。

「わかってるくせに」

「少しは寝た？」

「いいえ、寝られなくて」

アンドレアはシーツを蹴《け》って剥《は》がすと、両足をまっすぐに伸ばした。外から射《さ》しこむ光もまったくないため、部屋はまっ暗だった。「いまは四時半ね」

「時計が見えないけど」

「わたしの腕時計は夜光タイプなの」

　ドラム家の子どもたちのなかでは、アンドレアだけが大学の学位を取得し、いまはスローン近くの街の幼稚園で子どもたちを教えていた。アンドレアには夫がいる。いまはただ、テキサス州リヴィングストンから遠く離れた自宅のベッドにいたかった。いったんは瞼《まぶた》を閉じて眠ろうと努力したが、結局はわずか数秒でまた目をあけて天井を見あげていた。

「母さん、話しておきたいことがあるの」

「どんな話？」

「これまでだれにも打ち明けたことはないし、この先だれかに話すつもりもない。わたしにとっては、もうずいぶん長いあいだ重荷になっていたの。それで、あいつらがドンテを連れ去ってしまう前に、母さんに知っておいてほしくて」

「きかせておくれ」

「公判がおわって、ドンテが刑務所に入れられたあと、ドンテの話に疑いを感じたことがあるのよ。いまにして思えば、わたしはドンテを疑う理由をさがしていたのね。

あの人たちの主張も、一応は筋が通っていたみたいだし。だって、ドンテが見とがめられるのを怖がりながらも、あの女の子のまわりをうろついているところも想像できたし、女の子から別れ話を切りだされて、別れをいやがるドンテも想像できたもの。あの晩だって、ひょっとしたらドンテはわたしが寝ている隙にこっそり外に出ていたのかもしれない。それに法廷でドンテの自白調書が読みあげられたときには、落ち着かない気持ちにさせられたことは認めるしかない。ニコルの遺体は結局見つからなかったけど、ドンテが遺体を川に捨てたのなら、そういう理由で見つからなかったのかもしれない。そんなふうに、いろんなことすべてに理由をくっつけようとしてたの。だって、司法制度が完全に壊れているわけではないと信じたい一心だったから。だからわたし、ドンテは本当に有罪だし、警察はおそらく真犯人をつかまえたんだって自分を納得させたの。ずっと手紙を書いては送っていたし、何度もここに足を運んでドンテと面会してはいたけど、内心ではドンテが有罪にちがいないって思いこんでた。なんだか変な話だけど、しばらくはそれで気持ちが落ち着いていたのよ。そんな日々が何カ月か……ううん、一年くらいつづいてたかな」

「なにがきっかけで考えが変わったの？」

「ロビー。ほら、直接上訴の審理をきくために、オースティンにみんなで行ったときのことを覚えてる?」

「ああ、覚えてるよ」

「公判の一年あとくらいだったわ」

「そうだったね」

「わたしたち、大きな法廷にすわって、あの九人の判事たちを見つめてた。全員白人で、みんながみんな深刻な顔つきで深刻な雰囲気をまとってた。法廷の反対側には、あのおしゃべり好きなお母さんをはじめ、ニコルの家族がすわってた。で、ロビーが立ちあがって、わたしたちの主張を述べはじめた。あの人、最高だった。公判のようすをふりかえって、証拠がどれだけ薄弱かをひとつひとつ指摘していったの。それも公判のときの検事や判事を嘲笑《あざわら》いながら。恐れ知らずとはあの人のことね。それからロビーは自白調書を攻撃した。そしてロビーはあのとき初めて、警察のもとにドンテを犯人呼ばわりする匿名《とくめい》の通報があったのに、警察がそのことをドンテに隠していたという事実をとりあげたのよ。あれがショックだった。どうして警察や検察が証拠を隠していられたわけ? でも、法廷は気にもとめていなかった。いまでも覚えてるけど、熱っぽく主張を述べているロビーを見つめているときに、だんだんわかってきたの――あの弁護士は、街の裕福な地区に住んでいるあの白人の弁護士は、わたしの兄の無実を心の底から信じてくれているんだって。そしてわたしは、あのときあの場でロビーを信じるようになった。同時に、ドンテを疑った自分のことが恥ずかしくてたまらなくなったわ」

「いいのよ、気にしないで」

「お願いだから、このことはだれにも話さないで」

「話すもんですか。母親を信じないでだれを信じるの」

　ふたりはともに体を起こしてベッドに腰かけると、手を握っておたがいのひたいを触れあわせた。アンドレアがいった。「母さんは泣きたい？　それとも祈りたい？」

「祈るのはあとでもできる。でも、あとで泣くわけにはいかないわ」

「そうね。いま思いっきり泣きましょう」

　オクラホマシティに近づくにつれ、早朝ということもあって交通量が増えてきた。ボイエットは助手席の窓ガラスにひたいを押しあて、口をだらしなくひらいたまま眠っていた。この男の居眠りは二時間めに突入していたが、キースは自分ひとりの時間を歓迎していた。先ほど州境近くでいったん車をとめて、テイクアウトのコーヒーを買った。いつもならどぶに捨てたくなるような、機械で淹《い》れたまずいコーヒーだった。

しかし、不足している風味の穴はカフェインが補っていた。コーヒーのおかげで即座に目が冴《さ》えてきた。頭がぶんぶんと回転しはじめ、速度計の数字は制限スピードをつねに十三キロだけ上まわっていた。

さっき休憩したとき、ボイエットはビールが飲みたいといった。キースはその頼みをはねのけ、代わりに水のボトルを買いあたえた。ラジオを操作すると、エドモンドにあるブルーグラス専門の局が見つかったので、低いボリュームでしばし耳をかたむけた。午前五時半にはデイナに電話をかけたが、妻には話すべきこともないようだった。オクラホマシティの南を通過中に、ボイエットがぎくりとして居眠りから目を覚ました。

「眠りこんじまったな」

「ああ、ぐっすり寝ていたぞ」

「牧師さん、医者にもらって飲んでる薬のせいで膀胱《ぼうこう》が活発になってね。わるいが、トイレ休憩で車をとめてもらえるか？」

「いいとも」キースは答えた。ほかに答えようがあっただろうか？　キースは片目を時計に貼《は》りつかせていた。この先テキサス州デントン北方で高速道路を離れて、上下各一車線の道で東へむかう予定だ。この一般道での移動にどのくらい時間がかかるのかは、まったく読めない。精いっぱい見当をつけて、スローンへの到着を正午から午後一時のあいだと予測した。いうまでもなく、トイレ休憩は到着時刻を早める役には立たない。

ふたりはノーマンで車をとめ、ここでもコーヒーと水を買いこんだ。ボイエットが人生最後のタバコのような剣幕でせわしなく煙を吸っては吐きだし、たてつづけに二本を灰にしているあいだ、キースは手早く給油をすませた。十五分後、ふたりを乗せた車はふたたび州間高速三五号線上にもどり、平野が広がるオクラホマの田園地帯をひたすら南へ疾走していた。

神につかえることを職業にしている者として、キースは少なくとも信仰の件については質問しないではいられなかった。キースはわずかにためらいを感じながらも、こう口火を切った。「少年時代の話はさっききかせてもらったね。だから、もう一度くりかえす必要はない。ただ、ちょっと興味をおぼえてね。子どものころに教会に連れていってもらったり、教会の聖職者とふれあったりした経験があったのかな、と」

ふたたびチック。熟慮の時間をおくのも以前とおなじだった。

「なかった」一瞬、そのひとことが答えのすべてかと思われたが、ボイエットはさらに言葉をつづけた。「おふくろが教会へ行ったなんて話はまったく知らない。もともと家族とのつながりが薄いんだよ、おふくろは。どうも家族のほうがおふくろを恥ずかしがって、遠ざけていたみたいだな。ダレルが教会なんてものに近づかなかったのは確かだ。チェット叔父には神を信じる気持ちがどっさり必要だったとは思うが、まあ、いまごろあの男は地獄にいるにちがいないよ」

キースはこの言葉に、会話のさらなるとっかかりを見つけた。「じゃ、地獄の存在は信じてるんだな？」

「まあね。死んだら、人間はみんなどこかしらへ行くものと信じてるし、あんたとおれがおんなじ場所に行くとは信じてないさ。おれたちがおなじ場所に行くなんて、信じられるかい？　だってそうだろう、おれは人生のほとんどを刑務所で過ごした人間だ。そんなおれの言葉だから信じてほしいが、世の中には下等な人間というのが確かにいるんだよ。そういった人間は、生まれ落ちたときから心根が卑《いや》しい。残忍で、最初から魂なんかない頭のいかれた人間、助けようたって救えない連中さ。そんなやつらが死ねば、それはもう、ひどいところに行くに決まってるさ」

滑稽《こっけい》なほど皮肉な話だった。みずからの罪を告白した殺人犯にして連続強姦《ごうかん》魔が、暴力傾向のある人々を笑いものにしている。

「家に聖書はあったか？」キースは凶悪犯罪の話題から離れようとして、そんな質問を口にした。

「見たためしがないさ。そもそも、家で本を見たのなんか数えるほどさ。おれはポルノで育ったんだよ、牧師さん。チェット叔父が見せてくれたポルノや、ダレルがベッドの下に隠してたポルノでね。おれの少年時代の読書は、まあそんなところだ」

「神の存在を信じているか？」

「いいか、牧師さん、おれは神だのイエスだの救済だのって、そんな話をしてるんじゃない。確かに刑務所に閉じこめられてると、そっちに目覚めて、聖書をばんばん叩《たた》きながら御託《ごたく》をならべだすやつは大勢いる。本気のやつもいるんだろうが、ま、そうすると仮釈放審査で見栄《みば》えがよくなるって理由もあるし。おれは、そんなふうにならなかったってだけだ」

「死ぬ覚悟はできてるのか、トラヴィス？」

間。「なあ、牧師さん。おれは四十四歳だし、おれの人生なんてものは、ひとつのどでかい列車事故みたいなもんだ。おれはね、もう刑務所暮らしはうんざりだ。これまでやらかしたことの罪の意識をかかえて生きるのにもうんざりだ。おれが傷つける相手の哀れな声をきくのにもうんざりだ。いろんなクソみたいなことにうんざりしてるんだよ。ああ、汚い言葉で失礼。とにかくおれは、社会の底辺とやらでうごめく下等な人間としての自分にはうんざりしきってる。すべてにうんざりしてるのさ。おれは腫瘍《しゅよう》が自慢なんだよ。信じてもらえそうもない話だけど、腫瘍が頭蓋骨《ずがいこつ》を内側から破裂させようとしてないときには、なんだか好きに思えてくるんだ。腫瘍は、この先なにがおれを待っているのかを教えてくれる。おれはもう長くない。でも、それを思い悩んだりはしてないさ。これでもう、他人を傷つけないですむ。おれが死んだって、だれにも惜しまれることはない。腫瘍ができてなけりゃ、薬をひと瓶まとめて飲んで、ついでにウォッカをひと瓶がぶ飲みして、それっきりふわふわ浮かんでいっちまいたいね。いや、いまだってそうしたい気分だよ」

　信仰というテーマでの深い議論は、このへんで充分だろう。それからさらに十五キロばかり進んだところで、キースはふたたび口をひらいた。「なにか話したい話題はあるかい、トラヴィス？」

「べつに。いまはここにすわって道路をながめ、頭のなかをからっぽにしていたいだけだ」

「それならそれで異存なしだ。腹は？」

「減ってない」

ロビー・フラックは午前五時に自宅を出ると、わざと遠まわりをしてオフィスにむかった。車の窓をあけはなしていたため、いがらっぽいにおいが鼻をついた。火事そのものはずいぶん前に消しとめられていたが、焼け焦《こ》げたばかりの材木のにおいが、ぶあつい雲のようにスローンの街に垂れこめていた。風はなかった。ダウンタウンでは不安げな顔の警官たちが、人や車がファースト・バプテスト教会に近づかないように道路を封鎖していた。煙をあげている焼け跡がちらりと見えた——消防関係や救急関係の車の点滅する光を浴びていた。ロビーが裏道づたいに車を走らせて昔の鉄道駅舎の駐車場に車を入れ、外に降り立っても、まだ鼻を刺す刺戟《しげき》臭が生々しく立ちこめていた。スローンの住民全員が、目を覚ますなり、この不審火が残した不快な臭気に迎えられることになる。さらに口にするまでもない明白な疑問があった——この先も、おなじような火事が発生するのか？

スタッフたちがしだいに顔をそろえてきた。だれもが睡眠不足で、きょうという一日が劇的な展開を迎え、事態がこれまでとは異なる方向にむかうことを願っていた。一同は主会議室にあつまって、細長い会議テーブルを囲んだ。テーブルには、ゆうべのごみがちらかったままになっていた。カーロスがピザの空き箱やビールの空き瓶を片づけ、サマンサ・トーマスがコーヒーとベーグルをふるまった。ロビーは楽観的になっているように見せたくて、ストリップクラブでの秘密の録音にまつわるフレッド・プライアーとの会話の中身を一同に話してきかせた。プライアー本人は、まだスローンに帰ってきていなかった。

電話が鳴りはじめた。しかし、だれも電話に出たがらなかった。受付係はまだ顔を見せていない。

「だれでもいいから〝着信拒否〟のボタンを押してくれ」ロビーが一喝し、電話は鳴りやんだ。

アーロン・レイが部屋から部屋へと歩いては、窓の外を確かめていた。テレビはついていたが、音は消してあった。

補助職員のボニーが会議室にやってきていった。「ロビー、いま過去六時間の留守電メッセージをチェックしました。重要な電話は一本もありません。命を狙《ねら》うという脅迫の電話が二本、それからいよいよ記念すべき日になったことを喜んでいる白人からの電話が二本あっただけです」

「州知事からの電話は？」

「まだありません」

「それはびっくりだ。わたしたちとおなじで、知事もまともに眠れなかったはずだぞ」

キースはいずれ取り締まりにひっかかって、スピード違反の切符を切られるだろうと考えていた。そのため二〇〇七年十一月八日の木曜日、午前五時五十分に自分がなにをしていたかは、この先も忘れそうになかった。周囲を見わたしても街がまったく見えず、現在位置がはっきりしなかった。見えていたのは、オクラホマ州アードモアの南方とおぼしき地域を、車が一台も見えないまままっすぐに伸びている州間高速道路三五号線の光景ばかりだった。

警官は中央分離帯の木の裏に隠れていた。その姿に気がつくなり速度計に目をむけたキースは、自分がトラブルにはまりこんだことを悟った。ブレーキを踏んでスピードを一気に落とし、数秒待つ。パトカーの青い光が近づいてくると、助手席のボイエットがいった。「くそ」

「言葉に気をつけろよ」キースはなおも強くブレーキを踏みこみつつ、路肩へ急いだ。

「おれの言葉づかいなんぞ、あんたにとっては問題でもなんでもない。警官にはどう話す？」

「申しわけありませんでしたと詫《わ》びるよ」

「なにをしているのかと質問されたら？」

「ハイウェイを走っているんだ。多少スピードを出しすぎていたかもしれないが、厄介ごとにはならないさ」

「いっそあの警官に、おれは仮釈放規則を破って逃げてきた囚人で、あんたはおれの逃走を助ける運転手だとでも話すか」

「それだけはやめておけ」

ありていにいって、ボイエットはまさしく仮釈放規則に違反して逃亡中の囚人そのものだった——エキストラの手配業者がよこした役者とさえいえた。キースは車をとめてエンジンを切り、聖職者用カラーをまっすぐになおして、いやでも相手の目につくようになっていることを確かめた。

「きみはひとこともしゃべるな。話す役目はぼくにまかせておけばいい」

きわめて慎重で、かつ決然とした雰囲気の州警察の警官を待つあいだ、キースは自分がひとつではなくふたつの犯罪行為に関与している身で、高速道路の路肩にとめた車にすわっていることや、とうてい考えられないような理由から、連続強姦犯にして殺人者でもある男を共犯者として選んだことを思いかえし、自分を楽しませようとした。ついでキースはボイエットをちらりと見やって、こういった。

「そのタトゥーを隠せないか？」

ボイエットの首の左側には、うねうねと渦を巻いている曲線のタトゥーがあった。こんなものを理解したり、誇らしげに見せつけたりできるのは変態だけだ。

「警官がこのタトゥーを気にいったらどうする？」トラヴィスは、シャツの襟をととのえようともせずにいった。

警官が細長い懐中電灯を手に、慎重な足どりで近づいてきた。やがて危険がないとわかったのだろう、警官はぶっきらぼうにいった。「やあ、おはよう」

「おはようございます」キースは警官の顔を見あげながらいうと、免許証と車輛《しゃりょう》登録証、それに保険のカードを手わたした。

「神父さんか？」そうたずねる声には責めるような響きがあった。オクラホマ州南部にはカトリック教徒がさぞやたくさんいるのだろう、とキースは思った。

「ルター派の牧師です」キースは愛想のいい笑みで答えた。平和と礼儀正しさを絵に描いたような姿だ。

「ルター派？」警官はうなるようにいった——カトリックよりもなお始末にわるいといいたげな口調だった。

「はい」

警官は免許証を懐中電灯で照らした。「それで、シュローダー牧師、あんたの車は時速百三十五キロで走ってたよ」

「そうでしたか。申しわけありませんでした」

「ここらの制限速度は時速百二十キロだ。なにをそんなに急いでるんだね？」

「いえ、急いではいません。ただ、ちょっと注意不足でした」

「目的地は？」

キースは『そんなこと、おまえの知ったことか』といいかえしたい気持ちをこらえ、

「ダラスです」と即座に答えた。

「息子がダラスにいるよ」警官は、それがこの場で意味のある情報だといいたげにいった。ついで自分のパトカーに引き返して車内に乗りこみ、音をたててドアを閉めて書類をつくりはじめた。パトカーの青い光が、夜明け前の薄れゆく闇《やみ》をつらぬいて光っていた。

アドレナリンが落ち着いてくると、キースは待ち時間を退屈に思いはじめ、この時間を有効につかおうと思いたち、マシュー・バーンズに電話をかけた。マシューは携帯を手から離していないようだった。キースは自分の現在位置や、いま自分がどんなことになっているかを説明したが、ごく平凡なスピード違反の切符を切られただけだ

という事実をマシューに納得させるのはひと苦労だった。マシューの過剰反応という問題が片づくと、ふたりはすぐロビー・フラックの法律事務所に電話をかけはじめることで合意した。

やがて警官がもどってきた。キースは切符にサインして、受けとるべき書類を受けとり、ふたたび詫びの言葉を口にした。二十八分の停車ののち、ふたりを乗せた車はふたたび高速道路を走りはじめた。ボイエットの存在は話題にもならなかった。

18

いまとなってはすっかりぼやけた過去のいつの時点かはわからないが、かつてはドンテ・ドラムもポランスキー・ユニット内の死刑囚舎房の二二F独房で、それまで何日過ごしたかを正確に把握していたものだ。大多数の死刑囚がその種の記録をつけていた。しかし、ドンテはいつしか日数をかぞえなくなった。読書や手紙を書くこと、エクササイズや食事、歯磨き、ひげ剃《そ》り、シャワー、ほかの囚人との交流、看守に服従することなど、ほかのあらゆることに興味をうしなったのとおなじ理由からだ。必要に迫られれば眠って夢を見たし、トイレもつかった。しかしそれ以外のことはたいしてできなかったし、やろうという気も起こらなかった。

「いよいよきょうだな、ドンテ」ひとりの看守が朝食のトレイを独房に滑りこませながら話しかけてきた。きょうもまた、パンケーキとアップルソースだった。「調子はどうだ？」

「まあまあさ」ドンテはぼそりと答えた。いまふたりは金属の扉にもうけられた細長い窓ごしに話していた。

看守の名前はマウス。小柄な黒人で、まっとうな看守のひとりだった。マウスは先へ進んでいき、残されたドンテは朝食をただ見つめた。いっさい口をつけなかった。

一時間後、ふたたびマウスがやってきた。

「だめだぞ、ドンテ。ちゃんと食べないと」

「腹がへってないんだ」

「最後の食事はどうする？　もう献立を考えたか？　あと二、三時間で注文を出す必要があるんだぞ」

「なにがいい？」ドンテはたずねた。

「最後の食事になにがいいか、おれにはわからん。ただ、きいた話だと、みんな馬のように食べるというな。ステーキ、ポテト、なまず、シュリンプ、ピザ、なんでも食べたいものをいうといい」

「いつもとおなじ、冷めたヌードルと茹《ゆ》でた革というメニューはどうかな？」

「好きにすればいいさ」マウスは窓に顔をわずかに近づけ、声を殺して話しかけた。

「ドンテ、そのときが来たら、おまえのことを思っているよ。わかったな？」

「ありがとう、マウス」

「おまえと会えなくなるのが残念さ。おまえはいいやつだからな」

死刑囚舎房の人間が自分との別れを惜しんでいるのが、ドンテには愉快に思えた。ドンテはなにも答えず、マウスは独房から離れていった。

それからドンテは長いあいだ寝台に腰かけて、きのう運びこまれてきた段ボール箱をじっと見つめていた。箱にはすでに所持品を几帳面《きちょうめん》に詰めおわっている——もう何年もページをひらいたことのない十冊ほどのペーパーバック、便箋《びんせん》二冊、封筒、辞書、聖書、二〇〇七年のカレンダー、手もちの現金——十八ドル四十セント——を入れたジッパーつきのビニール袋、刑務所内の売店で買ったサーディンの缶詰がふたつと賞味期限を過ぎた塩味のクラッカーがひと袋、リヴィングストンのキリスト教系列ラジオ局とハンツヴィルのカントリーミュージック専門局しか受信できないラジオ。ドンテは便箋と鉛筆をとりだして、計算をはじめた。しばらく時間がかかったが、ようやくかなり正確だと確信できるような数字を算出することができた。

独房二二Fで過ごしたのは、七年と七カ月と三日——合計二千七百七十三日間だ。それ以前に、エリスにあった旧死刑囚舎房で約四カ月を過ごしている。逮捕されたのは一九九八年十二月二十二日。それ以来ずっと牢屋《ろうや》暮らしだった。

つまり、約九年間を鉄格子《てつごうし》のなかで過ごした計算になる。永遠にも等しい歳月だったが、ことさら驚くような数字ではなかった。四つ先の独房にいる六十四歳のオリヴァー・タイリーは、死刑囚舎房で過ごして三十一年めになりながら、いまもって死刑執行の予定が決まっていない。収監されて二十年になるベテランも数人いる。ただし、それもいま変わりつつあった。新たに死刑囚舎房にやってきた者には、新しいルールが適用された。彼らの上訴には、これまで以上に厳しい期限が設定された。一九九〇年以降に死刑宣告を受けた囚人の執行までの平均待ち時間は十年だ。これは全米各州でも最短である。

二二Fに収監された当初は、ドンテも裁判所のニュースをひたすら待って待って待ちつづけた。裁判所は、かたつむりのようなスピードでしか機能していないかに思えた。ついで、すべてがおわってしまった——もはや提出できる請願書もなくなり、ロビー・フラック弁護人が攻撃できる判事も裁判官もいなくなった。いまふりかえると、数々の上訴はあっという間に飛び去ったように思える。ドンテはベッドに仰向けに横たわると、眠ろうとしてみた。

日数を数え、過ぎゆく歳月を見ていることはできる。これなら死んだほうがましだ、と自分にいいきかせることもできるし、その言葉を信じることも無理ではない。真正面から臆《おく》せず死とむきあい、話し相手もいない二メートル弱×三メートルの独房で老いて朽ちていくくらいなら、死後の世界のほうがましに決まっている、だから自分には死ぬ覚悟はできている、と口に出すこともできる。自分はもう半分死んでいると思いこむこともできる。頼むから、残りの半分ももっていってくれ、と。

長い年月のあいだ、何十人もが死刑囚舎房を出たきり二度ともどらないのを目にしていると、いずれ自分にも迎えが来ることを事実として受け入れるようにもなる。しょせん自分は実験室のラット、実験成功の証拠として利用される使い捨ての存在にすぎない。目には目を――殺人があれば、そのたびに報復が必要だ。それなりに殺せば、やがて殺人は善だと思いこむようにもなる。

日数を数えていき、やがてある日、もう残りの日数がないことに気づかされる。そして迎えた最後の日の朝、はたして本当に覚悟ができているのかと自分に問いかける。ついで、自分のなかをさがして勇気があるかどうかを確かめる。しかし、勇ましい気持ちは薄れて消えかかっている。

すべてがおわったこのとき、本心から死を願う者はひとりもいない。

ニコルの母親、リーヴァにとってもきょうは記念すべき日だった。全世界に自分の苦悩ぶりを見せるため、リーヴァは自宅での朝食の席にふたたび〈フォーダイス――突撃取材！〉のスタッフを招きいれた。リーヴァはいちばんおしゃれなパンツスーツを着てベーコンエッグをこしらえ、夫ウォリスとふたりの子ども――ともに十代のおわりにさしかかっているチャドとマリー――ともどもテーブルを囲んだ。四人のだれひとり、たっぷりとした量の朝食を必要としてはいなかった。まったく食べずにすませてもいいくらいだった。しかしカメラがまわっていることもあり、家族は食事をとりながら、一家の愛する教会を葬《ほうむ》り去った火事、いまもまだ煙がくすぶっている火事のことを話題にした。一家は衝撃を受け、怒りに駆られていた。四人とも放火であることを確信してはいたが、それぞれが言葉に注意し、だれかを犯人呼ばわりすることは控えた――カメラの前では。カメラがまわっていなければ、教会に火をつけたのは黒人の悪党どもに決まっているという意見だった。リーヴァはかれこれ四十年以上も前から、この教会の信徒である。二度の結婚式もこの教会で挙げた。チャドとマリーとニコルの洗礼式もこの教会で挙げた。ウォリスは教会執事だった。火事は悲劇にほかならなかった。やがて家族の話題は、もっと重要な件に移っていった。四人の全員が口をそろえて、きょうは悲しいことが起こる悲しい一日だといった。悲しくとも、必要なことだ。自分たちはかれこれ九年近くこの日を待っていた――自分たち家族だけではなく、スローンの全住民にもひとしく正義がもたらされるこの日を。

ショーン・フォーダイスは、この時点ではまだフロリダ州での厄介な死刑執行の取材から抜けだせていなかったが、すでに今後の予定を周囲に知らしめていた。きょう夕方には、自家用ジェット機でハンツヴィル飛行場に到着、そのあと死刑執行に立ちあう前のリーヴァに簡単なインタビューをする。もちろんすべてがおわったあとも、その場に残る予定だった。

番組ホストが不在のまま、朝食シーンの撮影はつづいた。カメラがいったんとめられると、アシスタント・プロデューサーがこんな珠玉の言葉で家族の会話をうながした。「致死薬注射による死刑は人道的すぎると思いますか？」

リーヴァはそのとおりだという意見だった。ウォリスは生返事をしたにとどまった。チャドはベーコンを嚙《か》んでいた。母親譲りで口数の多いマリーは、料理を口にいれる合間にこういった――ニコルがあれだけ苦しんだのだから、ドンテ・ドラムはできるだけ多くの肉体的苦痛を味わいながら死ぬべきだと思う。

「死刑は一般公開するべきだと思いますか？」――この質問には四者四様の答えが出された。

「死刑囚には、生前最後の発言が許されています。もしみなさんがドラムに話しかけることが許されたら、どう話しかけますか？」――リーヴァは食べ物を嚙みながらわっとばかりに泣きだして目もとを押さえ、「どうして？　ねえ、どうして？」とわめいた。「どうしてあんたは、大事な娘を奪ったの？」

「これはショーンの気にいるぞ」アシスタント・プロデューサーはカメラマンに耳打ちした。ふたりはこみあげる会心の笑みを押し殺した。

やがてリーヴァが気をとりなおし、一家は朝食をつづけた。途中リーヴァは、それまでほとんど口をひらかなかった夫のウォリスを怒鳴りつけた。「ウォリス！　いったいなにを考えてるの？」

ウォリスは、なにも考えていなかったといいたげに肩をすくめただけだった。

食事がおわろうというころ、偶然にもロニー牧師が立ち寄った。ゆうべは寝ないで自分の教会が焼け落ちるのを見ていたので、睡眠が必要な状態だった。しかしリーヴァとその家族は、牧師を必要としていた。一家の面々はロニー牧師に火事についての質問を浴びせかけた。牧師は当然のことながら疲れた顔を見せていた。一同は家の奥にあるリーヴァの部屋に移動し、そこでコーヒーテーブルを囲んで腰をおろした。一同は手をつなぎ、ロニー牧師に導かれて祈りを捧《ささ》げた。頭から一メートルと離れていないところにカメラをかまえられた牧師は、劇的な雰囲気を盛りあげようと心を砕きつつ、きょうという困難な一日を耐える力と勇気を一家に授けることを祈る言葉を口にした。つづいて正義をもたらしてくれたことを神に感謝し、自分たちの教会とその信徒たちのためにも祈った。

牧師は、ドンテ・ドラムの名前もその家族のこともまったく口にしなかった。

電話をかけてもかけても留守番サービスにつながるだけだったが、十回ほどもくりかえすうちに、ようやく本物の人間が電話口に出てきた。

「はい、〈フラック法律事務所〉です」早口の女性の声がいった。

「ロビー・フラックをお願いします」キースは気負いこんでいった。ボイエットが顔をめぐらせ、キースに目をむけた。

「ミスター・フラックはただいま会議中です」

「わかってます。いいですか、きわめて重要な件で電話をかけてるんですよ。わたしはキース・シュローダー。カンザス州トピーカにあるルター派教会の牧師です。ミスター・フラックとは、きのうも電話で話をしました。いまは車でスローンへむかっているところです。車にはトラヴィス・ボイエットという男を同乗させています。ボイエットはニコル・ヤーバーを強姦《ごうかん》して殺害した真犯人であり、遺体を埋めた場所を知っています。こうしてスローンにむけて車を走らせているのも、そちらでボイエットに話をさせるためです。そんな事情で、ロビー・フラックと話をすることがぜったいに必要なんです。それもいますぐ」

「ええと……わかりました。電話をいったん保留にしてもかまいませんか?」

「保留にされても、こちらには手も足も出ません」

「少々お待ちを」

「急いでください」

女性スタッフはキースの電話を保留にすると、正面玄関近くのデスクを離れ、早足で旧鉄道駅舎内を突っきりながら、チームの面々を呼びあつめた。ロビーは、調査員のフレッド・プライアーともどもオフィスにいた。

「ロビー、この人の話はぜひきいていただく必要があります」受付係はいった。その表情と声は、議論の余地をまったく残さなかった。一同は会議室にあつまり、スピーカーフォンを囲んだ。

ロビーがボタンを押して話しかけた。「ロビー・フラックだ」

「ミスター・フラック、キース・シュローダーです。きのうの午後、いちどお話をさせていただきました」

「ああ、シュローダー牧師だね？」

「ええ。しかし、いまはただキースと呼んでください」

「この電話はスピーカーフォンにさせてもらってる。かまわないか？　いまここに事務所のスタッフ全員と、若干の外部の者がいる。数えたところ十人だ。いいかな？」

「ええ、かまいません」

「録音もしているが、これもかまわないか？」

「ええ、けっこうです。ほかになにか？　こっちは徹夜で車を走らせていて、いまはなんとか正午までにスローンに到着しようとしているところです。トラヴィス・ボイエットはいまおなじ車に乗っていますし、話をする用意もできています」

「ボイエットという男について話してくれ」ロビーはいった。テーブルを囲む面々は身じろぎもせず、ろくに息もしていなかった。

「ボイエットは現在四十四歳、生まれはミズーリ州ジョプリンです。常習的犯罪者であり、少なくとも四つの州で性犯罪者として登録されています」キースはちらりとボイエットに目を走らせた。ボイエットはどこかほかの場所にでもいるかのように、助手席の窓からただ外を見ていた。「最後にいたのはカンザス州ランシングの刑務所で、いまは仮釈放中の身です。ニコル・ヤーバーの失踪《しっそう》当時はスローンに住んでおり、

〈レベル・モーターイン〉というモーテルに滞在していたといってます。そちらなら場所の見当がつくでしょう。一九九九年一月、ボイエットは飲酒運転によってスローンで逮捕されました。逮捕状のコピーもあります」

カーロスとボニーのふたりはそれぞれのノートパソコンのキーを打ちまくって、インターネットを駆けめぐり、キース・シュローダーとトラヴィス・ボイエット、およびスローンでの逮捕記録にまつわる情報を探索していた。

キースはつづけた。「さらにいえば、ボイエットがスローンの拘置所に拘留されていたのは、ドンテ・ドラムが逮捕されたころでした。ボイエットは保釈保証金を出して釈放され、その足で街をあとにしました。そのあともボイエットはカンザス州各地を転々としましたが、ある女性を強姦しようとして逮捕され、いまその刑期をおえようとしているところです」

会議テーブルを囲む面々は、緊張のおももちで顔を見あわせた。全員がふっと息をついた。

「なぜボイエットはいまになって話す気になった?」ロビーはスピーカーフォンに顔を近づけながらたずねた。

「ボイエットは死にかけています」キースはずけずけといった——いまの段階で言葉

をソフトに飾っても意味はない。「脳腫瘍《のうしゅよう》、それも悪性の膠芽腫《こうがしゅ》があります。ステージ4、すでに手術は不可能な段階です。医者からは余命は数カ月だと宣告されたという話です。そこで、正しいことをしたくなったと本人は話しています。また、刑務所にいるあいだにドラム事件の展開を追わなくなった、いずれテキサス州当局が犯人ではない男を犯人扱いして、つかまえてしまったことに気づくはずだと思っていた、とも話しています」

「問題の男は、いまその車に乗っているんだね？」

「ええ」

「その男にも、この会話がきこえているのか？」

キースは左手でハンドルを操作し、右手で携帯電話を耳にあてていた。「いいえ」

「その男に会ったのはいつ？」

「月曜です」

「男の話を信じているのかね？　もし連続強姦魔で常習的犯罪者だとすれば、真実を打ち明けるよりも、むしろ嘘《うそ》をつきそうに思えるな。ボイエットに脳腫瘍があることはなぜわかった？」

「その点は調べて裏づけをとりました。事実です」キースはまたボイエットに視線を走らせた。あいかわらずボイエットは助手席の窓の外に視線を投げてはいるが、なにも見てはいないようだった。「ええ、話はすべて真実だと思います」

「ボイエットはなにを求めてる？」

「これまでのところは、なにも」

「で、いまはどこにいるんだ？」

「州間高速三五号線上で、テキサスとの州境もそれほど遠くありません。これで巧《うま》くいきますか、ロビー？　死刑執行をやめさせる見こみはありますか？」

「見こみはあるとも」ロビーはいいながら、サマンサ・トーマスと目をあわせた。サマンサは肩をすくめ、〝あるかもしれない〟という意味で弱々しくうなずいた。

ロビーは両手をこすりあわせて、言葉をつづけた。

「よし、キース、これからするべきことを話そう。まずわたしたちはボイエットと会って、いろいろと質問する必要がある。それがとどこおりなくすんだら、宣誓供述書を作成、ボイエットのサインをもらい、請願書とともに裁判所に提出する。時間はまだあるにはあるが、たっぷり余裕があるとはいえないな」

カーロスはカンザス州矯正局の公式サイトからボイエットの写真をさがしだしてプリントアウトし、すぐサマンサに手わたした。サマンサは顔写真を指さし、こうささやいた。「この男を電話に出せといって」

ロビーはうなずいた。「キース、ボイエットと直接話がしたい。電話に出てもらえそうか？」

キースは携帯を耳から話して、ボイエットにたずねた。「例の弁護士だ。きみとじかに話をしたがってる」

「気がすすまないね」ボイエットはいった。

「なにをいいだす？　テキサスまで車を走らせてるのは、この人に話をきかせるためだし、いま当人が電話に出てるんだぞ」

「断わる。話は向こうに着いてからだ」

ボイエットの声は、スピーカーフォンでもはっきりとききとれた。ロビーをはじめとする面々は、キース・シュローダーの車に本当に同乗者がいるとわかって、ひそかにほっと安堵《あんど》していた。ということはこの牧師は、死刑執行の瀬戸際《せとぎわ》になってふざけた遊びを仕掛けてくる奇人変人のたぐいではないのかもしれない。

ロビーは重ねて頼みこんだ。「いまその男と話をさせてもらえれば、こっちは宣誓供述書の作成にとりかかれるし、それでわずかでも時間が稼げるんだ。いっておくが、時間の余裕はないんだ」

キースはこの言葉をボイエットに伝えたが、その反応は驚くべきものだった。ボイエットはやにわに両手で頭をつかんだ——同時に、上体がいきなり荒々しく前に投げだされた。悲鳴をこらえようとはしていたが、かなり大きな「あああぁっ！」という声が洩《も》れ、のどの奥からこみあげる頼りなげな声がつづいた。言語に絶する苦痛にもがき苦しみながら死にかけているとしか思えない声だった。

「いまの声はなんだね？」ロビーはたずねた。

運転しながら電話で話をしていたキースは、またもや起こった痙攣《けいれん》の発作に気が気ではなくなった。「あとでかけなおします」そういって電話を下におろす。

「吐きそうだ」ボイエットはいいながら、ドアハンドルに手を伸ばした。キースはブレーキを踏みこんで、スバルを路肩にむけた。後続の十八輪トラックが急ハンドルでからくも衝突をかわし、抗議のクラクションを鳴らした。ようやくスバルが完全にとまると、ボイエットはすかさずシートベルトに手をかけた。ベルトをはずして自由になるなり、細くあけたドアから外に顔を突きだして吐きはじめる。キースはその光景を見たくなかったので、車外に降り立ち、リアバンパー側にまわった。ボイエットは長いこと吐いていた。ボイエットがひと息ついたころを見はからって、キースは水のボトルを手わたした。

「少し横になりたい」ボイエットはそういうと、這《は》うようにして後部座席に乗りこんでいき、「車をとめたままにしてくれ」と命じてきた。「まだむかむかする」

キースは車から数メートル離れると、妻のデイナに電話をかけた。

さらにもう一度、騒々しくむせたり、えずいたりしたあとで、ようやくボイエットは落ち着いてきたようだった。ふたたび後部座席に這いこんできたボイエットは、右のドアをあけたまま、足を外に垂らしていた。

「そろそろ出発しなくてはならないんだ」キースはいった。「ここにいても、スローンが近づいてくることはないんだから」

「あと一分でいい、頼む。まだ走ってる車に乗っていられる自信がない」ボイエットはこめかみを揉《も》んでいた。きれいに剃《そ》りあげた頭部がいまにも破裂しそうに見えた。キースはしばしその姿を見つめていたが、これほど苦しんでいる人間をただ見ていることに落ち着かない気分を感じた。キースは地面の嘔吐物《おうとぶつ》をよけて歩き、車のボンネットによりかかった。

電話が鳴った。ロビー・フラックからだった。「なにがあったんだね?」

ロビーはあいかわらず会議テーブルの前にいたが、いまでは椅子《いす》に腰をおろしていた。先ほどの面々も、まだ大半が残っていた。カーロスは早くも宣誓供述書の作成にとりかかっていた。ボニーはスローンでのボイエットの逮捕記録を発見して、いまは当時の担当弁護士をつきとめようとしていた。クリスティ・ヒンジーは事務所に午前七時半に顔を出すなり、昂奮《こうふん》のひとときを逃してしまったことを悟った。マーサ・ハンドラーは猛然とキーボードを打って、ドンテ・ドラムの死刑執行をテーマに執筆中の記事に、この新たなエピソードを書きくわえていた。アーロン・レイとフレッド・プライアーはコーヒーを何杯も飲みながら旧鉄道駅舎内を歩きまわり、不安げなまなざしをあらゆるドアや窓にむけていた。ありがたいことに、すでに太陽が空にのぼっており、本心ではふたりともトラブルが起こるとは思っていなかった。少なくとも、この事務所では。

「ボイエットが引きつけの発作を起こしたんです」キースが答えると同時に、すぐそばを十八輪トラックが猛然と走りすぎていき、その風がキースの髪を乱した。「腫瘍のせいだとは思いますが、発作が起こると、まともに見ていられないほど恐ろしいようすになります。この二十分ばかり、ボイエットはずっと吐いていました」

「いまは車を走らせてるのか？」

「いいえ。でも、一分後には出発します」

「残り少ない時間が刻々と過ぎているんだよ、キース。そのことはわかっているね？　ドンテはきょうの午後六時に処刑される予定なんだ」

「わかってます。覚えているでしょうが、きのうあなたにこの話をしようとしたら、あなたはわたしに〝失《う》せろ〟といったんですよ」

ロビーはテーブルを囲む面々の視線を一身にあつめながら、深々と息を吸いこんだ。

「この会話はボイエットにもきこえているのか？」

「いえ。いまあの男は頭を揉みながら後部座席でじっと横になり、動こうとしていません。ぼくは車のボンネットに腰をおろして、十八輪トラックをよけてます」

「きみがボイエットの話を信じた理由をきかせてもらいたい」

「ええと……待ってください……どこから話しはじめればいいかな？　まず、ボイエットは事件についてたくさんのことを知っています。事件当時、スローンにいました。あのような凶行におよべる人物であることもまちがいありません。余命いくばくもないこともあります。ドンテ・ドラムを有罪だとする証拠は自供以外にありません。またボイエットは、被害者ニコルの最上級生時のクラスリングをネックレス代わりに首にかけてます。とりあえずは、このくらいしか思いつきません。さらにいえば、すべてがスケールの大きな嘘だという可能性もわずかながらあることは、認めるしかないですね」

「しかしきみは、ボイエットが仮釈放規則に違反して逃亡するのを助けている。つまり、きみ自身も犯罪をおかしているわけだ」

「わざわざ教えてもらわずともけっこう。ついさっき妻と電話で話をしたときにも、たまたまおなじことをいわれました」

「で、いつごろこっちに着けそうだ？」

「わかりません。あと三時間というところでしょうか。これまでに二回車をとめて、コーヒーを買いました。この三日間、ろくに寝ていなかったのでね。それからスピード違反の切符も切られました。オクラホマでいちばん鈍い警官の手でね。いまボイエットは、はらわたまで出しそうなほど吐いている——でも、ぼくの車に吐かれるより、道ばたに吐かれるほうがましだ。いつ着けるかはわかりません。とにかく、努力します」

「頼む、急いでくれ」

19

日がのぼって、街全体が待ちかねたように活気づいてくるのにあわせて、スローン警察は厳戒態勢をとった。拳銃《けんじゅう》のホルスターのスナップが外され、無線がかん高くわめき、パトカーは道路をせわしなく行き来し、すべての警官が次のトラブルの火種に目を光らせていた。次にトラブルが発生するのはハイスクールだと目されていたため、署長は半ダースほどの警官を木曜の早朝から学校に派遣した。登校してきた生徒たちが見たのは、正門近くにとまっている数台のパトカーという、不吉な予感をかもしだす光景だった。

黒人選手が水曜の練習をボイコットし、さらに金曜の試合出場もボイコットすると誓っていることは、スローンのだれもが知っていた。フットボールを愛してやまないコミュニティにとって、これ以上の屈辱はなかった。つい一週間前までは熱烈かつ忠実なファンだった人々が、いまでは裏切られたと感じていた。だれもが熱くなっていた――スローン全域を荒々しい感情が覆《おお》っていた。街の白人居住地区ではまずフットボールによって反感が高まり、教会の火事がそれを煽《あお》った。黒人居住地区では、死刑執行が理由のすべてだった。

対立から荒々しい実力行使をともなう騒乱が勃発《ぼっぱつ》した場合の例に洩れず、どのように暴動がはじまったのか、正確なところはわかるべくもなかった。際限のない証言の数々によって、次の二点だけは明確になった。まず黒人生徒たちが白人生徒を責め、白人が黒人を責めていたという事実である。時間の問題のほうは、もう少し明らかだった。というのも最初のチャイムが八時十五分に鳴った直後、同時にいくつかのことが起こったからだ。まず一階と二階の男子トイレで、複数の発炎筒が焚《た》かれた。また中央廊下には球形の癇癪玉《かんしゃくだま》が転がされ、金属製のロッカーの下で榴弾砲《りゅうだんほう》のように炸裂《さくれつ》した。中央階段近くでは、ひとつらなりの花火が次々に点火されていき、パニックが学校全体に広がっていった。黒人生徒の大多数は教室から出て、廊下でほかのクラスの生徒たちと混ざりあった。ホームルーム中だった三年生のあるクラスでは、頭に血がのぼった黒人生徒と白人生徒が侮辱の言葉を応酬したあげく手を出しはじめ、喧嘩《けんか》騒ぎが勃発した。ほかの生徒たちもどちらかに肩入れして、喧嘩の場に乱入した。教師は助けを求める悲鳴をあげながら、教室から走って逃げだした。ひとつの喧嘩が飛び火して、十の喧嘩を引き起こした。ほどなく生徒たちが校舎からわらわらと逃げだし、安全な場所を求めて走りはじめた。火の手はどこにも見えなかったが、「火事だ！　火事だ！」と叫ぶ者もいた。警察は増援要員と消防車の出動を要請した。一階と二階のいたるところで、花火がぽんぽんと音をたてて爆《は》ぜていった。体育館の入口近くで、数名の黒人の若者がトロフィーの陳列ケースを壊して中身を漁《あさ》りはじめた。そのようすを白人生徒のグループが見とがめて、ここでも喧嘩騒ぎが発生、体育館に隣接する駐車場での騒ぎにまで拡大していった。校長は自室にこもったまま、校内放送でひっきりなしに怒鳴っていた。校長の警告の言葉は無視されたばかりか、混乱に拍車をかけただけだった。午前八時三十分、校長は放送を通じて、きょうと翌日を臨時休校にすると伝えた。やがて増援要員を引き連れた警官隊が事態を鎮圧し、スローン・ハイスクールの校舎を立入禁止にした。火の手はいっさいあがっておらず、校舎には安物の火薬の煙と鼻をつく臭気が立ちこめていただけだった。あちこちでガラスが割られ、トイレが詰まり、ロッカーが倒され、数名のバックパックが盗難の被害にあっていたほか、ソフトドリンクの自動販売機が略奪された。三人の生徒——ふたりが白人で、残るひとりが黒人——が病院に連れていかれて、怪我《けが》の手当てを受けた。切り傷や打撲傷を負ったものの、記録にとどめられなかった生徒は大勢いた。こうした多くの者が参加していた騒擾《そうじょう》の例に洩れず、だれがトラブルを引き起こし、だれがその場から逃げようとしていたのかを見きわめることは事実上不可能であり、それゆえこの時点ではだれも逮捕されなかった。

黒人であると白人であるとを問わず、年かさの少年たちは家に帰って、それぞれの銃を手にした。

ロバータとアンドレア、セドリックとマーヴィンの四人は、ポランスキー・ユニット正面の建物にあるセキュリティ・ゲートを通りぬけ、監督官の案内で面会室にむかった。彼ら家族がこの七年間、数えきれないほど体験した手続、歩いた道のりだった。家族はこれまで刑務所とそこに関係するあらゆるものを憎んできてはいたが、いまはこれがまもなく自分たちの過去の一部になってしまうことを意識してもいた。意味はなにもないかもしれないが、なにはともあれポランスキーはドンテが暮らしている場所だった。しかしそれも、あとほんの数時間で変わってしまう。

面会室エリアには、弁護士たちが接見に利用する個室がふたつあった。どちらの部屋も、一般の面会者用の部屋よりもわずかに広く、また周囲を完全に封じられているため、看守や刑務所の職員、ほかの囚人や弁護士たちが室内の会話を盗みぎきすることは不可能だった。死刑執行当日にかぎっては、死刑囚は家族とこの弁護士用の部屋での面会を許可された。とはいえ強化ガラスの壁が両者をへだてており、すべての会話は両側に設置されている黒い電話を通じてなされる点に変わりはなかった。触れあうことは不可能だった。

週末ともなれば、面会室は絶え間なく人が行き来する、にぎやかな場所になる。しかしウィークデイには通りかかる人もまばらだった。水曜日だけは〝メディアの日〟とされていた。〝予定が決まった〟死刑囚のもとを、殺人事件の現場となった街の記者が訪問してインタビューをするのが、水曜の通例だった。ドンテは、その種のインタビューの申しこみをすべて断わっていた。

午前八時にドンテの家族が面会室エリアにはいっていったとき、家族以外で部屋にいたのはルースという女性看守だけだった。一家もよく知っている看守で、ドンテに好意をもっている思いやりのある女性だった。ルースは挨拶《あいさつ》の言葉を口にしたあと、自分がどれほど残念に思っているかを伝えた。

ロバータとセドリックが弁護士用の面会室に入室したときには、ドンテはすでに部屋に連れてこられていた。ドンテの背後にあるドアの窓からは、その外にいる看守の姿が見えた。ドンテはいつものように左手を強化ガラスに押しつけ、ロバータは反対側からおなじことをした。ふたりの肌が直接触れあうことはなかったが、それぞれの心のなかでは、時間を気にかけない、情愛に満ちた抱擁だった。一九九九年十月の公判最後の日、法廷から引き立てられて行く前にひとりの看守が短時間の抱擁を許してくれたとき以来、ドンテは一回たりとも母親と肌を触れあわせていなかった。

ドンテは右手で受話器をもって、笑顔でいった。「やあ、母さん。来てくれてありがとう。愛してるよ」ガラスごしに押しつけあわされた母子《おやこ》の手はそのままだった。

ロバータは答えた。「あたしも負けないほど愛してるよ、ドンテ。きょうの調子は？」

「いつもとおんなじ。もうシャワーも浴びて、ひげも剃《そ》った。みんなが親切にしてくれるよ。服も新しいのをもらったし、下着も新しくしてもらえた。ここは本当にいい場所だよ。みんながみんな、とっても親切に接するようになるんだ――いよいよ相手をもうじき殺すとなると」

「元気そうね、ドンテ」

「うん、母さんもね。昔と変わらずにきれいだよ」

初めのころのある面会のさい、ロバータはおいおい泣きはじめて、涙をとめられなくなった。あとでドンテは母親に手紙を書き、そのなかで悲嘆に暮れる母親を見ると自分がどれほど動揺してしまうかを説明した。まわりにだれもいない独房では何時間もむせび泣きつづけていたドンテだったが、母親がおなじように涙に暮れるのを見せつけられるのは耐えがたかった。来られるときには母親に面会に来てほしい気持ちこそあれ、涙はドンテにとって百害あって一利なしだった。それ以来、涙が流されることはなくなった——少なくともロバータとアンドレア、セドリックとマーヴィンをはじめ、ほかの親戚《しんせき》や友人の目からは。ロバータは毎回の訪問のたびに、この点をはっきりさせた。自分を抑えられなくなったら、そのときは面会室の外に出ること。

「けさ、ロビーと話をしたわ」ロバータはいった。「最後の上訴について、あとひとつかふたつは腹案があるって。州知事が執行延期要請を正式にしりぞけたわけではないとも話してた。だから、望みはまだあるのよ、ドンテ」

「望みなんかないよ、母さん。自分に嘘《うそ》をついちゃいけない」

「あきらめるわけにはいかないの」

「どうして？　おれたちにできることは、もうなにもないんだ。いったんテキサス州がだれかを殺すと決めたら、なにがなんでも殺すんだ。先週もひとり殺された。今月の末あたりにも、ひとり執行が予定されてる。ここはベルトコンベヤ式の工場みたいなもので、だれにもラインをとめられない。たまに運のいいやつがいて——二年前のおれみたいに——執行停止を勝ちとれることもないじゃないが、遅かれ早かれ時間切れになる。あいつらは、人が有罪か無罪かなんてことはまるで気にしちゃいない。あいつらが気にかけてるのは、自分たちがどれだけタフかを全世界に見せたいってこと、それだけさ。テキサスはのらくらしない。テキサスに口出しするな。そんな言葉、きいたことはないかい？」

ロバータは静かにいった。「あんたには怒ってほしくないよ、ドンテ」

「母さんにはすまないけど、おれは怒りながら死んでいくよ。自分でもどうしようもないんだ。なかには讃美歌《さんびか》を口ずさんだり、聖書を引用したり、赦《ゆる》しを求めたりしながら静かに死におもむくやつもいる。先週の男は、『父よ、わたしの霊を御手《みて》にゆだねます』といってた。なにもいわずに目を閉じて毒薬の注射を待っているだけのやつもいる。それに、大暴れしながら逝《い》くやつもいる。三年前に死んだトッド・ウィリンガムは、ずっと自分は無実だと主張してた。連中にいわせると、やつは民家に放火して三人の幼女を焼き殺したってことになってた。でもやつはその家にいて、自分も火傷《やけど》を負ったんだ。やつは闘士だった。最後の言葉で、やつは自分を犯人にした連中に悪態をついてたよ」

「お願いだから、そんなことはしないでね」

「いざそのときなにをするのか、自分でもわからないよ。なにもしないかもしれない。ただ横になったまま目を閉じて、数をかぞえているかも。百まで数えたあたりで、ふわふわ浮かんで離れていく……。でも、母さんはその場にいないんだ」

「その話は前にもしたじゃないか、ドンテ」

「そうだね。でも、いままたおなじ話をしてるんだよ。とにかく、母さんには立ちあってほしくない」

「わたしだって見たくない——信じて。それでも立ちあわせてもらうわ」

「ロビーに相談しよう」

「あの人とはもう話したの。わたしがどんな気持ちなのか、わかってくれてるわ」

ドンテはゆっくりと左手をガラスから引き離した。ロバータもおなじことをした。ついでロバータは受話器をカウンターに置き、ポケットから折りたたんだ紙をとりだした。受付デスクから先には、ハンドバッグ類の持ちこみは禁止されている。ロバータは紙をひらくと、ふたたび受話器を手にとった。

「ドンテ、ここにあるのはうちに電話をかけたり立ち寄ったりして、おまえのことをたずねてきた人のリストよ。気持ちをおまえに伝えると、この人たちに約束したの」

ドンテはうなずき、笑みを見せようとした。ロバータは名前を読みあげていった

――隣人たち、おなじ町内に住んでいる旧友たち、クラスメイト、愛する教会の信徒たち、数名の遠縁の親戚。ドンテは無言できいていたが、意識はよそにただよっているように見えた。ロバータはなおも名前をあげ、ひとつひとつに人となりの説明や逸話を添えた。

次に話をしたのはアンドレアだった。ガラスごしに手をふれあわせる儀式がつづいた。アンドレアはファースト・バプテスト教会が焼き打ちにあったことや、スローンの街で緊張が高まっていること、事態がさらに悪化しそうなことを語った。こういった話はドンテの気にいったようだった――自分の仲間たちが反撃しているという話だからだ。

家族はもう何年も前に、面会エリアを訪問するときにはポケットに小銭を用意することが大事だと学んでいた。壁ぎわに自動販売機がならんでいて、面会中であれば看守たちがここで買った食べ物や飲み物を囚人に運んでくれるからだ。ドンテは刑務所で体重が激減していたが、ぶあつい砂糖のコーティングがほどこされたシナモン風味の菓子パンは大好物だった。ロバータとアンドレアが面会でまず最初に話をするあいだ、マーヴィンが菓子パンを二個とソフトドリンクを買い、看守のルースがドンテのもとに運んでいった。ジャンクフードが、ドンテの気分を晴らす役に立った。

セドリックは弁護士用面会室からほど遠からぬところで新聞を読んでいたが、刑務所長が顔を出して親しげに声をかけてきた。万事が順調であり、みずからの刑務所で、すべてがとどこおりなく動いているかどうかを確かめにきたのだ。

「わたしでお役に立てることがありますかな？」所長は選挙にでも出ているかのような口調でたずねた。自分が同情していることを、必死にアピールしようとしている。

セドリックはすっくと立ちあがり、一瞬考えをめぐらせたのちに怒りをあらわにした。「からかってるのか？　あんたたちはもうじきうちの弟を、まったくの濡《ぬ》れ衣《ぎぬ》で殺そうとしてる。それでいて、あんたはここに顔を出して口先だけのお愛想をならべて、なにか役に立つことはないかときいてくるのか」

「わたしたちはそれぞれの仕事をしているだけです」看守のルースが近づいてきた。

「いや、ちがう――無実の人間を殺すことが仕事でないかぎりはね。役に立ちたけりゃ、いますぐ死刑をとりやめにしろ」

マーヴィンが兄と所長のあいだに割ってはいった。「頭を冷やそう」

所長はあとずさって、ルースになにかいった。ふたりはそのまま深刻な雰囲気で会話をかわしながら、ドアへとむかった。まもなく所長は姿を消した。

テキサス州刑事上訴裁判所は極刑を科しうる謀殺事件だけをあつかう裁判所であり、死刑囚が連邦巡回裁判所に手をさしのべる前の最後のよりどころでもある。ここを構成する九人の裁判官は、いずれもテキサス州全域を選挙区とする選挙でえらばれた者だ。二〇〇七年現在、ここはいまだに訴答、請願書、中立書、書証類をはじめ、あらゆる書類はハードコピーのみを受けつけるという前近代的なルールにしがみついていた。オンラインではなにひとつ受けつけない。白い紙に黒インクで書いた書類、それもトン単位で量るほど大量の書類。また提出にあたっては、それぞれ十二部作成することが義務づけられていた——九通は各裁判官用、一通は書記官、一通は秘書、そして最後の一通が裁判所の保管用である。

これは実に不可解で、面倒なことこのうえない手続だ。わずか数ブロックしか離れていない連邦テキサス州西部地区裁判所は、一九九〇年代のなかばにはもう電子的手段による書類提出を採用していた。二十一世紀になるころには、テクノロジーの進歩にともなって、紙による書面の提出は急速に時代遅れになっていた。法律の世界では——裁判所であれ、民間の法律事務所であれ——いまや電子ファイルは紙のファイルよりもずっとありふれた存在になっている。

木曜日の午前九時、〈フラック法律事務所〉と〈テキサス死刑囚弁護グループ〉はともに、心神喪失を理由とした申立てを刑事上訴裁判所が却下したと発表した。裁判所はドンテが精神的に病んでいるとは認めなかったのだ。予想どおりだった。却下の知らせを受けとるなり、ほぼ同内容の請願が電子的手段によって、タイラーにある連邦テキサス州東部地区裁判所に提出された。

午前九時三十分、〈テキサス死刑囚弁護グループ〉に所属するシスリー・エイヴィスという女性弁護士が、ドンテ・ドラム弁護団から提出される最新の書類をたずさえてテキサス州刑事上訴裁判所の書記官室にやってきた。調査員によって秘密裡《ひみつり》に録音されたジョーイ・ギャンブルの供述をもとに、ドンテ・ドラムの無罪を主張する書類だった。シスリーは同種の書類をしじゅうこの裁判所に提出していたため、書記官とは顔馴染《かおなじ》みの仲だった。

「まだなにか出てくるのかい?」書記官は請願書を処理しながらたずねた。

「ええ、大事なことが出てくるはずよ」シスリーは答えた。

「いつもどおりのことだね」

書記官は書類の受付処理をおえ、受領した旨《むね》が記載された控えをシスリーに手わたすと、きょう一日の幸運を祈った。まちがいなく急を要する案件であるため、書記官は請願書のコピーをみずから九人の裁判官それぞれの執務室に届けた。オースティンにいたのは九人のうち三人。残る六人は全州各地にちりぢりになっている。首席裁判官をつとめていたのは、ミルトン・プラッドロウという男だった。この裁判所で長年裁判官をつとめており、一年の大半をラボックにある自宅で暮らしていたが、オースティンにも小ぶりのアパートメントを所有していた。

プラッドロウと調査官は、ともに請願書に目を通した。なかでもふたりが格段の注意をむけたのは、前夜ヒューストンのストリップクラブでジョーイ・ギャンブルがすべてを告白した言葉の録音をもとにした八ページの速記録だった。なるほど、興味深い内容だったが、とても宣誓供述書とはいえないし、いざ裁判官たちが迫った場合、ギャンブルがこの発言をすべて否認する可能性もあった。会話の録音にあたっては、ギャンブルの同意がとられていなかった。どこをとっても怪しげなにおいがした。ギャンブルという若い男がかなりの酒を飲んでいるのは明らかだった。そもそも、かりにこの男の供述がとれるとしても、またこの男が本当に公判の証言で嘘をついていたとしても、それがなにを立証するというのか？　プラッドロウの意見では、なにひとつ立証しないも同然だった。ドンテ・ドラムは自供している、以上。ミルトン・プラッドロウは、かねてからドラム裁判を気にかけたためしがなかった。

七年前、プラッドロウは同僚の裁判官ともども、ドンテ・ドラムの直接上訴の審理にあたった。一同がこの裁判のことをよく覚えていたのは被告人の自供のゆえではなく、死体が存在していないという事情のゆえだった。ただし、一審判決は全員一致で支持された。テキサス州の法律は、こういった〝殺人の明確な証拠である死体が存在しない殺人事件の裁判〟という問題を、ずいぶん昔に解決ずみなのである。その結果、事件のごく当たり前の構成要素でさえ、裁判には不要とされる場合もあった。

プラッドロウと調査官は、今回の中立てには請求実体がないという点で意見の一致をみた。書記官はつづいてほかの裁判官たちの意向をきいて決をとり、さらに一時間後には却下決定の草案が裁判官たちに回覧されていた。

ボイエットは過去二時間と変わらず、いまもまだ後部座席にいた。これに先立って錠剤をひとつ飲んでいたが、その薬が目ざましい効果を発揮しているようだった。身じろぎひとつせず、声もまったくあげていなかったが、最前キースが調べたところでは、呼吸はしているようだった。

キースは睡魔に打ち勝って体内の血を沸きたたせておくため、これまで二回、妻ディナに電話をかけていた。ふたりはきつい言葉をかわしたが、どちらも妥協せず、いいすぎを謝ったりもしなかった。妻との会話がおわるたびに、キースは自分がぱっちりと目覚め、頭から湯気を噴きあげる状態になっていることを意識していた。またマシュー・バーンズにも電話をかけた。マシューはトピーカのダウンタウンにある検事局におり、手助けをしたい一心だった。しかし、マシューにできることはほとんどなかった。

テキサス州シャーマンの街が近づいたところで、スバルがいきなり進路をそれて、上下二車線道路の右の路肩に乗りあげ、同時にキースはぎくっとして目を覚ました。同時にむかっ腹も立った。キースは最寄りのコンビニエンスストアで車をとめ、濃いコーヒーをLサイズのカップで買った。コーヒーには三袋の砂糖をいれてかきまわし、さらに店のまわりを五周歩いた。キースが車に引き返したとき、ボイエットはまったく動いていなかった。キースは熱いコーヒーをがぶ飲みし、ふたたび旅の先を急いだ。携帯電話が着信音を鳴らし、キースは助手席からひったくるようにして携帯をとりあげた。

ロビー・フラックだった。「いまはどこにいる?」

「わからない。国道八二号線を西へむかっていて、シャーマンを出たあたりですね」

「なんでこんなに時間がかかってるんだ?」

「これでも精いっぱい速く車を走らせてます」

「いま、電話でボイエット本人と話ができる見こみは?」

「ないも同然です。ボイエットはまだかなり具合がわるく、いまは後部座席で眠ってます。そもそもそちらに到着するまでは、話すつもりはないといってますし」

「いいかね、その男と直接話をしないかぎり、いまのわたしにはなにもできないんだ。せめて、ボイエットがどの程度までしゃべる気になっているのかを確かめないことにはね。どうかな、ボイエットは自分がニコル・ヤーバーを殺したことを認める意向なのか? きみに答えられるか?」

「とにかく、こういうことです。わたしたちは真夜中にトピーカを出発し、いまはあなたのオフィスにたどりつくべく、死に物ぐるいで車を飛ばしてる。そんなことをしている目的はたったひとつ——トピーカを出てくるときのボイエットの言葉によれば、すべてを正直に打ち明けて、強姦《ごうかん》殺人を認め、ドンテ・ドラムの命を救うことに尽きます。この男はそう話してました。とはいえ、この男はおよそ予測不可能だ。きっちり確かめられない以上、いまこの瞬間に昏睡《こんすい》状態に陥っていたとしてもおかしくありません」

「だったら脈搏《みゃくはく》を確かめるべきでは?」

「無理です。この男は触れられることをいやがりますから」

「とにかく急ぐんだ、こんちくしょうめ」

「お願いですから、言葉に気をつけてください。ぼくは聖職者だ。そういった罰あたりな言葉は好みません」

「すまない。頼むから急いでくれ」

20

デモ行進の噂《うわさ》は月曜日から囁《ささや》かれていたが、詳細が明らかになることはなかった。週がはじまって死刑執行が数日後に迫ってくると、どこかの判事が目を覚まして執行に待ったをかけてくれるはずだという熱い期待が、黒人コミュニティのあいだにこみあげてきた。しかし何日かたっても、お偉いさんたちは高いびきのままだった。いよいよ執行が数時間後に迫ったいま、スローンの黒人たち――なかでも若者たち――には、座して手をこまねいているつもりはなかった。ハイスクールの臨時休校措置が彼らにエネルギーを与え、騒ぎを起こす手段をさがすための自由を与えることになった。午前十時ごろには、一〇番ストリートとマーティン・ルーサー・キング・ブールヴァードの交差点近くにあるワシントン公園に人だかりができはじめた。携帯電話とインターネットの力にもあずかって人々の数はどんどん増え、ほどなく一千人の黒人が落ち着きなくあたりを歩きまわるようになっていた。まもなくなにかが起こることをだれもが確信していながら、正確になにが起こるのかを把握してはいなかった。二台のパトカーが到着し、群衆から安全な距離をたもって少し離れた道ばたに停車した。

トレイ・グローヴァーは、スローン・ハイスクールの先発テールバック、愛車はスモークガラスとぴかぴかの大型タイヤを装備したSUVで、ガラスを割るほどの音量のオーディオシステムもそなえていた。トレイはこのSUVを道ばたにとめると、四つのドアすべてをあけはなち、T・P・スリックによる怒りのラップソング〈白人の正義〉を大音量で流しはじめた。この曲があつまった群衆に電撃ショックを与えた。参加者がさらに増えてきた――大半はハイスクールの生徒たちだったが、なかには失業者や主婦もいたし、若干の年金生活者の姿も見られた。〈マーチング・ウォリアーズ〉のメンバーのうち四人が、バスドラムとスネアドラムを二個ずつたずさえて姿をあらわし、ドラム・アンサンブルが出現した。「ドンテ・ドラムに自由を」というシュプレヒコールがあがりはじめた。群衆の声が近くの家々の壁にこだまして響きわたった。公園から遠く離れたどこかで、だれかが連続花火に点火し、ほんの一瞬だったが、だれもがその音を銃声だと勘ちがいした。あちこちで発炎筒が焚《た》かれ、さらに数分の時間が過ぎるうちにも、緊張は刻一刻と高まっていった。

煉瓦《れんが》はワシントン公園から投げられたものではなかった。警察のパトカーと

方、ポーチに腰をすえてこの昂奮《こうふん》の場面を見物していたミスター・シャイロックの自宅に隣接している木の塀の陰から投げられたのだ。シャイ
が投げたのかは見当もつかないと主張した。煉瓦はパトカーのリアウイン
してガラスを打ち砕いた。車内にいたふたりの警官は肝をつぶしてパニック
り、群衆が賞賛のどよめきをあげた。警官たちは拳銃《けんじゅう》を抜き、動くものならな
撃ってやるとの意気ごみで数分ほどあたりを走りまわっていた——シャイロックが最初の標的になりかねない雰囲気だった。シャイロックはあわてて両手を高くかかげて叫んだ。「撃つな。おれじゃない」

ひとりの警官が襲撃犯を追いかける勢いで、家の裏手に向けて全力疾走していったが、四十メートル弱走っただけで息切れを起こして追跡をあきらめた。数分後、増援要員が到着した。パトカーの台数がさらに増えたことで、群衆の昂奮は煽《あお》りたてられた。

ドラム隊がマーティン・ルーサー・キング・ブールヴァードに出て北にむかい、街のダウンタウン方面を目指しはじめたのを契機に、ついにデモ行進がはじまった。四人のドラム隊につづいていたのは、窓をすべてあけはなってラップをフルボリュームで流すトレイ・グローヴァーのSUVだった。そのうしろに、ほかの面々がつづいた。

長い行列をつくった抗議者たちは、それぞれに正義を求め、殺人の中止を要求し、ドンテの釈放を求めるポスターを手にしていた。自転車に乗った子どもたちが、このお楽しみに参加してきた。所在なくポーチに腰かけていた黒人たちが立ちあがり、デモ隊に合流した。パレードは先に進むにつれて規模を拡大していったが、いまだに目的地は定まっていないかに思われた。

スローンの市条例ではデモ行進には許可が必要とされていたが、だれもそんなことを気にかけてはいなかった。前日、裁判所前の広場でおこなわれた抗議集会は合法的に挙行されていたがこのデモ行進はちがった。ただし警察は事態を静観していた。好きに抗議させておけ。わめかせておけ。うまくすれば、どうせ今夜にはおわる。デモ行進のルートを通行禁止にしたり、群衆を解散させようとしたり、あるいは見せしめに三、四人を逮捕したりすれば、連中を刺戟《しげき》して、事態をさらに悪化させるだけだ。そこで警察は離れたところから見まもるだけにしていた。数名の警官は距離をたもってあとにつづき、またやはり数名の警官がデモ隊の先にまわって道路をあけさせ、車に迂回《うかい》の指示を出していた。

バイクに乗った黒人警官がＳＵＶの横につけてきて、大声で呼びかけた。「どこへむかってるんだ、トレイ？」

このデモ行進の非公式的なリーダーであることが一見して明らかなトレイは、こう答えた。「また裁判所へむかうつもりだよ」

「平和な状態をたもちさえすれば、厄介なことにはならんぞ」

「努力するよ」トレイは肩をすくめて答えた。トレイも警官も、いま話に出たトラブルがいつ出来《しゅったい》してもおかしくないことを知っていた。

デモ行進はフィリップス・ストリートにはいって、さらに先に進んでいった——それぞれの言論の自由を謳歌《おうか》し、周囲の注目を浴びることを楽しんでいる人々が、ゆるやかにまとまった集団として。ドラム隊は正確無比、かつ胸の躍るようなフレーズをくりかえし叩《たた》きだしていた。ラップは殺伐とした歌詞で大地を揺るがしていた。生徒たちはビートにあわせて体を揺すったり回転させたりしながら、さまざまな鬨《とき》の声をあげていた。全体を覆《おお》っているのはお祭り気分であると同時に怒りでもあった。若者たちはこうして人数が増えていることを内心得意に思っていたが、いま以上の行動に出たがってもいた。彼らの前方では警察がメイン・ストリートを封鎖し、ダウンタウンの商店にデモ行進がこちらの方面にむかっているという話を広めていた。

記録によれば、九一一の緊急通報の電話がかかってきたのは午前十一時二十七分。ワシントン公園にほど近い場所にあるマウント・サイナイ教会が火事だという通報だった。通報の電話をかけてきた人物によれば、車体側面にロゴと電話番号の記載のある白いヴァンが教会の裏手にとまっており、鉛管工か電気技師のようなユニフォーム姿の白人男がふたり、早足で教会から出てきてヴァンに飛び乗り、走り去ったということだった。数分後、煙があがった。九一一の応答係がこの通報を受けるなり、サイレンが鳴りわたった。スローン市内に三カ所ある消防署のうち二カ所から、消防車が緊急出動した。

フィリップス・ストリートがメイン・ストリートとまじわる交差点で、デモ隊はいったん停止した。ドラム隊は演奏をやめた。ラップの音量が落とされた。デモ参加者たちはその場に立ったまま、市の自分たちが住んでいる地域へむかっていく消防車を見まもっていた。先ほどのバイクに乗った黒人警官がまたしてもSUVの横でとまり、黒人住民が通っている教会のひとつがいま火事になっている、とトレイに告げた。

「このちょっとしたデモは、そろそろ解散させたほうがいいぞ」警官はいった。

「いや、そうは思わないね」

「このままだとトラブルが起こるに決まってる」

「トラブルならもう起こってるさ」トレイは答えた。

「とにかく、こいつが手に負えなくなる前に、デモは解散させたほうがいい」

「いや、それよりはあんたがここから消え失《う》せたほうがいいね」

スローンから西へ十五キロばかりいったところに、〈交易所《トレーディング・ポスト》〉という田舎ならではのよろず屋兼デリカテッセンがあった。店の主人はジェシー・ヒックスという大柄で騒々しい、おしゃべり屋の男だった。この男はリーヴァのまたいとこだった。ジェシーの父親は五十年前にこの〈トレーディング・ポスト〉を開業し、ジェシーはこの店以外で働いた経験がなかった。ふだんは〈ポスト〉と略して呼ばれるこの店は、人々がゴシップとランチを求めてあつまる場所であり、さらには政治家たちが票あつめに催すバーベキューの場を提供してもいた。この木曜日、店はいつも以上に繁盛《はんじょう》していた。というのも、死刑執行についてのニュースを仕入れようとして立ち寄る客が多かったからだ。ジェシーは最愛の姪《めい》、ニコル・ヤーバーの写真をカウンターのうしろの壁、タバコの棚の隣にずっと飾っていたし、耳を傾けてくれる者がいればいつでも事件について話をした。厳密にいえばニコルはジェシーにとってまたいとこの子だが、ニコルがある種の有名人になったこともあって、つねづね姪あつかいして話していた。ジェシーにいわせれば、十一月八日の木曜日の午後六時は、いくら早く訪れても早すぎるということは決してなかった。

建物の通りに面した前半分は商店で、奥の半分は食事コーナーになっており、古いだるまストーブのまわりに五、六脚の揺り椅子《いす》が配されていた。ランチタイムが近づいているいま、空席はひとつもなかった。ジェシーはレジを打ち、ガソリンやビールを売りながら、ささやかな聴衆にむけてノンストップでしゃべっていた。つい何時間か前にはハイスクールで暴動騒ぎがあり、ファースト・バプテスト教会の焼け跡がまだくすぶっていて、おまけに死刑執行がいよいよ間近に迫ったとあって、ゴシップは盛りあがり、人々はだれもかれも昂奮した面もちで話に花を咲かせていた。

そこにショーティという男がはいってきて、こういった。「アフリカ連中がまたダウンタウンでデモ行進をしてるぞ。おまけにそのひとりが、パトカーに煉瓦を投げつけてウインドウを割りやがった」

この発言はほかのどの話にもまして、一刻も早く議論の俎上《そじょう》にあげて分析し、総合的な視野のもとで検討するべきニュースを、処理しきれないほど大量に導きだした。ショーティは数分ほどその場の中心人物だったが、まもなくその地位はジェシーにとってかわられた。ジェシーはいつでも、その場の会話の主導権を握る。警察はどんな対処をするべきかという点についてはさまざまな意見が出されたが、警察が適切な対応をしているという点に異をとなえる者はひとりもいなかった。

ジェシーはもう何年も前から、自分はドンテ・ドラムの死刑執行に立ちあうつもりだし、いまから死刑を見るのが待ちきれない、機会が与えられるなら自分の手でスイッチを入れてやりたいくらいだと吹きまくっていた。愛する姪ニコルにいつも好意を寄せ、いつもそばにいたのだから、ぜひとも死刑執行に立ちあってくれとリーヴァからいわれている――ジェシーは何度もそう話していた。店の揺り椅子にすわった客の全員が、ニコルについて話しながら声を詰まらせ、目もとを拭《ぬぐ》うジェシーの姿を目にしていた。しかし土壇場《どたんば》でお役所仕事の手ちがいがあり、ジェシーはハンツヴィルの刑務所へ行けないことになった。死刑を見たいというジャーナリストや刑務所職員やお偉方が大挙して詰めかけたために、割りを食ったのだ。これは、いわば街でいちばん競争率の高いプラチナチケットであり、ジェシーの名前は立ちあいを許可された者のリストに載ってはいたが、なぜか除外されてしまったのである。

ラスティという名前の男が店に来て、こういった。「またべつの教会が火事だぞ！ 黒人連中が行ってるペンテコステ派の教会のひとつだ」

「どこで？」

「スローンのワシントン公園の近くだ」

教会を焼き打ちにされたことの報復として別の教会に放火するというのは、とうてい考えられないことだった。ジェシーさえ驚愕《きょうがく》した。しかしこの火事について話しあいが進み、分析が深まってくると、一同はこの展開を好ましく思うようになった。いいではないか。やられたらやりかえせ。目には目を。連中が戦争を望むなら、よし、戦争をしてやるだけだ。スローンはいわば火薬の詰まった樽《たる》であり、今夜はことのほか長い夜になるという点で衆目の意見は一致していた。これは不安をかきたてると同時に、刺戟的でもあった。いまストーブを囲んですわっている男たち全員が、それぞれのトラックに最低でも二挺《ちょう》の銃を積んでおり、自宅にはそれ以上の銃器をそなえていた。

〈トレーディング・ポスト〉に新顔の客がふたり、足を踏みいれてきた。ひとりはシャツにカラーをつけて濃紺のジャケットを着た男。もうひとりの男は頭をつるつるに剃《そ》りあげ、杖《つえ》をついて足を引きずっていた。聖職者の男はディスプレイケースをあけて、ボトルいりの水を二本とりだした。もうひとりは洗面所へむかった。

聖職者――キース・シュローダー牧師――は二本のボトルをカウンターにおくと、「おはよう」とジェシーに声をかけた。背後では揺り椅子に腰かけた専門家たちが全員いっせいにしゃべっており、キースにはそのひとことたりとも理解できなかった。

「あんたはこのへんの男かい？」ジェシーは水の代金をレジに打ちこみながらたずね

た。

「いや、ただの通りすがりだよ」キースは答えた。短く切りつめたような口調、訛《なまり》はいっさいない。北部人《ヤンキー》そのもの。

「教会の人か？」

「ああ。ルター派教会の牧師だ」キースはそう答えながら、ちょうど熱くなった油から出されたばかりのオニオンリングの芳香を鼻いっぱいに吸いこんでいた。とたんに空腹の痛みが猛然と襲いかかってきて、膝《ひざ》が折れそうになった。腹はへっていたが、なにか食べている時間はない。ボイエットが足を引きずりながら洗面所からもどってきた。キースはボイエットに水を一本わたすと、「ありがとう」とジェシーに礼をいい、体の向きを変えてドアにむかった。

ボイエットが会釈《えしゃく》をすると、ジェシーはいった。「あんたたちにいい一日を」

こうしてジェシーは、愛する姪を殺害した真犯人に話しかけた。

駐車場では、キースのスバルの隣にいきなりアウディがやってきて急停止した。アウディからふたりの男——アーロン・レイとフレッド・プライアー——がすばやく降り立った。その場で手早く自己紹介がかわされた。レイとプライアーは値踏みする目でボイエットをまじまじとながめつつ、はたしてこの男が真犯人なのかと自問していた。ふたりはロビーが一刻も早く知りたがるだろうと思い、アウディの車内に引き返すなり電話をかけた。

レイはいった。「いまオフィスから十五分ほどのところだ。ただしダウンタウンを迂回していく必要がある。いろんなことが起こってるからね。とにかく連絡を待っていてくれ。いいな？」

「よし、行こう」キースはいった。このいつ果てるともわからないドライブをおわらせたい一心だった。アウディがまず出発し、キースのスバルがつづいた。ボイエットは落ち着いたようすで、どこか放心状態にさえ見えた。杖は両足のあいだに立ててある。これまでの十時間とおなじように、いままた指先で杖のグリップを軽く叩いていた。スローンの市境を示す標識の横を通りすぎると、ボイエットが口をひらいた。

「またこの街を目にするなんて、夢にも思わなかったな」

「見覚えがあるのかい？」

チック。間。「いや、まったくない。この手の街をたくさん目にしてきたんだよ、牧師さん。いたるところの小さな街をね。そんな暮らしをしばらくつづけてると、いろんな土地がごっちゃになってくるのさ」

「スローンについて、とくによく覚えているのは？」

「ニコルだ。おれがあの子を殺したんだ」

「きみが殺したのはニコルだけなのか？」

「そんなことはいってない」

「だったら、ほかに何人も殺しているということか？」

「そうともいってない。さあ、ほかの話にしよう」

「どんな話がしたいんだ、トラヴィス？」

「奥さんとのなれそめを教えてくれ」

「前にいったはずだぞ。妻の話はしないでくれと。きみは、うちの妻にこだわりすぎだ」

「とってもかわいい奥さんだからね」

ロビー・フラックは会議用テーブルでスピーカーフォンのボタンを押し、調査員のフレッド・プライアーに呼びかけた。「話をきかせてくれ」

「ふたりと会った。いまはこの車のうしろを走ってる。見たところ、本物の牧師と、いかれきった相棒そのものに見えたね」

「ボイエットはどんな男だ？」

「白人男性、お世辞にもハンサムとはいえない顔つきだ。身長は百七十五センチ、体重は六十七、八キロというあたり。頭は剃りあげていて、首の左側に不気味なタトゥーを入れているほか、腕にもいくつかのタトゥーを入れてる。いかにも一生の大半を牢屋《ろうや》で過ごした男らしい、病気の犬っころみたいな雰囲気だ。うさんくさい感じの緑の目で、まばたきをしない。やつと握手をしたあとで、手をすぐに洗いたくなった。その握手もまるで力がなくて、ふきんを握ってるも同然だった」

ロビーは深々と息を吸ってからいった。「つまり、ふたりはこの街に着いたんだな」

「そのとおり。あと何分かでそっちに着く」

「急いでくれ」ロビーはスピーカーフォンを切ると、テーブルのまわりにあつまっているチームの面々を見わたした。全員がロビーを注視していた。

「この事務所にやってきて十人もの人にじろじろ見られたりすれば、ボイエットが怖《おじ》気《け》づいてしまうかもしれないな」ロビーはいった。「だから、いつもどおりの仕事をしているふりをするんだ。わたしはボイエットをオフィスに連れていき、その場でいくつか質問しよう」

ボイエットについてのファイルは刻々と厚くなってきていた。四つの州でくだされた有罪判決の記録も見つかり、服役期間についても二、三の事実が掘り起こされていた。ボイエットがスローンで逮捕されたのちに、短期間ではあったが代理人をつとめた弁護士も判明していた。弁護士はボイエットのことをかすかながら覚えており、当時のファイルを送ってくれた。また〈レベル・モーターイン〉のオーナー、アイネス・ギャフニーの宣誓供述書も作成ずみだった。本人はボイエットの名前を記憶していなかったが、一九九八年の古い宿泊者名簿にその名前がたしかにあった。ボイエットがおなじ年の晩秋に働いていたとされるモンサントの倉庫の建設記録も入手していた。

カーロスが会議用テーブルを片づけ、一同は待った。

旧鉄道駅舎前に車をとめて車外に降り立ったキースが最初に気づいたのは、遠くから響くサイレンの音だった。煙のにおいが鼻をつく。トラブルの発生が察しとれた。「ゆうべ、ファースト・バプテスト教会が火事になったんだ」みんなでいっしょに昔の貨物積載用プラットフォームに通じる階段へむかいながら、アーロン・レイがいった。「おまけに今度は、あっちにある黒人教会が焼けてる」いいながら、左へむけているあごを動かす――キースがこの街の地理を知っていると、頭から決めてかかっているかのように。

「教会に放火している連中がいるのかい?」キースはたずねた。

「そうだ」

ボイエットは杖に寄りかかるようにして苦労しながら階段をあがり、そのあと一同は事務所の玄関を通った。ファンタはワープロ作業で忙しいふりをして、ろくに顔をあげもしなかった。

「ロビーはどこにいる?」フレッド・プライアーがたずねると、ファンタは無言でふりかえって、奥を示した。

ロビーは会議室で到着した面々を迎えた。ぎこちない紹介の言葉がとりかわされた。ボイエットは話すのも握手も気がすすまない態度だった。それでも唐突に、こんなことをロビーに話した。「あんたを覚えてるぞ。あの若いのが逮捕されたあと、あんたをテレビで見た。あんたは怒ってて、カメラを怒鳴りつけんばかりだったね」

「ああ、それはわたしだ。そのとき、きみはどこにいた?」

「ここだよ、ミスター・フラック。この街ですべてを見てた。連中が犯人じゃない男を逮捕したのが信じられなかったね」

「そのとおり。犯人ではない男だ」いつも神経を張りつめさせ、すぐに癇癪《かんしゃく》を破裂させる男であるロビー・フラックにとって、冷静な態度をたもちつづけるのは容易なことではなかった。本音ではボイエットに平手打ちを見舞って杖をもぎとり、その杖でボイエットが意識をなくすまで殴りつけてやり、山ほどの罪で悪《あ》しざまに罵《のの》ってやりたかった。それどころか素手で殺したいくらいだった。しかしロビーはあくまでも冷静、超然としている芝居をつづけた。悪口雑言を吐いたところで、ドンテを助けることはできない。

一同は会議室を出て、ロビーのオフィスにはいっていった。ただしアーロン・レイとフレッド・プライアーのふたりは室外にとどまり、今後の展開にそなえているよう指示された。ロビーは、キースとボイエットのふたりを部屋の隅の小さなテーブルに導き、三人でそのテーブルを囲んだ。

「コーヒーかなにかを飲むかな?」ロビーは客人に愛想よくふるまっているような口調で、そうふたりにたずねた。ついでボイエットを見つめる。ボイエットはひるみもせず、まばたきもせずに見つめかえした。

キースは咳《せき》ばらいをして口をひらいた。「こんなお願いをするのは本当に心苦しいんですが、ぼくたちはなにも食べてません。腹がぺこぺこなんです」

ロビーは受話器をとりあげてカーロスを呼びだすと、デリカテッセンのサンドイッチと水を注文した。

「さて、まわりくどい話をしても意味がないのでね、ミスター・ボイエット。まず、きみが話すべき話をきかせてほしい」

チック。間。ボイエットは体を落ち着きなく動かし、身をすくめ、いきなり他人と目をあわせられなくなった。「この件で礼金を期待してもいいのかどうか、それをまず知っておきたいね」

キースはがっくりとうなだれていった。「なにをいうかと思えば」

「本気ではないだろうね？」ロビーがたずねた。

「いやいや、いまの段階ではすべてが本気じゃなかったのか、ミスター・フラック」ボイエットはいった。「そのとおりだろう？」

「礼金の話は、これまでひとこともいわなかったじゃないか」キースは激しい怒りに駆られながらいった。

「おれには金が必要だ」ボイエットはいった。「まったくの文なしで、近いうちに金がはいるあてもない。ちょっとした好奇心、それだけさ」

「それだけ？」ロビーは相手の言葉をくりかえした。「死刑執行まであと六時間を切っていて、われわれが執行を停止させられる可能性はごくわずかだ。テキサス州はもうじき無実の男を殺そうとしていて、いまわたしは殺人の真犯人とおなじ部屋にいる。

それなのにその真犯人ときたら、いきなり自分がしでかしたことの礼金をよこせといいはじめるとはね」

「おれが殺人の真犯人だなんて、だれがいった？」

「きみ自身だ」キースは耐えきれずに口を出した。「きみは、自分がニコルを殺した、自分が埋めたから、遺体が埋まっている場所も知っている、と話した。くだらない駆引きはやめろ、トラヴィス」

「おれの記憶が確かなら、ニコルの実父がまだニコルの捜索中に懸賞金を出してはいなかったか。二十万ドルとか、そんなような金額だった。そうだろう、ミスター・フラック？」

「あれは九年前だ。もしきみが謝礼をもらう列にならんでいると思っているのなら、勘ちがいもいいところだね」ロビーの言葉は抑制されたものだったが、爆発の瞬間はすぐそこまで迫っていた。

「なぜ金を欲しがる？」キースはたずねた。「きみ自身の言葉にしたがうなら、きみはあと数カ月もすれば死んでいる身ではないか。脳腫瘍《のうしゅよう》のせいで――忘れたのか？」

「思い出させてくれてうれしいよ、牧師さん」

ロビーは憎悪《ぞうお》を隠しもしない目でボイエットをにらみつけていた。いまこの瞬間の本音をいうなら、ロビーは事件の真相をすっかり明かすような、文句のつけようのない内容の長大な宣誓供述書——依頼人ドンテを救える供述書——と引き換えにできるものなら、もてる資産のすべてを差しだしても悔いはなかった。三人のそれぞれが次になにをするべきかを考えているあいだ、長い沈黙の時間がつづいた。ボイエットが顔をしかめ、剃《そ》りあげた頭をさすりはじめた。ついで両の手のひらをこめかみにあてがい、力いっぱい押しはじめる——外側から圧力を加えれば、内側からの圧力を減らせるとでもいうように。

「発作が起きてるのか?」キースはたずねたが、答えは得られなかった。そこでロビーに、「この手の発作をこれまで何度も起こしてます」と説明した——そうすれば問題解決の助けになるかのように。「カフェインが効くみたいです」

ロビーは弾《はじ》かれたように立ちあがると、オフィスから外に出てアーロン・レイとフレッド・プライアーのふたりにいった。「あのクソ男め、金を欲しがってる」それからロビーはキッチンに行って、風味の抜けたコーヒーのポットをつかみ、紙コップをふたつ手にとってオフィスに引き返した。ボイエットにコーヒーをそそぐ。当のボイエットは腰から体をふたつ折りにして膝《ひざ》に肘《ひじ》をつき、頭を両手でかかえ、うめき声を洩《も》らしていた。「さあ、コーヒーだぞ」

沈黙。

しばらくして、ボイエットがやっと口をあけた。「どんどん具合がわるくなってきた。横にならないとやっていけないよ」

「ソファをつかうといい」ロビーはそういって部屋の反対側を指さした。ボイエットはよろよろと立ちあがり、キースの助けを借りてソファにたどりつくと、両腕で頭をかかえこみ、さらに両膝を胸もとに引き寄せた。

「明かりを消してくれるか？」ボイエットはいった。「なに、一分もすればよくなると思う」

「その一分が惜しいんだよ！」ロビーは金切り声になりそうな声でいった。

「頼む、ほんの一分でいいんだ」ボイエットは哀れっぽく体を震わせ、空気を求めてあえぐあいだにそういった。キースとロビーはオフィスをあとにして、会議室にむかった。まもなく事務所の面々があつまってきた。ロビーはほかのスタッフにキースを紹介した。注文の品が届けられ、一同は手早く食事をすませた。

自《じ》白《はく》(上)

新潮文庫　ク - 23 - 29

Published 2012 in Japan
by Shinchosha Company

平成二十四年十一月一日発行

訳者　白《しら》石《いし》朗《ろう》

発行者　佐藤隆信

発行所　株式会社 新潮社

郵便番号　一六二—八七一一
東京都新宿区矢来町七一
電話　編集部(〇三)三二六六—五四四〇
読者係(〇三)三二六六—五一一一
http://www.shinchosha.co.jp

価格はカバーに表示してあります。

乱丁・落丁本は、ご面倒ですが小社読者係宛ご送付ください。送料小社負担にてお取替えいたします。

印刷・二光印刷株式会社　製本・株式会社植木製本所

ISBN978-4-10-240929-9 C0197